K.B059522

가장 무서운 예언 사건

가장 무서운 예언 사건

지은이 곽재식	1판 1쇄 인쇄
펴낸이 한기호	2021년 5월 25일
책임편집 도은숙	1판 1쇄 발행
편집 정안나 유태선 김미향 염경원 김민지 강세윤	2021년 6월 3일
마케팅 윤수연	
디자인 스튜디오 프랙탈	
경영지원 국순근	

펴낸곳 요다
출판등록 2017년 9월 5일 제2017-000238호
주소 04029 서울시 마포구 동교로 12안길 14 삼성빌딩 A동 2층
전화 02-336-5675   팩스 02-337-5347
이메일 kpm@kpm21.co.kr

ISBN   979-11-90749-21-3 (04810)
          979-11-89099-32-9 (세트)

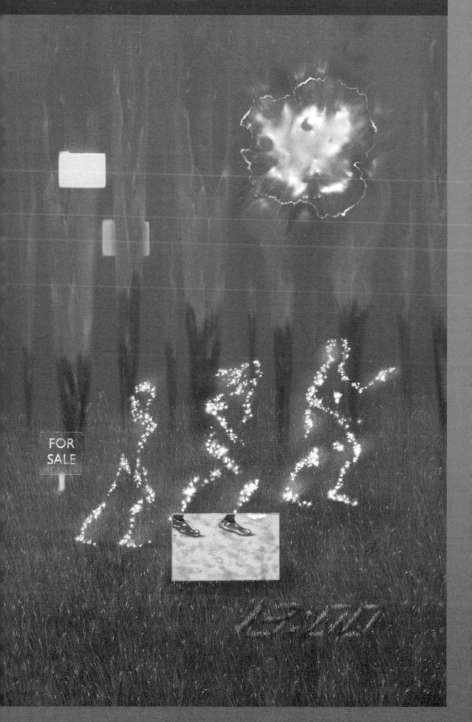

가장 무서운 예언 사건

곽재식 장편소설

문제편

1부

9시에서 10시까지

늘 그렇듯 한규동이 조사 회사로 출근해보니 사무실은 어지 럽기만 했다. 조금도 정돈되어 있지 않았다. 그럴 수밖에 없었다. 어지르는 사람은 있지만 치우는 사람은 없었으니까. 만약 저절 로 사무실이 정돈된다면 그것이야말로 자연의 법칙을 거스르는 일이다. 그 어지러운 모습은 돈 될 건수만 있으면 닥치는 대로 조사해서 정보를 팔아먹는 회사에 어울리기는 했다.

거기까지는 모든 것이 출근길에 갑갑한 심정으로 예상했던 대로였다. 그렇지만, 예상하지 못했던 것도 있었다.

회의실 겸 사장실이라고 부르는 안쪽 방에 들어가니 이인선 사장이 먼저 출근해 있었던 것이다. 다만 출근이라고 하기엔 사 무실에 머물고 있는 이인선 사장의 몸의 자세가 상당히 부자연 스러웠다. 이인선 사장은 책상 몇 개를 붙여놓고 그 위에 누워 있었다. 어디선가 구해 온 도톰한 담요도 깔고 있었다.

규동은 조금 큰 목소리로 말했다. 혹시 이인신이 잠이 들었다면 깨워보려는 생각이었다.

"어, 사장님 벌써 나와 계시네요?"

이인선은 자고 있지 않았다.

"한 팀장, 무엇인가 미래를 정확하게 예언한다는 데에 어떤 모순은 없는 걸까?"

인선은 그대로 반듯하게 누워서 말했다. 규동이 한 걸음 더 다가가보니 인선은 무엇인가를 고민하는지 멍한 얼굴로 천장을 보고 있었다. 규동은 누워 있는 사장에게 다가가는 것이 아무래도 이상해 먼발치에서 그 광경을 조망하듯이 서 있었다.

"사장님, 오늘은 또 왜 제 직함이 팀장이에요? 며칠 전에는 이사라고 하시더니."

"우리 회사에 일하는 사람이 나하고 한 팀장하고 두 사람밖에 없는데 괜히 이사라고 하면 쓸데없이 너무 높은 직위인 것 같은 느낌이잖아. 약간 사기꾼 같은 느낌도 나고. 우리는 건전한 사업을 한다는 느낌을 줘야 되는데."

"팀원이 한 명도 없는데 팀장이라고 하는 것도 좀 이상하죠."

"팀원이 없기는. 당신과 내가 한 팀이잖아."

"그러면 제가 이 팀에서 팀장이니까 제가 사장님을 지휘하는 입장인가요?"

"그렇다면 그렇지. 하지만, 회사의 경영권은 내가 갖고 있으니까, 이 팀 자체를 내가 지휘하는 입장인 것이고."

규동이 인선에게 뭐라고 한마디 더 따지려고 했으나 그보다 먼저 인선이 말을 이어갔다.

"하여튼 한 팀장, 누군가가 완벽하게 미래를 예언할 수 있다고 해도 아무런 문제가 없을까?"

"미래를 완벽하게 예언할 수 있다는 말은 무슨 로또 번호 같은 것도 미리 예언한다, 이런 거예요?"

"그렇지."

"그런 게 가능할까요?"

"만약에 가능하다고 치면 무슨 문제는 없을까, 그걸 생각해보자는 거야."

두 사람은 잠시 말없이 생각에 빠졌다. 어느새 한규동의 직함으로 팀장이 과연 적합하냐 하는 문제는 논의하지 않게 되었다. 얼마 후 규동이 인선에게 말했다.

"그런데 사장님은 누워 계신 채로도 이렇게 서 있는 사람하고 참 편안하게 대화를 하시네요."

"한 팀장도 누워서 이야기해. 괜찮다고 여러 번 말했잖아."

"아니요. 그래도 회사에 출근한 직장인이면 대화할 때는 서서 하거나 앉아서 한다는 기본은 지켜야죠."

"뭘 그런 게 다 기본이야? '직장 생활 기본예절' 뭐 그런 거 인터넷에서 찾아보면, '누워서 대화하면 안 된다' 이렇게 적혀 있나? 안 그렇잖아? 누워서 대화하면 편하고 좋아요. 척추 건강에도 좋고."

규동이 "그런 것은 말할 필요도 없이 너무나 기본예절이라 기본예절 책에 나올 가치조차 없어서 그런 것 아니냐"고 반문하려고 하는데, 갑자기 인선이 누운 채로 허공을 향해 손을 불쑥 내밀었다.

"가위바위보를 한다고 치자고. 그런데 만약에 내가 한 팀장이 가위, 바위, 보 중에 무엇을 낼지 정확히 예언할 수 있는 거야. 그래도 괜찮을까?"

그 말을 듣고 규동은 잠시 생각해보고 대답했다.

"그러면 사장님께서 가위바위보를 할 때마다 항상, 매번, 무조건 이기겠죠."

"그렇지. 한규동 팀장은 그러면 매번 지겠지. 만약에 우리가 다만 1000원씩이라도 걸고 내기라도 한다고 하면, 한규동 팀장은 100퍼센트의 확률로 무조건 질 테니까, 끝도 없이 돈을 날리겠지. 결국은 모든 재산을 다 날리고, 빚도 끌어다 쓰다가 그것도 다 날리고, 신용 불량자가 되고, 빚더미에 앉고, 인생이 전부 다 망하겠지."

"그렇기까지야 할까요?"

"그런데, 그렇게 돼도 안 될 건 없잖아?"

"제가 전 재산을 날리고 망해도 안 될 건 없다고요?"

"아니, 그게 아니라 내가 한 팀장이 가위, 바위, 보 중에 뭐를 낼지 미리 알고 있다고 해서 딱히 뭔가 해서는 안 될 일을 한다든가, 그런 일은 절대 일어날 수 없다든가, 그런 느낌은 안 들잖아."

"상대방이 가위, 바위, 보 중에 뭐를 낼지 알 수 있는 게 실제로 일어날 수 있는 일이라고요?"

"아니, 내 말은 그래도 안 될 거는 없다는 이야기야."

한규동은 이해할 수 없다는 표정이 되었다. 마치 그 표정을 보기라도 한 것처럼 인선은 규동 쪽을 향해 돌아누웠다. 인선은 규동을 쳐다보았다.

"만약에 내가 한 팀장이 가위, 바위, 보 중에 뭐를 낼지 알고 있다고 치자고. 그런데 내가 한 팀장에게 그걸 미리 말해주면 어때?"

규동이 대답이 없자 인선은 다시 말했다.

"아, 우리 실험해보자."

"예?"

"한 팀장은 이번에는 가위를 낼 거야. 내가 그렇게 예언한다. 이제, 가위바위보, 하면 한 팀장은 내고 싶은 거 내라고. 가위바위보!"

한규동은 보를 냈고, 이인선은 바위를 냈다. 인선이 규동에게 물었다.

"왜 보를 냈어?"

"사장님이 제가 가위를 낼 거라고 예언하셨으니까, 사장님은 그거에 이기려고 바위를 낼 것이고, 그러면 저는 거기에 이기려면 보를 내야 하니까요."

"왜 꼭 나를 이기려고 한 거지?"

"기왕 하는 거 사장님한테 지는 것보다는 사장님한데 이거야죠."

"그렇다면 왜 내가 한 팀장이 보를 낼 거라고 예언한 것은 믿은 거지?"

"음, 정확하게 말하면 제가 보를 낼 거라고 사장님이 예언한 것을 믿은 게 아니라, 사장님 스스로 제가 보를 낼 거라고 예언했다고 믿고 있는 것을 믿은 거죠."

인선은 헷갈린다는 표정을 지었다. 그러고는 다시 돌아누워 천장을 보았다.

"하여튼 요점은 이거야. 내가 미래에 한 팀장이 가위, 바위, 보 중에 뭘 낼지 예언을 했는데, 그것을 말해주면 뭔가 꼬이는 거지. 미리 미래 까발리면…… 공개하면…… 그러면 한 팀장이 그걸 듣고 피해 갈 수가 있게 되거든. 만약 그렇게 되면 그 예언은 이루어지지 않고 애초에 정확한 예언이 아닌 게 되어버리는 거야."

"그런 게 중요한가요?"

"재미있지 않아? 남에게 말해주지 않고 나만 알고 있으면 문제가 안 생기는데, 말을 해주면 문제가 되는 거야."

"뭐가 재미있는지 모르겠는데요."

인선은 다시 규동이 있는 방향으로 돌아누웠다.

"한 팀장이 지금 갑자기 예언을 할 수 있게 된 거야. 그래서 딱 보니까, 내가 앞으로 15분 후면 자리에서 일어나서 앉을 것 같거든. 그래서 몰래 종이쪽지에 써놓는 거야. '15분 후에 이인선은 누운 자리에서 일어난다.' 그리고 15분이 지나서 내가 일어나 앉으면, 그때 한 팀장이 15분 전에 써놓은 종이를 보여주는 거야. '사장님, 제가 15분 전에 사장님이 15분 후에 일어날 거라고 예언했지롱' 이렇게 말하면, 진짜 신기하겠지."

"저는 '했지롱' 같은 말투로는 말 안 하는데요."

"자, 그런데, 만약에 한 팀장이 나한테 예언한 걸 미리 알려줬다고 쳐봐. '15분 후에 사장님은 자리에서 일어날 것입니다'라고 지금 말하는 거야. 그러면, 나는 일부러 한 팀장이 말한 의견을 틀리게 하기 위해서 원래는 15분 후 정도면 자리에서 일어날 생각이었지만 15분이 지나고, 20분이 지나도 안 일어나고 계속 누워 있을 수가 있잖아. 그러면 예언이 틀리게 되는 거야. 말을 안 해주고 혼자만 알고 있으면 예언이 100퍼센트 맞을 수도 있지만, 말을 해주면 그때부터 예언을 알고 있는 사람은 예언을 틀리게 만들 수가 있는 거야."

그 말을 들으니 규동은 자기가 예언을 했는데 정말로 틀린 듯한 느낌이 들었다. 그래서 따져 물었다.

"그런데, 영화나 소설이나 그런 데 보면, 그 예언을 피하려고 했던 일 때문에 공교롭게도 오히려 예언대로 된다……는 뭐 그런 이야기도 있잖아요."

이인선은 별 감흥이 없는 표정이었다. 규동은 좋은 예시가 없을지 생각해보다가 이야기를 꺼냈다.

"사장님, 혹시 '참나무에 죽다' 이야기 아세요?"

"그게 뭔데?"

"저도 무슨 소설책 뒤에 실려 있는 작가의 말인가 뭐 그런 데서 본 이야기인데요, 옛날 전설 같은 이야기예요."

"그게 예언에 관한 이야기야?"

"예, 내용이 대충 이런 거죠."

한규동이 꺼내는 이야기는 다음과 같이 시작되었다.

옛날 어떤 사람이 있었는데, 무슨 선행을 베풀었던가, 아니면 우연히 이상한 일에 휘말렸던가 하는 이유로 미래를 예언할 수 있는 도사나 신선 비슷한 기이한 사람을 만나게 되었다. 그 도사 같은 사람은 별말을 안 해주려고 했는데 워낙 졸라대기에 어쩔 수 없이 예언을 해주었다.

그 예언이라는 것이 이러했다.

"자네는 오는 4월 13일 낮에 참나무에 죽을 걸세."

처음에는 무슨 황당한 소리냐며 그 사람은 그냥 웃어넘기려고 했다. 자신이 선행을 베푼 대가로 미래를 알려준 예언이 자기가 죽는다는 이야기라니. 좋은 일을 해주었는데 뭐 저런 재수 없는 소리를 하냐며 기분 나빠 했을지도 모르겠다.

그런데 막상 4월 13일이 점차 다가오자 그 사람은 두렵다는 생각이 들기 시작했다. 정말 그날 내가 죽으면 어쩌지? 그 도사 같은 양반이 확실히 뭔가 묘한 깨달음을 얻은 사람 같아 보이기는 했는데 조심해야 하는 것 아닐까? 이날 하루만 피하면 그 예언은 깨어지는 것이니까, 오늘 하루만 잘 넘어가면 되지 않을까?

그런데 만약 예언이 들어맞아 정말 죽으면?

결국 그 사람은 4월 13일, 하루 동안 참나무를 최대한 피하기 위해 아무것도 하지 않고, 집에만 있기로 했다. 혹시 길 가다가 참나무가 쓰러져서 거기에 깔려 죽거나, 아니면 참나무 줄기에 걸려 넘어져서 죽거나, 혹은 뛰어가다 참나무에 부딪혀서 죽을지도 모르니까. 아무 데도 가지 않고 아무 특별한 일도 하지 않고 집 안에서 그저 조심조심하면서 하루를 보냈다.

그렇게 그날 하루가 거의 다 지나가고, 해가 질 즈음, 이제 4월 13일 낮도 거의 다 지나갔을 무렵의 일이었다. 어쩌면 그 사람도 이제 조금은 안심했을지도 모르겠다.

그는 종일 집 안에만 있었더니 너무 답답해서 문을 열고 바깥을 내다보았다. 하루가 다 지나가고 있음을 알리는 저녁노을이 그에게는 더욱 아름다워 보였을 것이다. 그런데, 답답하다고 그렇게 문을 열어놓고 있을 때, 갑자기 이상하게도 귓속이 너무 간지러워졌다. 별것 아닌 간지러움이었지만 교묘하게 사람을 견딜 수 없게 했다. 간지러움이 계속되자 그 사람은 참을 수가 없었다. 결국 귀이개를 가지고 와서 귀를 후볐다.

무척 시원해졌다.

그때 문득 미친바람이 확 몰아치더니 열어놓은 방문이 쾅 하고 닫혔다. 그리고 그 닫히는 문에 귀를 파던 손이 부딪혀 귀이개가 그대로 깊이 박혀버렸다. 그 바람에 그는 목숨을 잃고 말았다. 바로 그 귀이개가 참나무로 만들어진 물건이었다는 이야기다.

다 듣고 난 이인선이 한규동에게 말했다.

"그냥 어머니나 아버지가 애들이 귀 후빈다고 장난치면서 까불거릴 때 조심하라고 들려주는 이야기 같은데."

한규동이 말했다.

"하여튼 제가 말씀드리려는 것은 뭐냐면, 그 사람이 참나무 때문에 그날 죽는다는 예언을 오히려 몰랐다면 그냥 그날 하루를 평범하게 보냈을 것이고, 너무 답답하다고 문을 열어놓고 밖을 내다보지도 않았겠죠. 그러면 그렇게 죽지도 않았을 거거든요. 그 예언을 알았기 때문에, 괜히 그 예언에 조심한답시고 이 짓 저 짓 하다가 예언대로 되었다는 거죠."

"그런데 말이 나와서 말인데, 나는 그런 이야기에서 신비하게 예언해주는 무슨 도사나 신선, 그런 사람들이 그렇게 제대로 안 알려주는 애매한 말투가 딱 싫어. 정확하게 육하원칙대로 '참나무 귀이개에 찔려 죽을 것 같으니 조심하쇼' 이렇게 알려주면 안되나? 뭘 꼭 알쏭달쏭하게 '참나무에 죽는다'같이 애매한 말로 알려주는 거야? 이게 위험을 경고하는 거야, 아니면 무슨 수수께끼 놀이 하는 거야? 착한 일 한 사람 목숨이 수수께끼 장난이야? 중요한 일일수록 똑바로 알려줘야지. 이런 게 재미로 장난

칠 만한 일이라고 그러는 거야?"

"그래서 제 요점은 뭐냐면, 경우에 따라서는 예언한 내용을 말해주기 때문에 예언이 오히려 이루어지는 경우도 있다는 거죠. 예를 들어서, 제가 15분 후에 사장님이 일어날 거라고 예언했는데, 사장님이 그걸 틀리게 하고 싶어서 15분 후가 되었을 때 일어나고 싶었는데도 1분 더 누워 있다가 16분 후에 일어났다고 해보자고요. 그런데, 알고 보니, 사장님 시계가 1분 늦게 돌아가고 있어서 사장님이 16분 후에 일어나려고 했기 때문에 오히려 딱 15분 후에 맞춰서 일어나게 된다…… 뭐 이런 것도 가능하잖아요."

이인선은 잠시 말없이 눈을 감고 있었다. 그리고 규동의 말에 수긍했다.

"정말, 그럴 수도 있기는 있겠네."

"그렇죠?"

"그래서 어떤 예언은 알고 말을 해주어야 이루어지기도 하고, 어떤 예언은 말을 해주지 않고 자기만 알고 있어야 그대로 이루어지기도 한다는 거지. 말하자면 초기 조건을 정확히 알면 그에 따라 미래의 상태를 예측하는 것이 가능한데, 어떤 예측이 이루어질지 미리 말한다거나 말하지 않는다는 그 선택 자체도 초기 조건 중 하나에 포함되기 때문에 그에 따라 말을 해야 맞는 예언이 있고, 말을 하지 않아야 맞는 예언이 있다는 거지."

"그게 무슨 말씀이신가요?"

규동의 질문에 답하지 않고 이인선은 하던 말을 계속 했다.

"그런 조건만 그때그때 정확히 따르고 있다면 미래를 예언할 수 있고 그 예언이 맞았다는 것 자체는 크게 이상할 게 없는 거고."

규동은 이인선에게 다시 물었다.

"예언이 맞는 게 이상할 게 없다면, 정말로 가위바위보를 무조건 이기는 그런 예언도 가능하다는 거예요?"

인선은 잠시 생각에 빠진 얼굴로 아무 말 하지 않았다. 그러더니 설명을 시작했다.

"이런 거 생각해봐. 1024명이 모여 있는데 둘씩 짝을 지어서 가위바위보를 하는 거야. 그리고 진 사람은 빠져. 그러면 512명이 남겠지? 그러면 또 둘씩 짝을 지어서 가위바위보를 하는 거야. 또 진 사람은 빠져. 그러면 256명이 남겠지? 그런 식으로 한 판 더 하면 128명이 남고, 또 한 판 더 하면 64명이 남겠지. 그런 식으로 열 번 가위바위보를 한다고 해봐."

"그러니까 1024명이 모여서 가위바위보 대회를 토너먼트 방식으로 하는 거네요."

"그렇게 하면 맨 마지막에 남는 최후의 우승자 한 명은, 열 번 연속으로 가위바위보를 이기기만 한 사람이 되는 거야. 이 대회를 하면 1024명 중에 한 명은 반드시 열 번 연속으로 가위바위보를 이기기만 한 경험이 있는 사람이 될 거라고. 가위바위보해서 열 번 연속으로 이긴 경험 있어?"

"없죠."

"만약 열 번 연속으로 이겨보면 어떨 것 같아? 막 신비한 승리의 기운이 나에게 뭉쳐서 몰려와 있고 그런 느낌이 들지 않아? 그런데, 1024명이 가위바위보 토너먼트를 하면 반드시 한 사람은 무조건 그런 사람이 생긴다니까. 그냥 우연으로."

규동은 인선 옆에 걸터앉았다. 그리고 지금까지 나눈 이야기를 한참 머릿속으로 정리해보았다.

"사장님, 그런데 저는 이게 다 무슨 상관이 있는 이야기인지, 왜 이런 이야기를 하시는지 잘 모르겠는데요."

인선이 대답했다.

"정말로 딱 맞춰서 미래를 예언한다는 사람이 있다는 거야. 그런데 그 사람에 대해 조사해달라는 게 우리 회사의 다음 일거리야."

인선은 드디어 누운 자리에서 일어나서 바닥에 섰다.

"지금 같이 출발해서 가보자고."

나서는 인선을 따라가면서 규동은 무심코 시계를 보았다.

"그런데, 사장님, 아까 그 말씀 처음 하신 때로부터 지금이 딱 15분 후네요."

10시에서 11시까지

지하철을 타고 가자는 인선의 말에 규동은 안심했다. 인선이 말했다.

"왜 이렇게 갑자기 얼굴이 밝아져?"

"예? 제 얼굴이 밝아져요? 아닌데요. 별로 그런 것 없는데요."

"갑자기 딱 기분 좋은 얼굴이구만. 한 팀장, 내 차가 아니라 전철 타고 가는 거라서 안심해서 그런 거지?"

"그런 거 아닌데요."

그렇게 대답했지만 대답하고 보니 인선의 말이 과연 맞는 것 같았다.

규동은 인선의 차에 타는 것을 싫어했다. 인선의 차는 너무 낡았다. 그 차를 타면 불안했고 위험하다는 기분이 들었다. 그렇다고 차가 제대로 움직이지 않는다거나 가다가 갑자기 선다거나 하는 것은 아니었다. 그런 적은 한 번도 없었던 것 같다. 어쩌면,

한두 번 정도는 있었던 것 같기도 하지만, 적어도 규동이 정확하게 기억할 수 있는 사례는 없었다.

그래도 너무 오래된 차이고, 그 차를 타면 안 된다는 느낌이 강하게 들었다. 아무리 차가 부드럽게 움직이고 있다 해도 그러다 문득 갑자기 자동차가 그 자리에서 물풍선 터지듯 확 폭발해 버린다 한들 이상하지 않을 듯했다. 이상하기는커녕 아주 어울릴 것 같았다. 봉준호 감독 같은 사람이 멀쩡하게 도로를 잘 달리던 자동차가 갑자기 툭 터지더니 사방으로 불을 뿜으며 산산조각이 나는 영화 장면을 찍으려고 한다면, 딱 이인선 사장의 차를 섭외해서 그 장면을 찍을 성싶었다. "이 차는 그 장면을 위해 먼 옛날부터 있어왔다는 그런 느낌이 딱 왔어요." 그 장면을 촬영한 뒤에 봉준호 감독이 인터뷰에서 그렇게 말하는 장면까지 규동은 떠올릴 수 있었다.

"내가 몇 번 시험 성적서도 보여줬잖아. 자동차 정비하는 데서 검사해봐도 아무 문제 없다고 하는 차라니까. 왜 한 이사는 내 차를 그렇게 무서워해?"

"아무리 그래도 꺼림칙해요. 절대 움직이면 안 될 것 같은 차가 막 움직이는 느낌이라니까요."

"그런데 차가 잘 움직이잖아. 무슨 사고를 낸 적이 있어? 아니면 사고가 난 적이 있어?"

"아니에요. 정상적으로는 움직일 수 없는 폐차인데 무슨 고대의 주술 같은 걸 걸어서 억지로 움직인다, 약간 그런 느낌이라니까요.”

인선은 측은하게 여기는 눈빛으로 주차되어 있는 자신의 차를 바라보았다. 규동은 인선이 그러다 갑자기 그 차를 타고 가자고 말할까 싶어 얼른 인선의 앞으로 나아가 시선을 가리고는 물었다.

“지하철 몇 호선인데요?”

인선이 말한 목적지는 서울에서 경기도의 중소 도시로 나아가는 지하철 노선의 한가운데였다. 둘은 지하철역에 들어갔다.

“걱정 마. 어차피 지하철 타고 가야 돼.”

“자동차 고장 난 거죠?”

“아니라니까. 그럴 수밖에 없어. 요즘에 그쪽으로 가는 길이 얼마나 막히는지 몰라. 수도권에서 거기 교통 상황이 제일 엉망일걸. 만날 GTX를 만든다, 모노레일을 만든다, 경전철을 만든다, 지하철을 하나 더 놓는다, 헬리콥터 버스를 띄운다, 그런 소리 나오는 길이 그쪽이잖아.”

지하철을 타면서 한규동이 살펴보니 정작 목적지는 교통 체증 구간을 벗어나 더 나아간 제법 먼 곳인 듯했다. 서울의 복잡한 곳에서는 이제 빠져나왔지만, 아직 서울 바깥의 다른 도시 중심지에는 도착하지 않은 중간 즈음에 연속으로 서넛쯤 있는 지하철역 중 하나가 내릴 곳이었다. 한가로운 낮 시간에 전철을 타고 지나가면, 연속으로 세 역, 네 역을 지나도록 타는 사람도 내리는 사람도 없는 그런 역이라고 할 수도 있겠다.

"이 노선은 서울이나 반대쪽 종점 근처 환승역에서는 정말 사람이 미어터지도록 많이 몰리는 곳인데 이렇게 사람이 아무도 없는 역이 나오니까 이상하네요. 뭔가 꼭 내리면 안 되는 마법의 역, 뭐 그런 느낌도 들고."

마침 그 말을 했을 때 이인선은 자리에서 일어섰다.

"우리 여기서 내려야 하는데."

규동은 급히 인선을 따라서 전철에서 내렸다.

"역에서 내려서는 어디로 가야 된대요?"

"역에서 완전히 내리는 게 아니야."

이인선은 그렇게 말하고 전화기를 열어서 무엇인가를 유심히 읽어보았다. 아마 약도나 길 안내 내용을 보는 것인가 싶었다.

두 사람은 에스컬레이터를 타고 지하철역 출구 방향을 향해 올라갔다. 지하철역이 대단히 깊은 곳에 있는 것 같았다. 이인선은 이 지하철역이 수도권에서 몇 번째로 깊은 곳이라고 이야기해주었다. 긴 에스컬레이터가 몇 차례 연결되면서 몇 층이나 되는 지하 공간을 뚫고 올라가고 있었다. 어느 정도 올라오니 뻥 뚫린 넉넉한 공간이 있어서 어지간한 건물 5, 6층쯤은 될 만한 높이의 넓은 공간이 광장처럼 펼쳐져 있었다. 그리고 그 양옆에 긴 에스컬레이터가 오르내리는 공간이 나타났다.

"이런 공간 되게 아깝지 않아? 이렇게 천장이 높고 넓은 실내 공간이 잘 없잖아. 그런데 그냥 양옆으로만 사람이 다니고 허공 가운데는 뻥 띄워놓는다는 게 좀 아쉽단 말이지. 여기는 실내 공간이라서 그렇게 춥지도 덥지도 않고, 바람도 안 불고, 눈비도 안 맞을 텐데. 그런데도 중간의 허공은 그냥 저렇게 비어 있기만 하단 말이지."

"천장에서 줄을 아래로 늘어뜨려서 거기에 층층이 천막 같은 걸 매달아두고 노숙자 쉼터로 만들어야 될까요?"

"고공 노숙자 쉼터를 만든다고? 그러면 거기에 들어갔다 나왔다 하기가 너무 힘들잖아. 줄 타고 들어가거나 사다리 타고 들어가나?"

"그것도 그렇네요."

"그런 것보다, 나는 어지간히 넓은 공간이 아니면 전시하기 힘든 거인 조각상이나, 아니면 엄청나게 커다란 그림을 걸어놓는 전시장으로 쓰면 어떤가 생각했는데 말이지."

그런 잡담을 하면서 걷다가 인선은 에스컬레이터 하나가 다음 에스컬레이터와 연결되는 중간 지점에서 옆으로 돌아섰다. 그곳에 연결된 다른 통로가 있었다. 규동도 그 뒤를 따라 들어갔다.

"여기로 가면 나가는 길이 없지 않아요?"

"여기서 안 나간다니까."

넓은 공간 가장자리를 빙 둘러 복도가 있었다. 사람이 자주 다닐 이유가 없는 곳이기 때문인지 조명도 어두침침했다. 따지고 보면 지상에서 그곳까지는 상당히 깊었다.

그러고 보니, 규동은 지하철을 타고 역을 오갈 때마다 가끔 벽면에 사람이 다닐 수 있을 만한 공간이 있는 것을 보긴 했지만 실제로 그런 곳을 누군가 걸어가는 장면은 한 번도 본 적이 없다는 사실이 생각났다.

인선과 규동은 컴컴한 길을 한참 걸어갔다. 분명히 바깥은 한낮이었다. 하지만 몇 분 동안 지하철역 외진 곳의 컴컴한 길을 걷고 있으니 지금 시각이 오후인지, 저녁인지, 밤인지도 잠깐 어렴풋해지는 느낌이 들었다.

그렇게 컴컴한 길 중에서도 가장 컴컴한 한구석에 도착하니, 거기에 철문이 하나 있었다.

"여기인 것 같아."

철문 가운데 사람의 눈길이 가장 잘 닿는 곳에 "관계자 외 출입금지"라는 말이 적혀 있었다.

"이런 문 안에 뭐가 있을지 궁금해한 적 없어?"

"뭐, 기계 조작하는 곳이나, 보일러 조종하는 곳이나, 잡동사니 창고나 그런 게 있지 않을까요?"

"그럴 수도 있는데, 이 지하철역에 있는 이런 방들은 대부분 빈방이란 말이야."

"쓸데없이 빈방이 왜 있는데요?"

"지하철역을 만들면서 땅속을 엄청나게 파내잖아. 그렇게 큰 공사를 하는데 그냥 맹숭맹숭하게 아무것도 없는 벽면만 계속 만드는 것보다 방을 좀 만들어두어도 안 될 건 없거든. 그래서 공사하다가 그냥 괜히 벽을 따라서 방을 좀 만들어둔 거야. 그런데 그게 꼭 무슨 쓸모가 있어서 만들어둔 방은 아니다 보니까,

지하철역을 다 만들고 나서도 구석진 곳에 있는 방은 그냥 계속 텅 비어 있는 경우도 생기고 그런 거지. 1974년에 서울에 지하철이 처음 생겼다는데, 어떤 방은 처음 생겼을 때부터 지금까지 단 한 번도 아무런 용도로도 사용 안 되고 그냥 닫혀 있는 빈 공간으로 남아 있는 곳이 있지 않겠어?"

규동은 잠시 인선의 말을 생각했다. 규동이 말했다.

"정말 그런 곳이 있으면, 1970년대의 공기가 지금까지도 그대로 남아 있는 곳! 하면서 선전할 수도 있겠네요."

"뭐, 그렇지는 않겠지. 사람 없는 방이라도 환풍기는 돌아가니까."

인선은 눈앞의 문을 열려고 했다. 규동이 만류했다.

"잠깐만요. 여기 '관계자 외 출입금지'라고 적혀 있잖아요."

"우리는 관계가 있는 사람이잖아."

"무슨 관계요?"

"이 문 속으로 들어가고 싶다는 마음이 있다는 관계."

"그런 것도 관계인가요?"

"그렇지. 정말 아무 관계가 없는 사람이라면 이런 게 있다는 것도 모르고 그냥 아무 관심도 안 갖고 그냥 제 갈 길 찾아서 지하철역 바깥으로 나가서 어디든 가겠지. 우리는 그렇지는 않잖아. 이 문이 여기에 있는 걸 알고, 이 문 속으로 들어가고 싶어 하잖아. 그러니까 관계가 조금이라도 있는 사람들 아니야?"

"그 정도 관계로는 관계자라고 말하기에는 조금 관계의 정도가 떨어지는 것 같은데……"

인선을 말리기 위해 규동이 말을 이어가는데, 인선은 그 문을
바로 열어버렸다.

열린 문 안은 입을 벌린 커다란 괴물의 목구멍 같아 보였다.
이상하게 실제보다 더 좁아 보이는 통로가 길게 안쪽으로 이어
져 있었다. 내부에 조명이 아예 없는 건 아닌 듯했다. 그렇다고
전등을 밝혀놓았다고 하기에는 너무 어두웠다. 몇 발자국 더 걸
어 들어간 곳은 무엇이 있는지 전혀 보이지 않아서 캄캄한 장막
이 가로막고 있는 것 같았다.

"여길 들어간다고요?"

"딱 봐도 뭔가 돈 될 만한 게 있을 만한 느낌 아니야?"

"옛날 전설 같은 데 보면, '다 좋은데 그 뒷산 동굴에는 절대 들
어가지 마라'라든가, '다 좋은데 거기 그 빈집에는 해가 지고 나
면 절대 들어가면 안 된다'라고 하는데, 꼭 그런 데에 들어갔다
가 무슨 난리가 나고 그러잖아요? 딱 그런 데 나오는 절대 들어
가지 말라고 하는 장소 느낌인데요."

"그런 전설에서 주인공이 그런 데 들어가니까 이야기가 되는
거 아니야. 그 동굴에는 절대 들어가면 안 된다, 그래서 안 들어
갔음, 아무 이야기도 안 생겼음, 끝. 이러면 무슨 옛날이야기가
되겠냐고. 그런 옛날이야기들은 다 권선징악이라서 결국 그런
주인공들이 마지막에 돈도 많이 벌고 오래오래 행복하게 살았
다는 이야기로 끝나잖아."

"그건 전설 주인공이니까 그런 거고요. 그리고 권선징악도 그렇죠. 우리가 별로 그렇게 착하지도 않잖아요."

"너무 그럴 것 없다니까. 저기 저 문에는 '절대 거기에 들어가지 마라'라는 말은 없었잖아."

"관계자 외 출입금지는요?"

"우리는 관계 조금 있는 사람들이라니까."

그렇게 말을 하면서 이인선과 한규동은 문안으로 한 걸음 한 걸음 걸어 들어가고 있었다.

"지금 갑자기 쾅 하면서 우리가 들어온 문이 닫히고, 뛰어가보면 잠겨 있어서 못 열고 그럴 것 같은 느낌인데요."

"그런데, 안 그렇잖아? 그렇게까지 불길하고 그런 곳은 아니라니까."

공교롭게도 곧 그런 문소리 같은 큰 소리가 났다. 무심코 이인선은 아주 짧고 빠르게 "엄마야"라고 말했다. 소리가 들리는 방향은 들어온 위치가 아니라 통로 안, 더 깊숙한 쪽이었다.

"이거 뭐예요?"

"안쪽에서 무슨 일이 일어나고 있는 거 아니야?"

이인선은 걸음을 빠르게 옮기기 시작했다. 규동이 말했다.

"잠깐만요, 사장님, 이거 진짜 무서운데요."

"입구 쪽 문이 닫힌 거 아니라니까. 반대 방향이야."

그리고 문 닫히는 것 같은 큰 소리가 몇 차례 더 들려왔다. 이인선은 이제는 거의 달리는 듯한 속도가 되어 빠르게 안쪽으로 들어갔다. 규동은 하는 수 없이 인선을 따라 뛰어갔다. 인선과 떨어져 혼자 있으면 더 무서울 것 같았다.

통로는 몇 차례 갈림길과 굽잇길로 연결되어 있었다. 지하철 역사에 누구 하나 신경 쓸 리 없을 법한 곳의 벽면 뒤에 이렇게 넓은 공간이 있는가 싶었다. 통로는 미로 수준까지는 아니었지만 자칫하면 헷갈린다 싶을 정도로는 복잡했다. 인선은 소리가 들린 방향을 가늠해가며 멈춤 없이 걸음을 내디뎠다. 곧 통로 끝에 환한 빛이 보이는 곳으로 접어들게 되었다.

"저기야. 저기에서 소리가 났어."

"잠깐만요. 좀 차분하게 가자고요. 저기 뭐가 있는 줄 알고요?"

규동이 만류할수록 인선은 오히려 더 빨리 걸었다. 지금이라도 그만둘까 싶어 규동은 잠시 멈칫했지만, 이제 와서는 오히려 돌아가는 길이 더 멀 것 같았다.

빛이 보이는 곳은 문이 열린 방이었다. 방 안에 전등이 환하게 켜져 있어서 그 불빛이 보인 것이었다. 멀리서 보니, 그곳에는 한 사람이 서 있었다. 키가 훤칠한 남자인 듯싶었다.

남자는 방 한가운데에 서서 고개를 숙인 채 혼잣말을 하듯이 말하고 있었다. 태도로 보아 그는 인선이 있는 쪽에 그 말을 들려주고 싶어 하는 것 같았다.

"신기하지 않아? 서울에만 해도 지하철역이 320개가 넘을 텐데, 그 역마다 이렇게 무심히 만들어놓고 아무도 신경 쓰지 않는 방이 다섯 개씩만 있다고 쳐봐. 그러면 서울 땅속에 이런 방이 1500개가 넘게 있다는 거야. 1500개나 되는 이런 지하의 숨겨진 방 중에는 정말 아무도 모르는 이상한 곳도 있지 않을까? 어떤 범죄자가 몰래 빼돌린 금괴를 숨겨둔 방이 있을 수도 있고, 세상에 단 한 마리밖에 없는 기괴하게 생긴 물고기를 기르는 커다란 수조가 있는 방이 있을 수도 있을 것이고. 어쩌면 외계인을 붙잡아 숨겨둔 방도 있지 않을까? 죽었다는 사실을 숨긴 사람의 시체를 몰래 가져와서 쌓아둔 방도 있을지 모르고."

남자는 인선과 규동이 있는 쪽을 보았다.

"그리고, 바로 이 방처럼 악마의 사제가 어둠을 향해 기도를 드리며 신탁을 기다리는 곳처럼 꾸며진 곳이 있을지도 모르지. 아 참, 악마라면 신탁이 아니고 마탁이라고 해야 할까?"

갑자기 밝아진 빛 때문인지 남자의 얼굴은 꽤히 무척 잘생겨 보였다. 언뜻 보면 어마어마한 미남이라고 생각할 수도 있을 만한 용모였다.

인선은 남자를 알아보았다.

"오 차장, 너 왜 먼저 들어와 있었어? 그리고 먼저 들어왔으면 먼저 들어가서 기다리고 있다고 문자 메시지나 보내지, 뭘 그렇게 이상한 영화 대사에서 베낀 것 같은 폼 잡는 대사를 길게 하나?"

그는 신문사의 기자인 오현명 차장이었다.

11시에서 12시까지

오 차장이 뭐라고 대답하기도 전에 인선이 다시 물었다.

"이 앞에서 만나서 같이 들어가자는 것 아니었어?"

"그렇지. 원래는 네가 오면 잠긴 문 좀 따달라고 부탁하려고 했지."

"지금 문 안 잠겨 있는데, 무슨 문을 따달라고 해?"

"내가, 이 두 손으로 직접 문을 땄지. 이게, 기자 정신으로 해보니까 되더라고."

규동은 대화를 듣고 있다가 끼어들었다.

"사장님, 자물쇠 따고 그런 것도 할 줄 아세요? 그런 건 언제 어디서 배웠는데요? 그런 일을 왜 할 줄 아시는 건데요?"

인선은 대답하지 않았다. 대신 오 차장에게 물었다.

"자물쇠 몰래 따는 게 기자 정신이냐?"

"진실을 파헤치기 위해서라면 어떤 두터운 장벽이라도 뚫고 들어갈 생각을 품고 사는 게 기자 정신이잖아."

"뭔 소리야? 너 연예인 많이 보고 싶어서 이번에 연예부로 옮겨달라고 했다가 밀려났다던데."

"어디로 발령이 나든, 자신이 맡은 일에 대해 항상 최선을 다하면서 회사에 필요한 역할을 그 이상 해내려고 노력하는 게 회사원 정신이잖아."

"먼저 와 있으면 그렇다고 연락이나 하지, 왜 괜히 무슨 이상한 사람같이 여기서 서서 기다리고 있었어?"

오 차장은 자신의 잘생긴 느낌을 강조할 때 매번 짓던 표정을 지었다.

"너도 처음 이 문이 열려서 들어올 때 내가 느낀 그 긴장감을 비슷하게 느껴보라는 뭐 그런 거지. 동업자 정신 같은 거."

"오늘따라 왜 이렇게 정신, 정신 타령이야? 정신 사납게. 정신 차려."

"그런데, 여기 이 방을 한번 보라고. 너 같아도 괜히 이상한 모습으로 좀 서 있고 싶지 않겠어?"

규동은 속으로 '사장님이라면 어디가 되었든 서 있기보다는 누워 있으려고 하겠지. 틈만 나면 귀찮으니까 좀 누워 있겠다고 하는 사람이니까'라고 생각했다. 그런데, 아닌 게 아니라 방의 모습이 확실히 괴상하기는 했다.

얼룩덜룩 곰팡이가 많이 핀 하얀 벽에 사각형과 직선이 규칙적으로 복잡하게 그려진 무늬가 커다랗게 그려져 있었다. 어떻게 보면 소용돌이 같기도 하고, 어떻게 보면 눈송이 같기도 한 모양이었다. 그 무늬는 벽면 모서리에도 절묘하게 어울려서 바닥과 천장에도 이어져 있었다. 온통 하얀 방에 그런 복잡한 무늬가 휘몰아치고 있는 형상을 보고 있으니 문득 빨려들 것 같다는 느낌도 들었다.

인선이 오 차장에게 물었다.

"이런 거 본 적 있어?"

"아니. 이런 거는 아무 데서도 본 적 없어."

"그런데 아까 무슨 악마의 사제가 어쩌고 그런 말은 왜 한 거야?"

"그냥 좀 으스스한 느낌이 들어서 최대한 멋있고 어울리게 말해보려고."

"야, 너는 기자면 좀 기자답게 행동해라. 무슨 시인이나 소설가냐? 왜 네 마음대로 상상해서 감정을 불러일으키려고 애를 쓰는 건데?"

"나에게 너를 만나는 일은 기사를 쓰는 것보다는 시를 쓰는 일이니까."

"놀고 있네. 너 아직도 나 좋아해?"

이인선이 그렇게 묻자, 오 차장은 갑자기 연극배우의 양식적인 연기처럼 고개를 홱 돌려 얼굴을 보이지 않게 했다.

인선은 방을 둘러보았다. 벽의 무늬는 확실히 특이하고 강렬한 느낌이 있었다. 자세히 살펴보니 깨끗하게 무늬가 인쇄되어 있는 벽지는 아니었다. 흰 페인트칠을 한 벽에 누군가 자 같은 것을 대고 검은 페인트로 선을 그린 모습이었다. 페인트칠이 튄 흔적이나 흔들린 자국 같은 것이 눈에 뜨였다. 벽면이 축축하게 젖어 있고 습기가 많아서 퀴퀴한 냄새가 퍼져 나오고 있었다. 그 래서인지 벽에 페인트가 번지거나 잘못 퍼져 나간 듯한 모양도 보였다.

"그러니까, 이 무늬가 외국 어디의 악마 숭배 단체가 자주 사 용하는 모양인 것으로 검색되어 나온다든가, 뭐 그런 건 아니 지?"

"그런 건 아니고."

"확실해?

"확실하지는 않아. 단어나 글자로 검색하기는 쉬워도 이런 모 양이나 무늬로 검색하기는 힘들잖아. 정확하게 똑같은 형태가 그대로 어디에 있는 거면 몰라도. 그냥 규칙성 자체나 분위기만 비슷한 무늬가 어디에 또 있는지 검색하는 건 쉽지 않겠지. 인공 지능 인식 기술, 그런 걸 써야 하지 않을까?"

"하여튼 좀 특이한 무늬를 사용했다고 해서, 괜히 그렇게 악마 의 사제니 뭐니 그런 말 할 필요는 정말 없었잖아?"

오 차장은 여전히 인선을 쳐다보지 않은 상태 그대로 대답했 다.

"그런데, 정말 악마 같은 느낌이 있었다니까. 그래서 너한테도 연락해서 같이 알아보자고 한 거야. 이런 건 딱 이 사장 분위기가 나는 일이더라고."

"무슨 느낌이 나길래?"

"내가 말한 그 미래를 예언하는 사람이 예언한 게 그냥 막연히 이래도 그만 저래도 그만인 그런 내용이 아니었거든. 진짜 예언자 같다고. 그런데 그 예언자가 이렇게 이상한 방에서 사람을 만나자고 한 거야. 딱 무슨 악마가 사람한테 불리한 계약 하면서 유혹하고 그럴 때 나올 만한 배경 아니냐?"

"그래서 무슨 예언을 한 건데? 또 나무 목木 자가 들어가는 사람이 서쪽에서 나타나니, 그 사람이 귀인이다…… 그 비슷한 점쟁이 소리를 들은 거야?"

"아니야. 그 정도면 그냥 그러려니 했겠지. 그것보다 훨씬 더 구체적이야. 옛날이야기에 나오는 사람이 괜히 알아들을 수 없게 알쏭달쏭하게 말하는 그런 말투가 아니었어. 이건 진짜 미래를 내다보는 예언이야. 육하원칙에 맞춰서 정확하게 알기 쉽게 예언해줬다고."

"도대체 무슨 예언인데?"

오 차장은 자신의 제보자가 전한 이야기를 이인선과 한규동에게 들려주었다.

제보자는 어느 날 자신의 전화에 들어온 이상한 메시지를 보았다고 한다. 메시지 내용은 짤막했다.

———— 오늘 13시 13분에 선생님께 전화를 드릴 것입니다. 그리

고 선생님께 중요한 사실을 하나 일려드릴 테니, 잘 듣고 최대한 선생님께 도움이 되도록 활용하십시오.

얼핏 보았을 때는 그냥 그런 광고 메시지 아닌가 싶었지만, 내용이 특이해서 기억에 남긴 했다고 한다.

얼마 후, 13시 13분이 되자 정말로 음성 통화가 걸려왔다.

이 대목에서 이인선이 오 차장에게 따졌다.

"왜 하필 13시 13분이야?"

"뭔가 으스스하잖아. 13은 불길한 숫자라고 하는데."

"뭐가 불길해. 13시 13분이면, 자축인묘진사오미신유술해로 시간 나타내던 조선 시대 방식으로 나타내면 그냥 미시에 속하는데, 13시 13분이라는 시각을 미시라고 부르면 무슨 불길한 느낌이 있냐? 없잖아?"

"뭔가 이 사람은 서양 문화권스러운 그런 분위기로 으스스한 것 아닐까?"

"귀신이 국적을 따져가면서 붙냐? 귀신이 무슨 출입국관리사무소 직원이야?"

"어쨌거나 13이라고 하면 불길한 기운이 서려 있는 것 같기는 하잖아."

"기운이 뭔데? 기운이란 게 그냥 대충 너 혼자 느낌에 그런 것 같다는 걸 두고 뭔가 실제로 있는 것 같다는 식으로 말할 때 갖다 붙여 쓰는 말 아니야?"

"야, 그래도 한번 느껴봐. 지금 우리가 이 방에 있는데, 이 방은 진짜 불길한 느낌 아니냐?"

오 차장은 차단된 방의 답답한 느낌과 그 방을 치장하고 있는 이상한 무늬를 다시 한번 돌아보았다. 인선과 규동도 잠시 그것들을 보았다. 인선이 오 차장에게 물었다.

"13시 13분이라는 게 정말로 원래 제보자가 해준 이야기에 있던 말이야, 아니면 네가 그냥 괜히 분위기 재미있게 하려고 끼워넣은 소리야?"

"원래 있던 이야기인데."

"그러면 딱 봐도 유치한데. 13이 불길하다, 13시라는 시간도 불길하게 여긴다, 이런 것은 그냥 누구나 아무렇게나 생각해낼 수 있는 거잖아. 그게 아니라, 예를 들어서 8시 21분 같은 시각에 저주가 서려 있는데, 알고 보니까 8시 21분이 무슨 악독한 살인마가 처형당하던 바로 그 순간이더라, 뭐 그런 이야기 같으면, 그러면 하다못해 뭔가 살인마에 대해 조사를 좀 한 사람이 만든 이야기라고는 생각할 텐데."

"그렇지? 아무래도, 13시 13분 이런 대목은 유치하긴 유치하단 말이야."

오 차장은 태연히 인선에게 동조했다. 그러나 그대로 다음 내용을 말했다.

"그런데, 막상 이야기가 본론으로 넘어가면 이게 절대 유치한 내용으로 이어지지 않아."

오 차장은 이야기를 계속했다.

13시 13분이 되었을 때, 정말로 제보자의 전화에 음성 통화가 걸려왔다. 음성 통화에서는 어디에선가 들어본 듯하지만 뭔가 정상적이지는 않은 말투의 목소리가 흘러나왔다. 지금 당장 전화기에 대고 말을 하는 사람이 있는 말투라기보다 예전에 녹음을 해둔 목소리가 흘러나오는 것 같았다고 한다.

역시 광고 전화인가 싶어서 그냥 끊으려고 했는데, 마침 13시 13분에 연락을 하겠다는 이야기를 들었던 것이 기억이 났다. 그래서 도대체 무슨 말을 하려고 그러나 싶어 호기심이 생겼다고 한다. 제보자는 잠깐 들어보기로 했다.

정말로 호기심을 더 끌 만한 이야기가 들려왔다.

전화 속의 목소리는 그날 저녁에 있을 축구 경기의 결과를 미리 말해준다고 했다. 저녁에 예정되어 있는 축구 경기는 한국과 일본의 국가 대표 간 대결이라서 제법 관심을 많이 받던 경기였다. 제보자는 유독 그 경기에 관심이 있던 사람이었다. 축구 경기 보는 것을 좋아하던 그는 한국 팀이 이기기를 간절히 바라고 있었다.

마침 전화 속 목소리가 마지막으로 이렇게 말했다.

——— 한국이 3 대 0으로 승리할 것입니다. 부디 이 예언을 꼭 선생님께 가장 큰 도움이 되도록 활용하십시오.

제보자는 무슨 뜻인지 정확히 알 수가 없었다. "가장 큰 도움이 되도록 활용"하라니? 무슨 이상한 장난인가 싶어서 그냥 잊고 넘어가보려고도 했다.

그날 저녁의 축구 경기는 보고 싶어서 기다리고 있던 경기였다. 경기 시각이 점차 다가오니, 전화로 들은 이상한 이야기가 자꾸 생각이 났다. 제보자는 만약에 자신이 정말로 예언을 들은 것이라면 어떻게 그것을 활용할지 궁리해보았다. 제보자는 스포츠 복권을 사기로 했다.

"스포츠 복권이 뭔데요?"

규동이 물었다. 인선이 대신 대답했다.

"복권 같은 걸 사면서 사람들이 스포츠 경기 점수 맞히기 내기하는 것 있잖아. 자기가 찍은 점수대로 스포츠 경기 결과가 나오면 상금을 주고 못 맞히면 그냥 돈 날리는 것."

"그러면 그 제보자라는 사람은 예언대로 한국이 3 대 0으로 일본에 이긴다는 데 돈을 걸고 스포츠 복권을 샀다는 거예요?"

오 차장은 그렇다고 대답했다. 제보자는 어차피 축구 경기는 볼 것인데, 좀 더 신나고 짜릿하게 빠져들어서 보려면 스포츠 복권을 사보는 것도 괜찮겠다고 판단했다 한다. 응원하는 팀이 한국 팀이니 기왕이면 한국이 이기는 결과에 돈을 거는 것도 좋을 거라고 생각했다.

당시 한국 팀의 전력은 일본 팀에 비해서 뒤떨어진다는 것이 많은 사람의 의견이었다. 그 때문에 한국 팀이 3 대 0으로 이긴다는 예언은 이루어지기 힘들어 보였다. 객관적으로 따져보자면 질 가능성이 더 높아 보였다.

그렇지만, 제보자는 응원 열기에 빠져서 한국이 이기는 결과에 돈을 걸고자 했다. 그러면 한국이 몇 대 몇으로 이긴다고 할까? 기왕 별로 이길 가망이 없는데도 이기는 쪽에 돈을 건다면, 낮에 들은 이상한 예언을 한번 믿어보는 것도 신기하고 재미있을 거라고 생각했다.

"결과가 어떻게 나왔는데요?"

규동이 묻자 오 차장이 대답했다.

"예언했던 대로였대. 3 대 0. 한국 승리. 이길 가능성이 거의 없다고 했던 그 경기에서."

12시에서 13시까지

"그게 뭐야? 그러면 그냥 스포츠 복권으로 돈 생긴 사람 이야기잖아. 어젯밤 꿈에 할아버지가 숫자를 알려주길래 그대로 복권을 샀더니 당첨됐다는 이야기랑 별다를 게 없는데."

인선이 말했다. 그러자 오 차장은 고개를 좌우로 저었다. 오 차장의 모습은 어쩐지 흐뭇해 보일 정도였다.

"거기서 이야기가 끝이라면, 네 말대로 그냥 복권 당첨된 이야기겠지. 그런데, 이 이야기는 여기서 끝나는 게 아니야."

"그러면 어디서 끝나는데?"

"아직 남았어. 이야기는 결국 바로 여기까지 온다."

오 차장은 "바로 여기"라고 말하면서, 세 사람이 서 있는 그 이상한 방 안을 손가락을 휘저어 가리켰다. 오 차장은 이야기를 계속했다.

제보자가 높은 배당으로 돈을 땄다는 생각에 흥분해 있을 때,

다시 전화기에 메시지가 하나 들어왔다. 내용은 다음과 같았다.

──── 예언이 이루어진 것을 확인하셨습니까? 다음 예언은 다음 주 금요일, 13시 13분에 알려드릴 예정입니다. 반드시 기다리고 있다가 전화가 오면 받으십시오.

제보자는 정말 신기하고 재미있다는 생각이 들었다. 그는 너무나 괴상한 일이라고 생각해서 주변의 친한 사람들 몇몇에게도 이 사실을 알려야겠다고 생각했다. 마치 그 생각을 어디에선가 멀리서 들여다보고 있다는 듯 메시지가 또 들어왔다.

──── 다만 이런 일이 있었다는 것을 다음 예언을 듣기 전까지는 누구에게도 알려서는 안 됩니다. 안 그러면 좋지 않은 일이 생길 것입니다.

제보자는 누구에게도 아무 말을 하지 않기로 했다. 별로 어려운 일도 아니었다. 어차피 다음 예언을 듣기 전까지만 알리지 않으면 된다는 이야기니까. 스포츠 복권 예언하는 걸 들었다는 실없는 이야기를 꼭 급하게 알려야만 할 이유가 있는 것도 아니었다. 게다가 한 번 제법 쏠쏠하게 돈이 들어오니, 혹시나 무슨 이유로 비슷한 기회가 또 생길까 싶은 마음도 있어서, 메시지로 전해오는 지시를 따르는 것이 좋겠다고 생각했다.

다음 주 예정된 시각이 점차 다가오자 제보자는 왜인지 그때를 기다리며 자신이 초조해하고 있다는 사실을 깨달았다. 어쩐지 섬뜩하다는 느낌도 들었다.

그리고 13시 13분이 되었다. 과연 이번에도 전화가 걸려왔다. 제보자는 기다리던 전화를 받았다.

──── 다음 예언을 해드리겠습니다. 이번에는 다른 경기의 결과를 예언해드립니다.

지난번에 전화에서 들었던 것과 같은 목소리였다. 그 목소리는 또 다른 축구 경기의 결과 점수를 미리 이야기해주었다. 그리고 다음과 같이 설명해주었다.

──── 이런 예언을 들었다는 사실을 아무에게도 말하지 마십시오. 예언을 들었다는 사실 그 자체만 말하지 않는다면 괜찮습니다. 이 예언을 자신을 위해서 최대한 활용하십시오.

마지막으로 전화 속 목소리는 이런 말을 덧붙였다.

──── 선생님께 이런 이야기를 들려드리는 이유는 선생님의 특별한 상황을 고려할 때에 도움을 드리는 것이 좋다고 보았기 때문입니다.

제보자는 자기가 궁금해하던 이야기에 대한 답변을 듣자 더

욱 놀랐다. 도대체 왜 이런 이상한 일이 자기에게 생기는지 의아하게 생각했는데, 전화 속 목소리는 답해주었다. 게다가 특별한 상황을 고려해준다는 말이 제보자 자신에게 굉장히 와닿았다.

이야기를 듣다가 인선이 오 차장에게 물었다.

"무슨 사정이 있었는데?"

"제보자가 그때 건강 검진 결과가 안 좋아서 갑자기 병원에 다니게 되었는데 그 병원비가 제법 많이 나왔대. 그래서 그 사람은 난생처음으로 카드값도 밀리고 그랬다고 하거든. 혹시 큰 병이 있어서 내 인생이 끝나려고 그러나 하는 생각도 잠깐 했다고 하고. 그래서 돈이 조금만 더 있으면 좋겠다 싶었는데, 갑자기 그런 일이 생기니까 하늘이 자기를 도와주려고 하는가 보다 생각했겠지."

"자기가 뭐라고 하늘이 도와준다는 건데요?"

규동은 인선에게 그렇게 물었다. 인선은 그 질문에는 답하지 않고 그냥 오 차장에게 다음 이야기를 듣고 싶다고 말했다.

오 차장의 이야기에 따르면, 전화 속 목소리가 예언한 축구 경기 결과는 또 맞았다고 한다. 이번에도 제보자는 예언대로 스포츠 복권을 사서 많은 돈을 땄다.

제보자는 이제 정말 신비로운 기분에 사로잡혔다. 도대체 어디서, 누가 자신에게 미래를 알려주고 있는지 궁금했다. 짐작이 가는 곳은 없었다. 돈을 땄다는 즐거움이 잠깐 지나가자 호기심과 함께 묘한 공포감이 들었다. 제보자는 다시 그 알 수 없는 예언자가 자신에게 전화를 해올 것 같다는 생각이 들었다. 언제 전화가 올까 싶어서 전화기를 한동안 붙들고 있다가, 또 적당히 전화기를 던져놓고 괜히 쳐다보고 있기도 했다.

이상한 감정이 최고조에 이르렀을 무렵에, 정말로 또 전화가 울렸다.

———— 예언이 이루어진 것을 확인하셨습니까? 다음 예언은 다음 주 금요일, 13시 13분에 알려드릴 예정입니다. 반드시 기다리고 있다가 전화가 오면 받으십시오.

이번에는 제보자가 다급하게 되물었다고 한다.

"저기요, 잠깐만요. 이게 뭔데요? 왜 저한테 미래를 알려주시는 건데요?"

그러나 전화는 아무 대답 없이 끊어졌다.

세 번째 예언을 기다리면서, 제보자는 이번에는 스포츠 복권에 더 많은 돈을 걸 방법을 찾아보았다고 한다. 스포츠 복권에 돈을 걸 수 있는 최대 액수는 정부 규제에 의해서 정해져 있었다. 그 한도보다 많은 돈을 걸려면 수를 내야 했다.

"불법 도박을 한 건가요?"

규동이 물었다. 오 차장이 대답했다.

"불법 도박은 아니고. 그냥 법의 경계를 슬쩍 줄타기했다고 하면 어떨까?"

"불법이면 불법이고 합법이면 합법이지, 경계를 슬쩍 줄타기 하는 건 뭐 어떤 건가요?"

인선이 대신 대답했다.

"스포츠 복권을 사려고 하는데, 내가 내 명의로 내 복권만 사는 게 아니라, 부모 형제자매한테 부탁해서 부모 형제자매들도 내가 시키는 대로 돈을 걸고 다 스포츠 복권을 샀다고 한다면 그런 걸 큰 범죄라고 보지는 않잖아?"

"제보자가 제보자 부모님이나 형제자매한테 부탁해서 스포츠 복권을 한 장씩 사라고 했다는 거예요?"

"오 차장이 말하는 분위기로 봐서는 그것보다는 조금 더 불법스러운 방식을 사용해서 돈을 더 걸었던 것 같기는 한데."

인선은 그렇게 말하고 오 차장을 쳐다보았다. 오 차장은 결국 그 부분에 대해서는 설명하지 않고 건너뛰었다.

다시 금요일 13시 13분이 되자, 제보자에게 또 전화가 왔다. 이번에도 축구 경기 결과를 알려주는 내용이었다.

제보자는 궁금한 점이 많았지만 묻지 않았다. 혹시 예언자가 하는 말을 잘못 들을까 싶어 한 마디 한 마디에 집중할 뿐이었다. 숫자를 언급하는 발음 한 음절 한 음절을 놓치지 않고 들었다. 너무 집중해서 들으니, 정확히 듣고 나서도 혹시 잘못 들은 것은 아니었을까 의심스러웠다. 제보자는 들은 대로 경기 결과를 메모지에 써놓았다. 제보자는 방금 받은 전화의 내용을 녹음해둔 상태였다. 녹음을 재생해서 메모지에 써둔 것이 맞는지 확인했다. 제대로 들은 것이 맞았다.

　이번에야말로 굉장히 들어맞기 어려운 결과를 예언하는 것 같았다. 하지만 제보자는 두 번이나 정확하게 결과를 맞힌 예언자의 말을 믿기로 했다. 지난번보다 훨씬 더 많은 돈을 예언자가 알려준 대로 걸었다.

　"그래서 어떻게 되었을 것 같아?"

　이야기를 잠시 멈추고 오 차장이 물었다. 인선이 대답했다.

　"또 맞았겠지. 안 그랬다면 이야기가 안 되니까."

　규동은 오 차장을 쳐다보았다. 오 차장은 잠깐 아무 말이 없더니 곧 천천히 고개를 아래위로 움직였다. 맞는다는 뜻이었다.

　"그냥, 맞아 맞아 하고 말을 하면 되지, 뭘 또 그렇게 폼을 잡으면서 천천히 느릿느릿 이야기해?"

　"약간 오싹하고 그렇지 않았어? 더 긴장감 있잖아?"

　오 차장은 주위를 둘러보라는 듯이 팔을 들어 올려 보였다. 규동의 눈에 다시 어지러운 방 안 풍경이 들어왔다. 잠시 잊고 있었는데 그런 말을 들으면서 지하 깊숙한 곳, 왜 이런 방이 있는지도 모르는 곳의 모습을 보니 확실히 무섭기는 했다.

　"그렇게 해서 제보자가 꽤 많은 돈을 벌었다는 거야."

　오 차장은 규동을 슬쩍 쳐다보았다. 조금 굳어 있는 듯한 모습을 보자 오 차장은 흐뭇해하는 표정을 지었다. 인선은 전혀 그 분위기에 휘말리지 않고 있었다. 방 구석구석을 차분히 살펴보면서 이상한 무늬 외에 혹시 특이한 점은 없는지 고민하고 있었다.

"좋아. 참 아름답고 감동적인 이야기네. 그런데 그게 도대체 이 이상한 방에 우리가 와 있는 거랑 무슨 상관인데?"

그 질문에 오 차장은 이렇게 대답했다.

"그 예언자한테 다시 전화가 왔대. 그런데 이번에는 다음 주 금요일에 예언을 해주겠다고 말하지 않았어. 대신에 바로 이 방의 위치를 알려줬다고 해. 금요일이 되면 여기로 오라고 했다는 거야."

"왜요? 뭘 하려고요?"

규동이 물었다.

"그걸 몰라. 그래서 우리가 여기에 온 거야."

오 차장은 "여기"라고 발음할 때 다시 팔을 들어 올렸다. 규동은 이번에도 겁을 먹은 것 같았다. 하지만 역시 인선은 별 관심 없다는 표정이었다.

"오늘은 금요일이 아니잖아?"

"아니지. 제보자가 금요일 날 그 수상쩍은 장소에 있는 방에 가야 하나 말아야 하나 고민을 하다가, 나한테 제보를 한 거야. 참 이상한 일도 다 있다고 하면서. 금요일이 되기 전에 먼저 그 방에 가보고 위험해 보이지는 않는지 알아보라고 한 거지."

"너한테 그런 제보를 하는 사람들이 있어?"

"그 누구보다 철저한 기자 정신으로 똘똘 뭉친 일간지 중간관리자급 기자잖아. 정말 이상한 사건 파헤치는 탐사 취재도 몇 건 멋지게 했고. 여기저기 아는 사람들은 좀 있지."

"정말 이상한 사건들은 나랑 여기 한규동이가 다 했지. 너는 그냥 우리한테 활동비라고 돈 좀 집어 준 거밖에 없잖아."

"후삼국을 통일한 사람을 태조 왕건이라고 하지, 태조 왕건하고 같이 싸운 졸병들 이름들을 일일이 언급하지는 않으니까."

"야, 너는 태조 왕건이고 우리는 졸병이냐?"

"말이 그렇다는 거지."

"말이 그러면 안 된다는 거지."

인선은 둘러보고 싶은 만큼 방을 다 살핀 듯했다. 어느새 방을 한 바퀴 돌고 다시 문 근처에 서서 문을 쳐다보고 있었다.

"그래서 그 예언자라는 사람이 알려준 주소지에 가보려고 했는데, 혼자 가려니까 겁나서 옛날 여자 친구한테 같이 가달라고 전화한 거야?"

"옛날 여자 친구한테 전화한 것은 아니고, 조사 실력이 뛰어난 외주 회사 사장님에게 연락을 한 거야."

"아까는 졸병이라면서?"

"그렇지만 하여튼 참신한 일을 잘하는 회사잖아. 차세대 인터넷 정보 융합 스타트업…… 하여튼 뭐 그런 일 하는 걸로 유명한 회사고."

"차세대 인터넷 정보 융합 미디어 플랫폼 스타트업이 공식적으로 우리 회사가 하는 일이야."

"플랫폼? 그건 못 들어본 것 같은데? 무슨 플랫폼인데?"

"우리 회사가 하는 일을 정리하면 차세대 인터넷 정보 융합 미디어 플랫폼이라니까. 요즘은 적당히 어지간한 데면 일단 플랫폼이라는 말을 쓰는 게 유행이야. 뭔 사업을 하든 하여튼 무슨 무슨 플랫폼을 한다고 말하면 뭔가 같은 일을 해도 더 크게 하는 것 같고 괜히 미래를 보는 느낌도 들잖아. 하다못해 영어 단어도 하나 더 쓸 수 있고."

"그런가?"

"예를 들어서······ 도심형 친근 간편식 조리 및 취식 장소 제공 플랫폼."

"그게 뭔데?"

"김밥천국."

인선은 어느새 방 바깥 방향으로 발을 내디디고 있었다. 규동은 혼자 남겨지는 것인가 싶어 재빨리 인선 뒤에 달라붙었다. 말할 때마다 큰 몸짓을 하며 방 중앙에 서 있던 오 차장도 슬쩍 두 사람을 따라가려고 했다. 오 차장이 말했다.

"도대체 여기가 뭐란 말이야? 이 이상한 방이 뭐야? 그리고 그 예언자라는 놈은 도대체 정체가 뭐길래 미래를 예언하는 그런 초능력을 쓴단 말이야?"

"지금 대충 좀 짐작 가는 게 있어서 가서 확인을 해보려고."

"벌써 짐작이 가는 게 있어?"

"확실하지는 않고. 혹시 너는 뭐라고 생각하는데?"

"모르겠어. 제보자하고 이야기할 때에는 무슨 사기도박단 같은 놈들 아닌가 생각했거든."

"사기도박?"

"도박으로 돈을 벌려는 조직이 있는데 그 조직이 축구 선수들에게 뇌물을 주고 딱 원하는 점수가 나오도록 경기를 해달라고 했다든가. 뭐 그런 거."

"그건 아닌 거 같네. 첫 경기에서 한국이 진 게 아니고 3 대 0으로 이겼잖아. 한국 선수한테만 뇌물 주면 되는 게 아니라 일본 선수들한테까지 뇌물을 줘야 일본 선수들이 일부러 져주겠지. 그렇게 국제적으로 양쪽 팀에 모두 사기를 치기는 쉽지 않겠지. 더군다나 연봉을 몇십억, 몇백억 원 받는 인기 축구 선수들을 다 가담하게 하려면 도대체 얼마나 뇌물을 많이 줘야 하는데?"

"그래도 일루미나티라든가 프리메이슨 같은 국제적인 어둠의 거대 비밀 조직이 힘을 기울인다면 할 수도 있지 않을까?"

"그게 무슨 소리야? 그렇게 엄청난 돈을 들여서 몰래 최고의 축구 선수들을 범죄의 세계로 타락시킬 수 있는 조직이 있는데 그런 조직이 할 일이 없어서 사기도박이나 하고 있다고?"

오 차장은 잠시 하던 말을 멈추었다.

"나도 사실 그 부분에서 좀 막혔거든. 그래서 다른 가능성도 열어두고 다각도로 알아보고 있는 것이고……."

인선은 오 차장의 뒷이야기는 듣지도 않고 그냥 문밖으로 걸어 나갔다.

"이거 일 잘 풀리면 돈 얼마 줄 건지, 미리 메시지 보내서 알려줘라."

인선은 나가려다가 말고 잠깐 멈춰서 오 차상을 돌아보았다.

"그런데, 너 정말 여기에 어떻게 들어온 거야? 너, 자물쇠 여는 거 할 줄 알아?"

"나의 굽혀지지 않는 기자 정신으로……."

"똑바로 대답 안 하면 이 일 안 한다."

그러자 오 차장은 이렇게 설명했다.

"네 자리 숫자를 눌러서 맞히면 열리는 번호 방식 자물쇠더라고. 그래서 0000부터 9999까지 모든 숫자를 꾸역꾸역 차례대로 하나씩 다 눌러보면서 열리나 안 열리나 봤지. 숫자 하나 시험해보는 데 3초씩 걸린다고 치면 전부 시험해봐도 여덟 시간에서 아홉 시간 정도면 다 하겠다는 생각이 들더라고. 너무 일찍 여기 도착했는데 아무 일도 안 하고 너 올 때까지 기다리고 있으면 너무 무서울 것 같아서 시간 때우기 삼아 하나하나 해봤지. 0000번부터 차례대로 맞춰봤는데 다행히 번호가 9999번 같은 게 아니라 1313번이었어. 그래서 금방 열었지."

13시에서 14시까지

　규동은 서울 방향으로 되돌아가는 지하철 안에서도 오 차장이 한 말을 잊을 수가 없었다.

　"혹시 정말 사기도박단이면 어쩌죠? 요즘 사기도박단은 조직폭력배랑도 얽혀 있다고 하잖아요. 좀 무섭지 않아요?"

　규동은 인선에게 물었다.

　"그저 그런 조직폭력배가 얽힌 일은 아닐 거야. 그렇다고 치면 너무 커다란 국제 범죄잖아."

　"그러면 한국의 최대 조직폭력배와 일본의 최대 야쿠자 마약 조직이 서로 얽혀 있는 범죄면 어떡해요?"

　"그럴 것 같지도 않다니까. 그런 엄청 거대한 폭력 조직이면 지금 이미 바쁘게 자기들 할 일이 있을 테니까 그걸 하고 있겠지. 마약을 밀매한다든가, 불법 총기를 유통한다든가. 그 양반들도 그렇게까지 조직을 크게 키웠다면 나쁜 짓을 아주 부지런히

했을 거라고. 굳이 이런 생소한 스포츠 사기도박에 괜히 끼어들겠어?"

"사업을 확장한다거나 그럴 수도 있는 거잖아요."

"그래도 그건 아닐 거야. 그런 조직폭력배라면 자기들이 밑천을 끌어들일 수 있는 사채업자라든가, 대출 사기 하는 사람들이라든가 뭐 그런 사람들하고 엮어서 사기도박을 하려고 하지 않겠어? 왜 하필 누구인지도 모르는 그냥 갑자기 전화받은 사람을 끌어들여서 사기도박을 하려고 하겠어?"

"혹시 그 제보자라는 사람이 사채업자라면요?"

"그런 거 같으면 오 차장이 미리 이야기해줬겠지. 오 차장이 그래도 나랑 같이 장사한 지가 몇 년인데."

대화는 잠시 멈추었다. 여전히 사람이 별로 없는 지하철 속에서 전동차가 움직이는 철커덕거리는 소리만 귀에 계속 들렸다.

그러다 다시 인선이 말했다.

"잠깐만, 그러고 보니까 오 차장 그놈이 그런 이야기를 생략한 거 같으면 난감하기는 하네. 자기가 한번 오 차장한테 연락해서 확인해봐야겠네. 혹시 그 제보자가 뭐 하는 사람인지."

"사장님이 직접 연락하셔도 되잖아요?"

"한 팀장은 이제부터 일하면서 오 차장하고도 좀 접점을 많이 만들어봐. 그쪽 신문사에서 이상한 사건 조사해달라고 일거리 자주 나오잖아. 그래도 그만하면 괜찮아. 언론사 기자들 중에는 기자랍시고 이리저리 말 돌리면서 수고비는 한 푼도 안 주려고 하는 인간도 많은데, 거기는 그래도 돈은 잘 쳐주는 편이고."

"네."

대답을 마친 규동은 다시 가만히 지하를 달리는 동안 창밖에 지나치는 검은 어둠을 멍하니 쳐다보았다.

그러다가 규동이 다시 물었다.

"오 차장님께 물어봤는데 만약에 진짜 사채업자나 조직폭력배가 연결된 사건이면 어쩌죠?"

"그렇게까지 엄청난 사건일 것 같지는 않잖아? 뭐 하나 확인만 해보면 어느 정도 알 수 있을 것 같은 게 있어."

"그게 뭔데요?"

"알아보고 이야기해줄게. 아, 그리고 한 팀장이 오 차장하고 통화하는 김에 돈 얼마나 줄 건지, 어떤 식으로 계산할 건지 그런 이야기도 좀 해보라고. 나는 점심때 어디 좀 가야 할 데도 있고. 조금 있다가 지하철에 내려서 다른 데 좀 갔다가 사무실에 늦게 들어갈 테니까, 한 팀장은 먼저 사무실에 들어가보세요. 점심 사 먹고 들어가도 되고."

과연 얼마 지나지 않아 인선은 지하철에서 내렸다.

규동은 홀로 남게 되었다.

지하철을 타고 몇 시간씩 여행을 하듯이 움직이는 긴 여정의 끝부분을 규동은 혼자 마쳐야 했다. 지하철역에서 나와서 퇴락해 있는 상가들이 줄지어 있는 구역으로 걸어가는 일도 혼자 해야 했다. 휑한 느낌이 도를 넘는 듯하다는 감상을 주는 사무실 건물 계단도 혼자 올라가야 했다.

혼자 걸어서 어지럽게 흐트러져 있는 사무실 문 앞까지 오자니, 규동은 오늘 마주친 사건이 이상하다는 생각을 점점 더 깊이 하게 되었다. 도대체 무슨 수로 축구 경기들을 연속으로 정확하게 예언할 수 있을까? 그런 예언을 왜 제보자에게 들려주었을까?

그러다 보니, 다시 사채업자, 폭력배, 승부 조작, 협박범 같은 생각에 휘말렸다. 일이 이런 식으로 흘러가다 보면 너무 무서운 사람들과 엮이게 되지 않을까 싶어 슬슬 겁이 나기도 했다. 이 직장에서 하는 일이 정말로 그렇게까지 험하고 위험한 쪽으로 기울어버린다면, 과연 이 직장이 다닐 만한 곳일까? 지금 정도의 월급을 받으면서? 아니, 그보다도 그렇게 위험한 사람들과 부딪치면서 일하기에 내가 어울리는 사람인가? 내일 갑자기 사장이 조직폭력배 두목 누구를 만나서 모든 문제의 실상을 밝히러 가자고 하면 그 위험을 내가 감당할 수 있는가?

이런저런 생각을 하다 보니, 마음이 혼란스러워졌다. 더 무섭다는 생각이 들기도 했다. 규동은 그 마음을 떨쳐버리기 위해서라도 인선이 시킨 일을 얼른 해치우는 편이 좋겠다고 생각했다.

규동은 오 차장에게 전화를 걸어 도대체 제보자가 누구인지 물어보았다.

"한 팀장, 미안하지만 안 되겠어요. 제보자 보호는 기자 정신의 가장 중요한 덕목이니까요."

오 차장의 대답은 그 정도였다. 생각보다 오 차장과의 통화는 짧게 끝났다. 메모해둘 내용도 없었다.

다시 사무실은 조용해졌다. 멀리서 나는 발자국 소리까지 들려올 정도로 조용했다. 시각은 시끌벅적하게 떠드는 것같이 어지럽기만 한 사무실 풍경을 받아들이고 있다. 그러나 청각 쪽으로는 아무 소리도 들을 것이 없었다. 시각과 청각의 대조가 자꾸 규동을 더 신경 쓰이게 만들었다.

이인선이 먹다 남긴 배달 음식이 뒹굴고 있는 모습을 배경으로, 지난번 사건 때 여기저기서 구해 온 자료집과 기록 복사물을 쌓아둔 탑이 무너져 내리면서 먼지 구덩이 속에서 흐트러져 개밥처럼 섞여 있는 모습이 눈앞에 보였다. 이런 사무실 내부 풍경은 뭔가 요란한 배경 음악이라도 들려와야 어울릴 듯했다. 지금처럼 너무 조용하기만 하면, 반대로 귓가에서 갑자기 마귀 같은 것이 속삭이는 소리가 들리기라도 할 것 같았다. 그게 아니라면 뭔가가 눈앞을 홱 덮쳐 와서 모든 것을 가려버릴 듯도 했다.

그러고 있으니, 다시 무섭다는 생각이 점차 규동의 마음속에 차올랐다.

밥 먹고 온다는 핑계로 잠깐 바깥에 나갔다가 올까. 그런데 한번 나가면, 이 썰렁하면서도 잡동사니만 가득한 사무실에 또다시 혼자 들어오고 싶지는 않을 것 같았다.

할 수 없이 규동은 인선에게 전화를 걸었다.

"사장님, 어디 계세요? 저도 사장님 가 계시는 데 가서 사장님 일 도울게요."

"뭐? 여기서는 한 팀장이 도울 일이 없는데."

인선은 굉장히 낮은 목소리로 말하고 있었다.

"그래도요. 서울이시긴 하시죠?"

"그렇긴 한데……"

"그러면 제가 사장님 있는 곳으로 가겠습니다."

"아, 올 필요 없는데. 한 팀장 밥 먹었어, 안 먹었어?"

"밥 안 먹어도 돼요. 지금 그냥 사장님 계신 데로 저도 갈게요. 이게…… 혼자서 사무실에만 있으니까 너무 이상해요."

"뭐가 너무 이상해? 아무도 없이 혼자만 사무실에 있으면, 그 틈을 타서 좀 편하게 있고 좋잖아. 자기 좋아하는 노래도 사무실에 틀어놓고. 일도 좀 덜 해도 눈치도 덜 보이고, 그런 거 아니야? 왜 직장인이 혼자 있는 걸 싫어해? 그리고 직장인이 퇴근을 기다려야지. 왜 갑자기 사장 옆에 오려고 하는 거냐고?"

규동은 적당히 말을 돌리고, 결국 그곳에 찾아가기로 했다.

인선이 있는 곳은 어느 오래된 시장이었다.

그중에서도 지금 있다고 하는 데는 구석진 골목 한편이었다. 무엇이 있는지도 알기 어려운 복잡한 골목을 헤매 찾아 들어간 곳에 건물이 하나 있었는데, 그 건물 맨 꼭대기인 4층으로 가야 했다.

전화기를 열어 계속 지도를 보면서 다녔지만, 워낙 비슷비슷한 골목길이 이리저리 꼬여 있는 지역이어서 제 위치를 찾아가기란 쉽지가 않았다. 겨우겨우 찾아내고 보니, 복작거리는 시장 통의 한쪽 끄트머리였다. 대낮인데도 이상하게 어두운 느낌이 들었다. 시멘트 건물이었는데 입구의 낡은 벽면은 약간 비틀린 듯, 이지러진 듯했다. 원래 건물을 좀 대충 짓다 보니 그 모양이 되었는지, 혹은 너무 오래되어 낡고 닳다 보니 그렇게 되었는지는 알 수 없었다.

막상 건물 4층까지 걸어 올라가자 갑자기 주위가 확 밝아져 전혀 다른 곳에 온 듯한 느낌이 들었다. 자잘한 상가들이 빽빽하게 들어찬 시장 통에서 건물의 맨 윗부분만이 태양을 향해 톡 튀어나와 있어서 그곳만은 햇빛을 잘 받고 있기 때문인 것 같았다.

그리고 그곳에는 탕수육 전문점이 있었다.

규동은 좀 이상해서 다시 한번 전화기에서 지도를 펼쳐보았다. 여기가 아니라면 어디에서 길을 잘못 들었던 것일까?

문을 열어젖히자 과연 인선이 보였다. 구석진 끝자리에 앉은 인선은 마침 탕수육 한 조각을 입에 넣는 참이었다. 규동이 자기 쪽을 쳐다보자, 인선은 탕수육을 입에 문 채로 눈을 움직여 알아보는 척을 했다.

규동이 물었다.

"사장님, 여기가 어디예요? 탕수육 전문점이라고 밖에 적혀 있던데. 도대체 뭐 하는 데예요?"

인선은 탕수육을 꼭꼭 씹어서 천천히 음미하며 다 삼켰다. 그리고 규동의 질문에 대답했다.

"탕수육을 전문적으로 만들어서 시민들에게 판매하는 그런 가게."

"아니, 탕수육 전문점이라고 해놓은 곳에 사장님이 왜 오신 거냐고요?"

"탕수육 먹으려고 왔는데."

"예? 무슨 급한 일 있는 것처럼 하고 가셨잖아요?"

"점심때 되었는데 오늘은 탕수육을 너무 먹고 싶어서."

탕수육 먹는 게 급한 일이란 말인가? 규동이 잠시 말없이 있으니 인선이 이어서 말했다.

"아까 지하철 지나가는 노선 중에서 탕수육 진짜 잘하는 집이 근처에 있는 게 생각나서 왔어."

"탕수육 먹고 싶은 게 그 정도로 중요한 일이에요? 그러면 그냥 그렇게 말하시고 갔어도 됐잖아요."

"그런데 뭐, 그렇게 말 안 하고 갔어도 되지."

"저는 무슨, 사람들이 잘 모르는 비밀스러운 곳에 가서 이번 사건 관련된 조사를 하시는 건 줄 알았는데요."

인선은 바로 대답을 하지 않고, 규동의 표정을 잠깐 살폈다. 그 표정이 웃기다고 생각했는지 인선은 잠깐 밝게 웃었다. 그리고 눈을 피해 창밖을 보았다. 이어서 인선이 말했다. 바람에 빈 비닐봉지 같은 것이 의미 없이 날아가는 것 같은 목소리였다.

"오늘 탕수육 많이 먹고 싶었는데, 한 팀장하고 같이 가면 나눠 먹어야 되잖아."

규동은 힘이 풀리는 느낌이 들어 툭 인선 앞에 앉았다. 약간은 기절하는 듯한 느낌이었는지도 모른다.

"점심 안 먹었다고 했지? 이거 하나 먹어."

"안 먹어요. 혼자 많이 먹고 싶다고 하셨잖아요."

"그래도 직원이 아무것도 안 먹었다는데, 인간의 기본적인 정서상 어떻게 가만히 앉혀두고 혼자만 이 맛있는 탕수육을 먹고 있겠니?"

인선이 탕수육 먹는 것을 몇 차례 더 권하자, 규동은 좀 따지고 싶은 마음이 들었다.

"저도 우리 회사가 무슨 대단한 벤처 기업으로 성장해서 코스닥 상장을 노리고 그런 곳은 전혀 아니라는 거는 알고 있는데요, 그래도 일을 뭔가 좀 더 성의 있게 해야 하는 것 아닐까요?"

"이 사람이…… 약간 사장처럼 말을 하네?"

"아니, 이러다 회사가 그냥 망하면 저는 또 실직자 되는 거 아닙니까? 간만에 일다운 일도 들어왔겠다, 그런데 일이 좀 괴상하게 꼬여 있어서 겁나기도 하고 불길하기도 한데, 그러면 그 정체를 파헤치기 위해서 사장님께서 먼저 이끌고 나서시는 그런 모습도 좀 보여주시고 그러셔야죠."

"아직은 영양가 있는 일인지 없는 일인지는 몰라. 오 차장 그놈, 그냥 아무거나 우리한테 일거리라고 던지잖아."

"그래도요."

"그리고, 사실 어느 정도 풀어놨어."

인선은 거기까지 말하고 좀 더 빠르게 탕수육을 집어 먹기 시작했다.

"풀어놔요?"

인선은 씹는 동안 고개만 끄덕였다. 규동은 놀란 얼굴이 되었다. 이건 또 무슨 소리냐 싶었다.

"탕수육 전문점에 와서 탕수육만 먹고 있었는데, 무슨 사건을 어떻게 해결하는데요?"

인선이 음식을 다 삼킬 때까지 규동은 기다려야 했다. 인선은 음식을 씹는 동안 규동에게 문자 메시지를 보냈다. 그 문자 메시지 내용은 이러했다.

먹을 때 재촉하는 눈빛으로 보지 마.

규동은 의자를 돌리고 등을 보이고 앉았다. 조금 더 시간이 흐르자, 이윽고 인선이 말했다.

"브루트 포스brute force라고 들어봤어?"

"짐승 같은 마구잡이 힘? 뭐 그런 뜻인가요?"

"문제를 풀어서 답을 찾아야 되는데, 별 대단하게 고민을 해서 문제를 푸는 게 아니라, 그냥 무식하게 모든 경우에 대해서 다 시도를 해본다는 거야."

"모든 경우에 대해 다 시도를 해요?"

"왜 컴퓨터 프로그램 중에 사람이랑 바둑이나 장기 두는 프로그램 있잖아? 그중에 가끔 보면 프로그램을 복잡하게 짜놓은 게 아니라, 그냥 아무렇게나 두는 기능만 있는 프로그램이 있거든."

"아무렇게나 두는데도 사람하고 게임이 되나요?"

"그냥 바로 두는 건 아니고, 아무렇게 둔다고 치고, 사람도 그냥 아무렇게나 둘 거라고 가정하는 거야. 그렇게 서로 아무렇게나 두면 어떻게 될지, 실제로 두기 전에 컴퓨터가 자기 혼자 한 번 따져본다는 거지. 그리고 그걸 한 번, 두 번 하는 게 아니라 컴퓨터는 빠르니까 수만 번, 수백만 번 해볼 수도 있겠지. 수만 가지, 수백만 가지 다른 방법으로 아무렇게나 두는 것들을 컴퓨터가 한번 다 시도해본다는 거야."

"그러니까 장기를 두기 전에 컴퓨터가 마음속에서 그렇게 둔다는 거죠?"

"컴퓨터는 마음이 없기는 하지만 그렇지. 그렇게 하다 보면 거의 모든 경우의 수에 대해서 어떤 수를 두는 게 유리한지 거의 다 점검해볼 수가 있단 말이야. 그런 뒤에, 그 점검한 결과로부터 지금 제일 유리할 것 같은 수를 둔다는 거야."

"잘 모르겠는데요."

"그러니까, 어느 수를 두는 게 좋은지는 모르지만, 두기 전에 그냥 다 해보고 제일 좋은 걸 둔다는 뜻이야. 그런 걸 브루트 포스 방법, 무작위 대입 방법이라고 하고."

"그래도 잘 모르겠는데요."

"왜, 시험 칠 때 5지선다형 문제가 수학이나 과학 과목 계산 문제에 나왔는데 푸는 방법 잘 모를 때, 보기를 하나하나 보면서 그 보기가 답이라고 치고 따져보면서 맞는지 안 맞는지 보는 방법 있잖아. 그런 것도 비슷한 것이고."

규동은 이해가 가는 듯 마는 듯하다는 표정을 지었다. 혼자서 이해하려고 애쓰는 대신 규동은 그다음을 질문했다.

"그런데, 그게 그 예언자하고는 무슨 상관인데요?"

"1950년대 후반에 TV에서 방송된 〈앨프리드 히치콕 극장〉 에피소드 중에 '우편 주문 선지자$^{Mail Order Prophet}$'라는 게 있거든. 거기에 비슷한 수법이 나온다고."

"우편 주문 선지자가 무슨 뜻인데요?"

"그러고 보니까 예언자라고 하면 그냥 초능력 쓸 줄 아는 사람 내지는 무슨 마술사 같지만, 선지자라고 하면 새로운 시대를 미리 내다본 사상가 같은 어감이 강하네."

"아니요. 선지자가 무슨 말인지 모르겠다는 게 아니고요, 그게 축구 경기의 미래를 내다보는 예언자랑 무슨 상관이냐고요."

"미래를 내다보는 게 아니야. 그냥 아무렇게나 말한 거야."

규동은 정확하게 점수를 세 번이나 맞혔는데 아무렇게나 말했다는 건 말이 안 된다고 했다.

인선은 탕수육을 다시 한 조각 집어 먹었다.

"걔 한 사람한테만 말한 게 아닐 거야."

규동은 "아" 하는 짧은 소리를 냈다. 인선은 계속해서 설명했다.

"수백 사람에게 전화를 거는 거야. 그리고 어떤 사람한테는 1 대 0으로 이긴다고 하고, 어떤 사람한테는 2 대 0으로 이긴다고 하고, 또 다른 사람한테는 3 대 1로 이긴다고 하는 식으로, 수십, 수백 명한테 서로 다른 결과로 이긴다고 모든 경우의 수에 대해 말하는 거야. 그렇게 말하면 그 예언 중에 상당수는 틀리겠지."

"그렇지만 그중에 분명히 경기 결과를 딱 맞히는 경우도 있기는 있겠죠."

"그렇지. 그러면 그다음에는 그중에 경기 결과를 맞힌 사람들만을 대상으로 또 그걸 반복하는 거야. 어떤 사람한테는 1 대 0으로 이긴다고 하고, 또 다른 사람한테는 2 대 0으로 이긴다고 하고, 또 다른 사람한테는 3 대 1로 이긴다고 하고. 그런 식으로. 그렇게 말하면 이번에도 그 예언 중 대부분은 틀리겠지."

"그렇지만 이번에도 그중에서 분명히 경기 결과를 딱 맞히는 경우가 또 제법 있겠죠."

"그렇지. 그런데 이번에도 예언이 맞은 사람들은 두 번 연속으로 예언이 맞은 입장이란 말이야. 굉장히 신기하게 생각하겠지."

"그렇겠죠."

"그 사람들을 대상으로 마지막으로 같은 수법을 한 번 더 쓰면, 그중에 또 일부는 연속으로 세 번이나 예언이 적중한 게 되는 거고."

규동이 고개를 끄덕였다.

"그 사람들 입장에서는 이렇게 예언을 정확하게 해서 나에게 알려주는 사람이 있다니, 이건 분명히 뭔가 대단한 거라고 생각할 거란 말이야. 그런 대단한 예언의 능력이 있는 사람이 자기에게 무엇인가 기회를 준 거라고 생각할 수도 있을 것이고."

"그냥 '신기하네' 하고 넘어갈 수도 있지 않을까요? 꼭 위대한 예언의 능력을 가진 사람이 하필 나를 선택해서 연락해 왔다는 식으로 거창하게 생각할까요?"

이때 인선은 탕수육을 간장에 찍어 먹으려고 했는데, 그에 앞서 간장에 고춧가루를 뿌리면서 말했다.

"사람들 중에는 자기가 뭔가 조금은 특이하고 특별하다고 생각하는 사람들이 많아요."

"그런가요? 반대로 '나는 왜 이렇게 평범할까'라면서 괴로워하거나, '나는 그냥 잘난 것이라고는 아무것도 없는 사람이야' 이러는 사람들도 많잖아요."

"심지어 그런 사람들 중에서도 자기가 특별해야 마땅한데 평범한 게 싫어서 '나는 왜 이렇게 평범할까'라는 생각을 갖는 사람들이 있다니까. 사람들 중에는 '나는 평범한 보통 사람의 삶을 잘 안다'는 사실 자체를 특별하게 생각하려는 사람들도 있다고."

규동은 인선이 무엇에 대해 말하는지 금방 이해할 수 없었다. 인선은 그러거나 말거나 말을 이어나갔다.

"뭐 그래서 그게 나쁘다는 것은 아니고. 그런데, 그런 사람들이 이런 예언자가 나타나면 자기가 뭔가 선택된 사람이라서, 자기에게만 오는 기회를 만나서, 자기는 특별한 사람이기 때문에 그 예언자를 만난 거라는 느낌을 받기가 쉽다고. 그러면 예언자에게 혹하게 되기가 쉬운 것이고.”

“그런데 그 예언자가 그런 수법을 썼다는 게 확인할 수 있는 이야기예요?”

“그렇게 수백 명에게 연락하는 수법을 쓰려면 이 사람, 저 사람에게 전화랑 문자 메시지를 자동으로 많이 돌려야 하잖아? 그런데 스팸 메일 업체들이랑 정말 자주 일하는 회사가 하나 있거든. 그래서 거기에 연락을 해봤지요.”

“사장님은 어떻게 그런 회사를 알아요?”

“그러니까 그 제보자가 예언 들었다는 무렵에 스팸 메시지, 스팸 전화 돌리는 회사들이 좀 늘어났다고 하더라고. 내가 그냥 놀면서 탕수육만 먹는 것 같아도, 오면서 가면서 다 일을 했어요.”

규동은 인선에게 다시 물었다.

“그런데, 스팸 전화 돌리는 회사들이 늘었다는 것만으로, 딱 그런 수법으로 제보자에게 예언자가 접근했다는 것이 확실히 증명되는 건 아니잖아요. 그냥 다른 스팸 메일 돌리는 업자들이 그날따라 열심히 일을 했을 수도 있고.”

“뭐, 그렇긴 한데 아무래도 확률이 높아지잖아. 오 차장한테도 방금 설명했어. 제보자한테 이거 스팸 문자 메시지로 하는 사기 같으니까 그 지하철역 이상한 방에 가지 말라고 전하라고 했고.”

그리고 인선은 다시 재빠른 놀림으로 탕수육을 먹었다. 규동은 과연 인선이 이야기한 수법이 말이 되는가 싶어 혼자서 생각에 잠겼다. 그러는 동안 탕수육은 성실하게 줄어들었다.

"이런 수법이 옛날에는 쓰기가 어려웠는데, 요즘 같은 인터넷 세상, IT 세상에서는 통신을 하기가 쉬우니까 완전히 막 발전했어요. 요즘 같은 때에 어떤 사람이 한 10만 명에게 스팸 문자 메시지로 '주식이 오릅니다' '그 경기는 집니다' 이런 메시지 보내는 게 얼마나 쉽냐고. 그러면 '어떻게 미래를 이렇게 정확하게 읽었을까' 하면서 걸려드는 거지."

인선이 마지막 남은 탕수육 조각을 집어 들고 입에 넣었다.

14시에서 15시까지

　결국 인선은 따로 탕수육을 하나 더 주문했다. 규동을 위해 포장해서 들고 가기로 한 것이다. 포장을 기다리는 사이 오 차장에게 연락이 왔다. 인선이 규동에게 소식을 전했다.

　"의뢰인이 거기 안 가기로 하기는 했는데, 아무래도 이상한 느낌이라고 우리가 대신 가보면 어떻겠냐고 말했다는데."

　그렇게 해서 이인선과 한규동은 다시 오늘 처음 오 차장을 만난 곳으로 돌아가기로 했다.

　"아무래도 불길한 느낌인데요?"

　"예언자 그런 게 진짜로 있겠어?"

　"진짜 예언자는 아니라도, 전문 사기꾼이 진짜 조직폭력배랑 결탁하고 있는 그런 무서운 일은 있을 수 있잖아요."

　규동의 말에도 인선의 표정은 변화가 없었다. 규동은 인선도 약간은 두려움을 느끼는 것 아닌가 싶었다.

다시 예언자를 만나기 위해 지하의 어두운 곳을 걸어 들어가려고 하니, 이번에는 그 앞에 출입금지 표지판이 세워져 있었다. 그리고 열쇠 수리 업자 같은 사람 몇이 일하고 있었다.

마침 비슷한 시각에 도착한 오 차장이 작업하고 있는 사람에게 물었다.

"무슨 공사 하시는 건가요? 저희 지금 이 안에 들어가야 하는데요."

"예? 여기를 들어요? 여기 들어가시면 안 돼요. 원래 여기는 쓰는 공간이 아니에요."

"쓰는 공간이 아니면 뭔데요? 뭐 하는 공간이에요?"

"하여튼, 여기는 원래 아무도 안 들어가야 되는 곳이에요. 그런데 자꾸 사람들이 들락날락한다고 역에 제보가 들어와서, 지금 저희가 아예 문을 못 열게 막으려고 하는 거거든요."

"잠깐만요, 한 번만 둘러보고 나올게요. 저 사실은 기자인데요."

"기자요? 기자시면 더 안 되죠. 먼저 취재 협조를 요청하시고……."

그러는 사이에 슬쩍 인선이 몰래 문을 열고 안쪽을 보았다. 작업자들이 다시 막아섰다. 결국 그보다 더 안쪽으로 들어갈 수는 없었다. 하지만, 문 바로 안쪽에 편지지 같은 종이 하나가 접혀 놓여 있는 것은 볼 수 있었다.

인선은 밀려 나오면서도 재빨리 그 종이를 집었다.

규동은 "아깟번에 왔을 때만 해도 이런 거 없었던 것 같은데요" 하고 말했다. 그 말을 듣는지 마는지, 인선과 오 차장은 그 종이에 무엇이 적혀 있는지에 주목했다.

접힌 종이를 펼쳐보니, 귀퉁이에는 업체 이름이 하나 적혀 있었고 가운데에는 엷은 글씨로 이런 말이 인쇄되어 있었다.

———— 하늘이 우는 소리를 낸다.
하늘이 피를 흘린다.
하늘의 별들이 빛을 잃는다.

그리고 다른 편 아래쪽에는 손 글씨와 인쇄가 섞인 한 문장이 적혀 있었다. 이런 말이었다.

———— 오늘 자정에 이 세상 모든 것은 끝난다.

풀이편

2부

15시에서 16시까지

오 차장의 차 안에서 한규동이 말했다. 목소리는 떨리고 있었다. "세상이 모두 끝난다고요? 그게 무슨 말일까요? 세상에 종말이 찾아와서 모두가 멸망해 없어진다는 걸까요?"

한규동은 쪽지를 다시 자세히 살펴보았다. "자정에 이 세상 모든 것은 끝난다"는 말 바로 위에 있는 "오늘"이라는 말은 손 글씨로 적혀 있었고, 나머지 모든 글자는 인쇄되어 있었다.

"'오늘'이라는 글자 뒤에는 원래 조금 더 상세한 설명을 하려고 했는지, 뭐라고 더 쓰려고 했던 것 같은 흔적이 있어요. 그러다 그만뒀나 봐요. 왜 이렇게 한 거지? 그냥 아무 희망도 조건도 없이 세상이 절대 망할 수밖에 없다 그런 뜻일까요?"

이인선은 한규동의 질문에 바로 대답하지 않았다. 그 대신 오 차장의 자동차가 좋아 보이는지, 그 안을 들여다보고 있었다. "이런 차도 스포츠카에 속하나?" "그런데 자동차를 타고 다니는 걸 스포츠라고 할 수 있을까?" "스포츠를 하기 위해 공이나 체육복 신고 다니는 차가 스포츠카는 아니잖아?" "기자가 왜 자동차로 스포츠를 해야 하지?" 그런 말을 중얼거릴 뿐이었다. 오 차장은 거기에 대해, "신속한 취재를 위해서 그리고 우리를 피해 도망치는 악당을 따라가기 위해서는 성능이 뛰어난 차량이 있어야 하는 거지"라고 말했다.

한규동은 두 사람 모두를 향해 다시 말했다.

"아까 봤던 쪽지 내용 너무 이상하지 않아요? 세상이 다 끝난다니요? 영화들 보면 커다란 혜성이 지구에 꽝 하고 부딪쳐서 지구가 모두 박살 나는 이야기가 있잖아요. 그런 일이 오늘 자정에 일어난다는 뜻으로 한 말일까요?"

그러자 오 차장이 고개를 살짝 기울였다.

"그게 그런 뜻인가? 나는 그냥 이제 정체를 들켰으니까 우리는 망했다, 뭐 그런 뜻으로 쓴 말이라고 생각했는데. 망했을 때 그런 말 많이들 하잖아요. '이제 끝장이다' '다 끝났다' 그런 말."

"그러면 그냥 망했다고 하겠죠. 왜 세상이 끝났다, 그런 식으로 말을 하겠어요."

"그런가? 그러면 정말로 오늘 밤에 혜성이 날아와서, 땅이 모두 무너지고 온 동네가 다 불덩이가 되고 그렇게 된다는 뜻일까?"

오 차장은 거울로 옆 자리에 앉은 이인선을 슬쩍 쳐다보았다. 한규동도 이인선을 쳐다보았다. 곧 이인선은 두 사람 모두 자기 쪽을 쳐다본다는 것을 깨달았다.

"혜성은 무슨 혜성이야. 그런 엄청난 혜성이 날아오면 분명히 학자들이 미리 감지했겠지. 우주에 띄워놓은 망원경이나 감시 위성이나 그런 것들 많잖아. 그런 걸로 미리 지구에 부딪치기 전에 여기로 오고 있구나, 하고 알 수 있지 않겠어. 왜 아무것도 알 수 없다가 갑자기 오늘 저녁에 그런 엄청난 것하고 부딪히겠어?"

"역시 그렇겠지."

오 차장은 안심하는 표정을 지었다. 이인선이 혜성 전문가나 천문학자는 전혀 아닌데도 오 차장의 안심하는 얼굴은 굉장한 권위자에게 해답을 들은 것 같았다. 그에 반해 한규동은 오히려 더 겁에 질린 목소리가 되었다.

"이미 몇 달 전에 우주를 관찰하는 정부 기관에서는 다 알고 있었을 수도 있겠죠. 그런데 아무리 살펴봐도 막을 방법이 없는 거예요. 그래서 사람들이 너무 절망에 빠지지 말도록 세상이 혜성에 충돌해서 멸망한다는 사실을 다 알고 있으면서도 외부에는 공개하지 않고 있는 것이다, 그렇게 해도 말은 되잖아요."

오 차장의 얼굴이 다시 조금 어두워졌다. 그는 이렇게 물었다.

"영화 같은 데 보면 무슨 핵무기를 혜성에 맞혀서 지구를 구하고 그렇게 하잖아? 그렇게 하면 되는 거 아니에요? 사람들은 그 핵무기 발사하는 사람들 중계방송으로 보면서 응원하고!"

한규동이 답했다.

"그렇게 영화처럼 쉬울 리가 없잖아요. 그냥 조그마한 인공위성 하나 발사하는 것만 해도 잘 안 되어서 실패할 때도 있고 그렇잖아요? 그런데 멀리서 빠른 속도로 처음 보는 혜성이 막 날아오는데 거기에 커다란 핵무기를 딱 맞히는 게 쉽겠어요? 그리고, 혜성이 상당히 덩어리가 크다, 그러면 아무리 핵무기로 명중을 시켜도 그냥 흠집만 좀 나고 마는 수도 있을 거고요."

"그래도, 혜성에 드릴로 구멍을 뚫어서 혜성 가운데에서 터뜨리면……."

"그것도 영화잖아요."

오 차장의 얼굴은 여전히 밝아지지 못했다. 그러자 이인선이 대화에 다시 참여했다.

"그렇다 치고. 그런 게 발견되면 정부에서 발표하지 않고 비밀로 할 이유가 있나?"

"발표했다가, 사람들이 다들 너무 무서워하면 어떡해요."

"한 번 사는 인생, 어차피 언제인가는 떠날 거, 그렇게 한 방에 다 끝난다면 딱히 억울할 것도 없다, 뭐 이렇게 생각할 수도 있는 거 아닌가?"

"다들 그렇게 속 편하게 생각하진 않겠죠. 왜 인생이 이렇게 아무 의미도 없지? 이렇게 어느 날 갑자기 말도 안 되는 일로 확 끝나는가! 너무 짜증 난다! 그래서 화가 나서 막 폭동 일으키는 사람도 있을 거고. 어차피 끝날 인생, 탕수육이라도 실컷 먹자, 그런 식으로 탕수육 가게를 습격하는 사람도 있고, 그렇지 않을까요? 그러면 온통 사회에 폭동이 일어나고 대혼란이 오고, 그러겠죠. 그러니까, 정부에서는 그걸 막기 위해서 비밀로 숨기고 있는 거다, 뭐 그럴 수도 있는 거잖아요.”

“어차피 다 끝장나는 마당에 폭동이니, 질서니 하는 걸 한 며칠 더 유지하는 게 그렇게 중요한가?”

“정부의 높으신 분들은 마지막 순간까지 인간다운 존엄한 모습을 유지하도록 하는 게 중요하다고 생각할 수도 있죠.”

“그러니까, 어차피 다 끝장나서 다들 우주 먼지로 흩어질 판인데 인간다운 존엄한 모습을 유지하는 게 그렇게 중요하냐고.”

“마지막으로 눈을 감을 때 그래도 좋은 걸 보고 좋은 걸 느끼면서 세상을 떠나야 하지 않을까요? 폭동 일어나서 막 흉측하게 죽이고 살리고 그런 장면 보는 대신에.”

“그러면, 차라리 솔직하게 모든 걸 밝히고 마지막으로 며칠 동안 사람들이 각자 자기 삶을 정리할 시간을 주는 게 좋지 않을까?”

한규동은 그 말을 듣고 생각하더니 이렇게 대답했다.

“어차피 모두, 다 같이, 전부 같이 끝장나는 마당에 삶을 정리하는 게 의미가 있을까요? 만약 다른 사람들의 삶이 이어진다면 무슨 정리를 해야 할지 생각하는 게 훨씬 쉽겠죠. 내 유산을 누구에게 얼마씩 주라고 배분을 해줄 수도 있고. 내가 평소에 뭔가 도움을 주었어야 할 사람, 은혜를 갚아야 할 사람에게 떠나기 전에 보답을 해주고 떠난다거나 하는 정리를 할 수도 있고. 꼭 사과해야 할 사람에게 사과한다고 떠나기 전에 말을 할 수도 있고."

한규동은 자신이 은혜를 갚아야 할 사람이나 사과를 해야 할 사람이 있는지 생각하는 것 같았다. 그러더니 이인선을 쳐다보면서 말을 이어갔다.

"그런데 이건 어차피 후손이 이어지는 상황이나 내가 떠난 뒤에 세상을 살아갈 다른 사람들이 있는 게 아니잖아요. 사람들이 전부 다 한꺼번에 사라지는데, 도대체 세상을 떠나기 전에 뭐부터 정리를 해야 하는지, 잘 생각도 안 나잖아요. 무슨 마음의 준비를 해야 하는 거죠?"

"인생에서 상관있는 것, 가장 소중한 것은 다른 사람이다, 뭐 그런 관점의 생각인가?"

오 차장의 그 말을 마지막으로 갑자기 차 안에 있는 사람들이 잠시 말이 없어졌다. 너무 갑자기 조용해지니까 한규동은 기분이 좀 이상해졌다. 그래서 그가 다시 말했다.

"그렇게 해서 이 우주에서 사람이라는 무리들이 깨끗하게 싹 사라지고 나면, 그다음부터는 지구라는 행성이 있던 자리에 사람들이 이렇게나 많이 모여서 복닥거리며 살았는지 안 살았는지 누가 알겠어요? 1000만 년이 가고, 1억 년이 가고, 10억 년이 가도. 그냥 텅 빈 부서진 지구 부스러기 자국만 있겠죠. 누가 알기나 하겠어요?"

이인선이 말했다.

“그래도 인생이 끝난다는 건 큰일이고 무서운 일이잖아. 그런 일을 아무것도 모른 채 당한다기보다는 미리 알고 어느 정도 각오도 하고 있으면서 당하는 게 좋지 않을까?”

“각오나 대비라는 것도 따지고 보면 당황하지 않도록 마음가짐을 단단히 해서 좀 더 좋은 대책을 찾기 위해서 하는 거 아닌가요? 그런데 지구가 박살 나는 상황이라면 아무리 마음가짐을 단단히 해도 무슨 대책을 찾을 수 있는 건 아니니까요.”

그 말을 듣고 나더니 이인선은 가방 안에서 무엇인가 물건을 찾는 것처럼 뒤적거렸다. 찾으면서 이인선은 한마디 중얼거렸다.

“하기야, 내가 예전에 알던 사람 중에 그런 사람이 있었어. 매일 아침 일어나면, 간밤에 천문대에서 지구에 충돌할 혜성을 찾아냈는데 그걸 비밀로 감추고 있다고 괜히 상상하는 거야.”

“매일 아침마다 오늘 지구가 멸망할지도 모른다는 상상을 하면서 일어난다고요?”

“응. 그래서 그날 하루를 지내는 동안 자기가 보고 겪는 모든 일이 다 일상 그대로 진행되는 걸 보면서도 마음 한편으로 사실은 밤이 되면 세상이 모두 박살 나서 끝날 수도 있다고 계속 생각하는 거지. 정말로 그럴 수 있는 확률이 있을 수도 있다고 생각하면서. 그러다가 저녁에 잠자리에 누워서는 지금 잠이 들면, 잠자는 동안 아무것도 느끼지도 못하는 사이에 세상이 번쩍하고 모두 산산조각이 날 거라고 생각하고.”

오 차장은 자기가 아는 사람 중에 이인선에게 그런 말을 했을 만한 사람이 누가 있을지 생각해보았다. 도무지 생각나는 사람이 없었다. 오 차장이 이인선에게 물었다.

"너무 복잡한 이야기로 가는 거 같은데, 이 사장. 그래서 인선이는 이게 다 뭐라고 생각하는 건데? 이런 쪽 이야기에서는 이 사장 말이 보통 잘 맞잖아."

이인선은 가방에서 종이쪽지를 꺼냈다.

"보통 잘 맞는 게 아니라, 항상 맞지."

"그렇다고 치고. 그래서 뭐라는 건데?"

"그런데 아직까지는 생각해봐도 나도 잘 모르겠어. 그래서 이거 쓴 사람을 찾아가서 물어보면 어때?"

한규동이 살펴보니 이인선이 들고 있는 것은 바로 세상이 끝났다란 말이 쓰인 그 종이쪽지였다.

"미래를 내다볼 수 있는 그 사람한테 우리가 찾아가보자고요?"

"미래를 내다볼 수 있는 사람을 찾자는 게 아니라 이 종이에 글을 쓴 사람을 찾아보자는 거지."

"그 종이에 글을 쓴 사람이 미래를 내다볼 수 있는 사람이잖아요."

"어떻게 사람이 미래를 내다볼 수가 있겠어? 우리가 찾아야하는 사람은 미래를 내다볼 수 있는 척하면서 여기에 글을 쓴 사람이지."

오 차장이 끼어들어서 물었다.

"종이로도 검색을 할 수 있나? 종이의 미량 방사성 동위 원소 비율을 분석해서 어느 회사에서 생산한 종이인지 알아내는 그런 방식으로?"

"그렇게 추적하면, 종이 만든 회사하고 종이 회사에 펄프 납품한 회사, 그 펄프 회사에 나무 판매한 회사만 계속 추적이 되겠지."

"그러면 거기에 글을 쓴 사람을 어떻게 알아내는 거야? 종이에 서려 있는 글 쓴 사람의 기운을 느낀 다음에 그 기운이 풍겨 나오는 방향을 마음으로 느껴보자, 뭐 그런 건가?"

그 말을 듣고 이인선은 한숨을 쉬었다. 더 이상 말을 하지 못하게 막을 정도로 한숨 소리를 일부러 크게 내는 것 같기도 했다.

"여기 봐. 종이 귀퉁이에 적혀 있잖아. 주유소나 학원 같은 데서 광고하려고 휴지나 메모지 같은 거 나눠주잖아. 이것도 그런 물건들처럼 귀퉁이에 어디서 찍어낸 메모지인지 적혀 있다고. 여기로 검색해서 가면 뭔가 나오지 않겠어."

한규동은 이인선이 가리키는 종이 귀퉁이를 보았다. 그곳에는 "최후연구회"라는 다섯 글자가 쓰여 있었다.

16시에서 17시까지

　세 사람이 도착한 곳은 도심에 예전부터 자리 잡고 있던 오래된 고층 건물의 입구였다. 건물 벽면에는 커다란 현수막이 붙어 있었다. 현수막에는 "축 안전 진단 통과"라고 적혀 있었다.

　"너무 오래된 건물이라서 안전하지 못할까 봐 불안했는데, 사실은 안전하다는 진단을 받아서 축하한다는 그런 뜻인가 보죠?"

　한규동이 말했다. 그 말을 듣고 이인선은 웃음소리를 냈다.

　"아니야. 정반대야. 한 팀장은 아직 이런 데는 관심이 없구나. 안전 진단 통과라는 말은 안전하다는 진단을 받았다는 게 아니라, 안전하지 않다는 진단을 받았다는 뜻이야."

　"그러면 위험하다는 뜻이잖아요? 자기 건물이 위험하다는데 축하를 해요?"

　"위험하다는 안전 진단 결과가 나와야 재건축을 할 수가 있다는 제도가 있거든."

"재건축이요?"

"서울 시내에서 재건축을 하면 30층짜리 건물을 60층짜리 건물로 새로 고쳐 지을 수가 있고 그러면 집 한 채 있던 사람이 갑자기 집 두 채 있는 게 되지요. 그러니 얼마나 이익이냐? 뭐 그렇게들 예전에는 많이 생각했지."

"그래도 안전하지 않다는데 축하까지 하는 것은 너무 이상한데요."

"재건축하려는 사람들이나, 재건축 안 된다고 규제하는 사람들이나, 다들 안전에 누가 신경이나 쓰냐? 다 그냥 땅값, 집값을 내릴 수 있을까, 올릴 수 있을까, 그런 말에 갖다 붙일 핑계로만 생각하지."

한규동은 이인선의 말이 믿기지 않는지 휴대전화를 꺼내서 이리저리 검색을 해봤다. 검색을 하면서 스스로도 계속 놀라고 있었다.

"그래도 중심가에 이렇게 번듯한 건물에 사무실이 있네. 나는 '최후연구회'라고 하면 무슨 사이비 종교 모임 같은 이름이라서 변두리 외곽에 허름한 사기꾼 아지트 같은 데에 사무실이 있을 줄 알았는데."

오 차장이 말했다. 그러자 한규동이 작은 목소리로 "우리 회사 사무실처럼"이라고 중얼거렸다. 이인선이 말했다.

"이 사람이 또 회사에 대한 자부심을 포기하는 소리를 하네. 우리 회사는 뭘로 봐도 사기꾼 아지트라고는 할 수 없잖아."

"그런데 우리 회사가 차세대 미디어 정보, 플랫폼 뭐 그런 걸로 사업을 한다고 하기는 하지만 저는 아직도 도대체 우리 회사가 어떻게 돈을 버는지는 정말 모르겠거든요."

"내가 여러 번 설명해줬잖아. 플랫폼이나 차세대 이런 말은 사실 그렇게 의미가 있는 말이 아니라고."

"이름에 나오는 차세대나 플랫폼이라는 말은 아무 의미가 없는 말이라고요? 그러면요?"

"멋있으라고 붙여놓은 말이지. 어제 창업한 회사보다 오늘 회사는 새로 생긴 거니까 어떻게든지 차세대라면 차세대 아니냐. 그리고 뭐든 판을 벌여놓은 것 같으면 하여튼 플랫폼이라고 둘러댈 수는 있는 거고."

"그런가요?"

"그러니까, 그런 말은 그냥 리듬감을 주기 위해서 붙여 넣는 말처럼 생각하면 된다니까. 왜 옛날 시에 보면, '오호라'라든가 '어즈버' 이런 말이 감탄사로 중간에 나오잖아. 그런 거라니까. 차세대 플랫폼 기업이라면, 오호라 어즈버 기업, 뭐 그런 느낌이라고 생각하면 되는 거라니까."

그 말을 듣자 한규동은 괜히 고개를 돌려 건물의 엘리베이터 쪽을 보았다. 확실히 오래된 건물이기는 한지 엘리베이터가 있는 주변도 무척 낡아 보였다. 색이 다 바래 있었다.

"그래서 우리 회사가 뭐 하는 회사인지 더 모르겠다니까요."

건물이 크고 높기 때문인지 엘리베이터도 여러 대가 자리 잡고 있었다. 그래서 어디로 가서 어느 엘리베이터를 타야 최후연구회라는 곳으로 갈 수 있을지 알 수가 없었다.

오 차장은 누구에게 물어볼까 싶어 주변을 살펴보았다. 양복 차림의 보안 관리 직원 두 사람 사이에 깔끔한 정장을 차려입은 안내 담당 직원이 있었다. 옷차림이 묘해서 이것이 건물 관리 회사에서 만들어준 제복인지 아니면 그냥 분위기에 너무나 잘 들어맞는 옷일 뿐인지 구분되지 않았다.

안내 담당 직원은 매우 반가워하고 친절하면서도 확실하게 격식을 차려 사람을 대했다. 그 친절함에는 오히려 잡다한 사람을 쉽게 다가갈 수 없게 만드는 힘이 있었다.

한규동과 이인선은 소곤거렸다.

"뭔가 아무 물건도 안 사는데 이런 대접을 받으면 안 될 것 같은 그런 두려움이 들게 만드는 느낌이 있지 않았나?"

"그 정도 대접 받는 것쯤은 별것 아닐 정도의 큰 거래를 할 사람만 여기에 드나드는 것이다, 뭐 그런 분위기를 잡는 것 아닐까."

오 차장은 "이 대표는 또 그런 걸 어떻게 알아"라고 말했는데, 이인선은 별다른 대답을 하지는 않았다.

그러는 동안 안내 담당 직원은 잠깐 컴퓨터로 무엇인가를 살펴보았다. 그러더니 차를 타고 왔다면, 지하 9층에 주차하라고 안내했다.

"지하 9층이요?"

"네. 맨 아래층 주차 구역을 통째로 전부 최후연구회에서 구매하셨습니다."

"도대체 얼마나 엄청난 사람들이 얼마나 많이 나들기에 무슨 연구회 같은 데서 주차 구역을 통째로 다 사두고 있는 거예요?"

세 사람이 지하 9층까지 다시 내려가는 데는 제법 긴 시간이 걸렸다. 엘리베이터도 낡았는지 내려가는 동안 기계 소음과 끼익하는 소리가 계속 들려왔다. 한규동은 지하 9층에 도착하면 갑자기 사악한 믿음을 공유하는 악당 떼거리가 음침한 복장을 하고 덤벼드는 것은 아닐까 상상했다. 그런 상상을 하고 있자니, 깊은 주차장까지 내려가고 다시 돌아오는 시간이 유독 오래 걸리는 느낌이었다.

주차하고 난 뒤 엘리베이터에 타서 24층으로 다시 올라가는 데까지는 시간이 얼마 걸리지 않았다. 역시 엘리베이터가 움직이는 동안 낡은 건물이 내는 것 같은 소음이 길게 들려왔다. 한규동이 말했다.

"갑자기 너무 빨리 높이 엘리베이터가 올라오는 바람에 귀가 멍멍해요. 약간 아픈 것 같기도 하고."

그 말에 이인선은 귓구멍을 한번 후볐다. 낡은 건물 외부 상태와는 다르게 내부는 모두 새것 냄새가 솔솔 나는 말끔한 모습으로 치장되어 있었다. 건물 뼈대는 낡았다고 해도 재건축을 하게 될지도 모른다는 사람들의 생각 때문에 확실히 값은 비싼 부동

산다운 사치스러움이 있었다.

이인선은 사무실 문 앞에 있는 작은 책상 앞으로 갔다.

그 책상에는 무엇인가 대단히 성실하고 착실한 태도로 사무를 보는 사람이 앉아 있었다. 매우 말끔한 정장 차림이었다. 1층에서 보았던 안내 담당 직원의 옷과 무척 비슷했는데 아주 똑같지는 않았다. 그렇지만 어디가 어떻게 다른지는 또 금방 떠오르지 않았다. 어쨌든 이 사람 역시, 처음 만나는 사람을 반갑게 대해주는 데에서 아주 훌륭한 태도를 갖고 있었다.

"여기가 최후연구회 사무실 맞나요?"

"예, 맞습니다. 혹시 저희 회장님 만나 뵈러 오신 거지요?"

"거지요"라고 말할 때, "지요"도 아니고 "죠"도 아닌 그 중간쯤의 매끄러운 발음으로 말했다. 그 발음에 한규동은 이미 정신적으로 압도되고 있었다. 갑자기 너무 높은 곳으로 올라와서 아직 귀가 멍멍하다는 점도 기분을 더욱 눌리게 하는 이유였다. 고층 빌딩 높은 곳, 전망이 좋은 이런 사무실은 자기 같은 보통 사람들이 쉽게 찾아올 수 없다는 사실. 그런 사실을 신체가 먼저 느낀다는 감각이었다.

"저희는 신문사와 미디어 회사 사람들인데요."

이인선은 오 차장이 신문사 소속이라는 점을 밝혀 이야기를 꺼냈다. 오 차장은 이인선을 쳐다보았다. 이인선은 의식하지 않고 용건을 밝혔다.

"이 연구회에서 발행한 메모지가 있는데 그걸 쓰시는 분이 저희에게 좀 눈이 가는 이야기를 써주셨더라고요. 그래서 혹시 자세히 알 수 있을까 싶어 찾아왔습니다."

그러자 직원은 전화기를 닮은 어떤 기계에 대고 이인선이 이야기한 내용을 설명했다.

"회장님, 손님들 오셨습니다."

그 기계에서 무슨 대답이 들리지도 않았는데, 곧 그 직원은 알아들었다는 듯한 표정을 지었다. 귓속에 통화를 할 수 있는 작은 이어폰을 숨기고 있는 것일까?

"문 열고, 들어가시면 됩니다."

세 사람은 문 앞에서 서성였다.

"누가 먼저 들어가나요?"

"오 차장, 네가 먼저 들어가."

"왜 내가?"

"네가 제일 공식적인 느낌이 있잖아."

"이게 공식적인 방문은 아닌 느낌인데. 직급으로 따지면 사장인 이 사장이 제일 높으니까, 이 사장이 제일 먼저."

"조그마한 넥스트 미디어 플랫폼 회사 사장이랑 거대한 신문사 차장이랑 어떻게 그냥 견주나. 높은 걸로 따지면 오 차장 네가 먼저지."

그러는 사이에 어째 한규동이 가장 먼저 문을 열고 들어가야 하지 않느냐는 눈빛을 두 사람으로부터 받게 되었다.

"조직폭력배 두목이 각목 같은 것 들고 기다리고 있고, 그런 거는 아니겠죠?"

한규동은 커다란 문을 열고 최후연구회로 들어갔다.

사무실 중앙에는 각목을 든 사람도 없었고, 조직폭력배 두목처럼 생긴 사람도 없었다.

실제로 조직폭력배 두목을 만나본 적은 없었지만 지금 자리에서 일어나서 자기 쪽으로 걸어오는 사람을 조직폭력배 두목이라고 생각하기란 몹시 어려웠다. 한규동은 폭력 조직의 세계를 잘 알지는 못하지만, 그 바닥이 이력서로 서로를 소개할 수 있는 사회가 아니라는 것쯤은 충분히 파악하고 있었다. 그렇다면, 그 세계에서는 서류상의 이력보다는 서로 얼굴을 맞대며 처음 눈빛을 마주칠 때 어떤 강한 느낌을 얼마나 줄 수 있느냐 없느냐가 무척 중요할 것이다. 그런 관점에서 보면 최후연구회 회장은 전혀 그런 느낌을 줄 수 없는 얼굴이었다.

다들 마스크를 쓴 채로 만나고 있어서 얼굴 전체의 모습을 정확히 알아볼 수는 없었다. 굳이 비교해보자면 회장보다야 오히려 이인선 사장 쪽이 아주 약간일지라도 조직폭력배 간의 면접에 더 적합할 것이라는 생각이 들 정도였다.

"기다리고 있었습니다."

회장이 말했다. 이상하게도 얼굴에 아무 표정이 없었다. 마스크를 쓰고 눈만 드러나 있어서 표정을 감지하기란 더욱 힘들었다. 화를 내거나 싫어하고 있다는 느낌은 아니었지만, 그렇다고 조금이라도 친근함을 주는 느낌도 아니었다. 한규동은 어째 유령의 얼굴을 보는 기분이 들었다.

회장이 다시 말했다. 농담이랍시고 이야기를 꺼내는 것 같았는데, 조금도 웃는 기색이 없었다. 심지어 웃기고 싶다는 의도도 전혀 느껴지지 않았다.

"너무 무슨 영화에 나오는 악당 같은 말투로 이야기한 거 같네요. 왜, 영화에 보면 그런 장면 많이 나오잖아요. 주인공이 여러 가지로 정보도 수집하고 열심히 추적도 해서 겨우겨우 악당 본부 같은 곳에 갔는데, 거기에 가면 악당이 웃으면서 '기다리고 있었소' 뭐 이런 식으로 말하는 장면 자주 나오잖아요. 악당이 결코 호락호락하지 않다는 점을 관객들한테 알려줘서 더 긴장감을 높이는 거죠. 악당이 주인공의 계획쯤은 빤히 꿰뚫어 보고 있다는 그런 느낌도 주고."

이인선 사장이 물었다.

"그런 느낌으로 이야기하신 건가요?"

"아니요. 그런 건 아니고."

회장의 얼굴은 변화가 없었다.

"앉으시지요."

회장은 사무실 중앙의 소파를 가리켰다. 수백 번도 더 해본 것 같은 자연스러운 몸짓이었다. 최후연구회라는 것을 만들어서 세상이 멸망한다, 어쩐다 이런 소리를 하면서 각계각층의 별별 사람들을 다 데려다 놓고 이야기를 나눠본 경험이 많겠지. 한규동은 그렇게 짐작했다. 그는 소파 제일 바깥쪽 자리에 앉았다. 몸이 어딘가에 깊이 가라앉는 듯이 편안했다. 그러고 보니 소파의 색깔이나 재질도 사무실 내부의 말끔한 모습에 딱 떨어지듯이 잘 어울렸다.

한규동은 사무실을 둘러보았다. 한쪽 벽면은 전체가 유리로 돼 있었다. 덕분에 고층 빌딩들의 삐죽삐죽한 꼭대기와 파란 하늘이 한눈에 들어왔다. 사무실 자체가 하늘 높은 곳에 붕 떠 있는 느낌이 들 정도였다. 이런 곳을 본 적이 있었나? 어지간한 영화에 나오는 사치스러운 갑부의 사무실에서도 이런 장면을 본 적은 없는 것 같았다. 영화도 결국 제작비를 들여서 촬영할 곳을 빌려서 찍는 것인데, 이렇게까지 멋진 진짜 사무실을 적당한 제작비로 빌리기는 어려울 테니까. 보기 좋은 것을 보고 "영화 같다"고들 말을 하지만, 이런 좋은 사무실은 영화에서도 거의 본 적이 없었다.

고개를 좀 올려보니 보통 아파트 건물 같은 데보다는 훨씬 천장이 높다는 것도 잘 알 수 있었다. 키가 4미터쯤 되는 직원들이 들락거리는 방이 아닌 다음에야 이렇게 방을 높다랗게 만들 필요가 있을까? 머리 위의 공간이 한참 남아도는 느낌이었다. 그리고 별다른 잡다한 장식품이 없어도 그렇게 낭비되는 공간이 많은 휜한 느낌이 사무실 전체를 멋지게 만들어주는 것 같았다.

그렇다고 해서 잡다한 장식품이 없다고도 할 수 없는 방이었다. 방 옆면에 시선이 가장 잘 닿는 곳에는 커다란 사진이 있었다. 그것은 한국의 아파트 단지 위쪽을 날아가고 있는 듯한 이상한 물체가 흐릿하게 찍힌 모습이었다. 그 흐릿한 물체를 닮은 것 중에 가장 먼저 떠오르는 것은 옛날 영화 속 외계인의 우주선인 비행접시였다. 먼 우주의 최첨단 과학 기술과 닿아 있는 것이 마땅할 외계인의 우주선을 닮은 모양이었다. 그런 신비로운 첨단 기술의 극치에 해당하는 비행접시가 친숙하고 따분한 한국 아파트 단지의 모습 위에 나타나 있었다. 너무 안 어울리는 두 가지를 동시에 담고 있는 풍경이었다. 그렇기 때문에 그럴싸하게 꾸며냈다기보단 실제로 나타난 풍경이 어쩔 수 없이 촬영되었다는 인상을 주었다.

옆을 보니 이인선도 한규동이 보던 그 사진을 잠깐 살펴보는 듯싶었다. 한참 신비한 기분에 빠져 있던 한규동과 달리 이인선은 주저함 없이 대화를 시작했다.

"하여튼 반갑게 맞아주셔서 감사합니다."

"오실 것 같다고 예상한 분이 이렇게 딱 오셨으니까요."

"누가 저희가 오는 걸 알려주신 겁니까?"

오 차장이 끼어들어 물었다.

"아시고 오신 줄 알았는데요?"

"저희가 오는 걸 미리 알고 있다는 걸 저희가 알고 있으면서 온다고요?"

"그렇게 복잡하게 이야기할 것은 아니고요, 저희 예언자 선생님 때문에 오신 것 아닙니까?"

"예언자 선생님? 그 사람을 그렇게 부르나요?"

"저는 그렇게 부르죠."

이인선이 다시 말했다.

"저희가 여기에 온 것은 이 쪽지에 여기 이름이 적혀 있어서거든요."

이인선은 쪽지를 꺼내서 탁자 위에 놓았다. 이인선은 다시 회장의 얼굴을 보았는데 회장은 탁자 위에 뭘 올려놓았는지는 쳐다보지도 않는 것 같았다. 이인선이 이어서 이야기했다.

"여기가 '최후연구회' 맞죠? 이런 메모지를 만든 다음에 무슨 판촉용으로 여기저기 많이 뿌리고 할 것은 아닌 것 같더라고요. '최후연구회'가 새로 나온 영화 제목이나 게임 제목이라서 홍보용으로 여기저기 나눠준 거면 모를까. 저는 여기가 어떤 곳인지 그게 궁금해서요."

"저희 연구회에서 쓰고 있는 종이는 맞습니다."

"혹시 회장님이 직접 쓰신 건가요? 아니면 이 내용을 써서 어디에 던져두라고 지시하신 적이 있으신가요?"

회장은 다시 아까처럼 웃는 것 같았다.

"저희 연구회 사람들은 다 알고 있지요."

"뭘 다 안다는 거죠?"

오 차장이 물었다. 회장은 미소가 풍부한 얼굴로 세 사람을 쳐다보면서 말했다.

"곧 이 세상 모든 것이 끝나고 사라져버릴 수 있다."

오 차장은 이인선의 귀에 대고 중얼거렸다.

"우와, 나 지금 팔에 소름 돋았어."

"진심으로 놀라거나 감동했다는 사실을 강조하기 위해 걸핏하면 실제로 팔에 소름이 돋았다고 말하는 표현 방식도 따지고 보면 2000년대 후반 이후에 한국에서 텔레비전 프로그램의 영향으로 생긴 유행 같은 거죠."

회장은 여전히 바뀜 없는 얼굴로 그렇게 말했다.

"어떻게 해서 최후연구회 사람들은 그런 이야기를 들어본 거죠?"

이인선이 물었다. 회장은 잠깐 고개를 돌려 비행접시 사진 밑에 세워둔 다른 사진을 쳐다보았다. 그 사진에는 텔레비전에 자주 출연해서 유명해진 무슨 물리학자와 회장이 무척 친밀한 모습으로 함께 찍은 사진이 있었다.

"저희 연구회는 미래에 다가올 수 있는 세계의 종말에 대해 연구하고 토론하는 모임으로 출발한 거거든요. 그렇다고 해서 무슨 우리의 가르침을 믿으면 영생 불사할 수 있고, 안 그러는 사람들은 재난으로 다 몰살당한다 뭐 그런 건 전혀 아니에요."

회장은 한규동을 보았다.

"혹시 1992년 휴거 사건이라고 아세요? 그때 몇몇 종교 단체들 사이에서 좀 유행했던 이야기가 있었죠. 그게, 어떤 거였냐면, 1999년 무렵에 지금까지의 세상이 마무리가 되고 그러면서 엄청난 재난이 벌어진다는 거였습니다. 그런데 선택된 사람들은 1992년에 휴거라는 과정을 거쳐서 거기에서 벗어날 수 있다는 것이고."

"그런데 실제로 1992년에는 아무 일도 없었잖아요."

"우리는 아무 일도 없었다고 생각하죠. 저도 그렇게 생각하고."

회장은 표정 없는 얼굴로 주위를 한번 둘러보았다. 한규동은 귀신이 나타났는지 훑어보는 눈길 같다고 생각했다.

"그런데 세상에는 어떤 사람들도 있냐면……."

회장은 잠깐 말을 멈추고 세 사람을 살펴본 뒤에 말을 이어나갔다.

"1993년부터 김영삼 대통령이 대통령이 되었죠. 그 이상한 예언을 믿으면서 동시에 김영삼 대통령을 너무 싫어하기도 하는 사람들은 그래서 1993년부터 한국은 완전히 사악한 망조가 든 나라가 되었다고 이야기한 겁니다. 1992년이 지나고 1993년이 되면서 한국의 역사는 망가졌고, 정의가 죽었고, 사회에 선이 사라졌고, 뭐 그런 식으로. 그래서 그 사람들은 이렇게 생각한 겁니다. 1992년에 유행했던 예언대로 1993년부터는 세상이 멸망으로 치달아가고 있었다. 그러다가 1997년 말에 IMF가 찾아왔고 1998년에는 그게 더 심해졌지요. 그러니까 1993년부터 망조가 들었다는 것을 믿던 사람들은 두근두근한 겁니다. 1998년에는 IMF가 와서 대량 실업에, 대량 부도에, 경제 대위기까지 왔으니까, 정말로 1999년 정도가 되면 폭동도 나고 난리도 나고 해서 세상이 완전히 다 끝장날지도 모른다고 생각한 거지요. 예언대로 된다고 믿은 겁니다."

"그런데 실제로 1999년에 세상이 끝장난 건 아니잖아요."

"그거 믿는 사람들 중에서는 1999년에 실제로 제대로 된 세상은 끝장났다고 생각하는 사람들도 있지요."

"제대로 된 세상이요?"

"요즘 세상은 너무 썩었고, 모든 게 다 망해서 돌이킬 수 없게 되었고, 1990년대가 사람 살 만한 세상이었다고 떠드는 사람들 본 적 없으십니까?"

한규동은 최근에 1990년대가 정말 좋은 시대였고 요즘 세대는 단단히 잘못되었다고 말하는 사람이 누구였는지 떠올려보았다.

회장의 설명은 계속되었다.

"그런 사람들 중에서 그 예언을 아직까지도 믿는 사람들은 1999년에 제대로 된 세상이 끝났고, 지금 우리가 사는 세상은 지옥이라고 하는 거지요. 한번 보세요. 요즘, 지옥 같은 세상이라고 한다면 얼마나 동의하십니까? 이런 세상에서 태어난 요즘 젊은 사람들은 제대로 선악조차 판단할 수가 없는 아주 이상한 세대로 변해버렸다고 하는 사람들도 있고."

한규동은 뭐라고 대답하고 싶었다. 그렇지만 무슨 말부터 해야 할지 알 수가 없었다. 회장은 이번에는 이인선 쪽을 바라보았다.

"최후연구회에서 저는 정말 별별 이상한 사람들을 많이 만나 봤습니다. 그런데 저희는 그런 이상한 사람들이 안 되려고 하는 모임입니다. 저희는 믿을 만하고 공감할 만하고 다 같이 생각해볼 만한, 세상의 최후에 대해 이야기해보자 하는 거지요."

이인선이 물었다.

"세상의 최후에 다 같이 공감할 수 있다고요?"

"어떤 일이 일어나면 세상이 정말로 최후를 맞이할 수도 있는 거지 않습니까?"

"어떤 일?"

이인선이 혼잣말처럼 중얼거리자, 옆에 있던 오 차장과 한규동이 거의 동시에 중얼거렸다.

"혜성이 충돌한다든가……."

혜성 충돌이라는 말을 듣자 회장은 밝은 얼굴로 고개를 끄덕였다.

"그렇죠. 혜성 충돌. 맞아요. 그런 거. 커다란 혜성이 갑자기 지구를 확 들이받는 일이 생기면 우리는 그냥 앉아서 지구가 박살날 때까지 기다릴 수밖에 없지요."

"그런 일이 정말 일어나요?"

"당연히 일어날 수 있지요. 하늘 보면 떠 있는 달 있잖아요. 원래 지구에는 지금 달 같은 게 없었는데, 수십억 년 전에 거의 화성만 한 행성이 지구를 확 들이받으면서 쪼개져 나간 덩어리가 달이 되었다는 학설 들어본 적 있으십니까?"

한규동은 언제인가 이인선이 늑대인간이 나타났다는 소문을 조사해야겠다면서 보름달에 대해 뭐든지 알아보라고 시켰던 일이 기억났다. 그때 이것저것 알아보다가, 회장이 말했던 것처럼 먼 옛날 지구에 다른 행성이 충돌하면서 달이 생겼다는 이야기를 무슨 신문 기사에서 읽었던 듯싶었다.

"그런데 그런 큰 혜성이 지구로 날아온다면, 학자들이 날아온다는 것을 미리미리 계산할 수 있을 텐데요. 최후연구회라는 곳에서 특별히 따로 할 일이 있는 건가요?"

"5년 후에 지구에 혜성이 충돌한다는 사실을 학자들이 알아냈는데, 정부에서 숨기라고 지시를 내렸을 수도 있지 않겠습니까? 우리는 따로 학자들을 고용해서 그렇게 숨기고 결과를 바꾸어 발표한 자료는 없는지 감시하는 연구를 하지요. 그런 일을 검증하는 연구에 연구비를 대는 일도 하고, 그러는 겁니다."

이인선이 말했다. 하지만 말하는 소리는 작고 힘이 없었다.

"정부에서 그런 걸 왜 숨길까요?"

"사회에 혼란이 일어나는 것을 막아야 되니까. 사람들이 너무 무서워하면서 최후를 기다리기만 한다면 사회 전체의 복리후생이 떨어지니까."

한규동은 아까 오는 길에 나누었던 이야기를 돌이키면서 그렇게 말했다. 회장은 이어서 말했다.

"혜성에 관해서는 지금까지 움직임을 계산하는 방식이 틀렸을 수도 있다고 보고 새로운 방식으로 계산을 하는 쪽에도 연구비를 대고 있습니다."

"어떤 새로운 방식요?"

"우주에 있는 물질 중에 상당수는 어떤 성질을 기졌는지, 어디에서 왔는지 알기도 어렵고 관찰도 되지 않는다고 하지요. 그런 물질을 암흑 물질이라고 하고요."

"그 정체불명의 물질이 갑자기 지구를 덮치면 어떤 알 수 없는 일이 일어나서 지구가 망한다, 이런 건가요?"

"그런 건 아니고요. 암흑 물질이 무슨 독이 있는 무서운 물질이고 그런 건 아닐 테니까. 그런데 이런 건 있습니다."

회장은 비행접시 사진 곁에 있는 어느 은하계를 찍은 사진을 쳐다보았다.

"태양도 가만히 있는 게 아니라 은하계를 빙빙 돌고 있다고 하지요. 그러니까 태양은 은하계를 헤쳐 지나가고 있고 지구와 달과 행성들은 그 태양에 딸려 가고 있는 거란 말이에요."

"그렇죠. 달은 지구 주위를 돌고, 지구는 태양 주위를 돌고, 태양은 은하계를 빙빙 돌고 있고."

"그런데 태양이 그렇게 은하계를 돌아다닐 때 어떤 지역에는 암흑 물질이 좀 많이 끼어 있거나 아니면 너무 없는 지역을 통과할 수도 있어요. 우리는 암흑 물질의 정체를 모르니까 그런지 아닌지 느끼지도, 관찰도 못 하지만. 그런데 만약에 그렇게 은하계에서 암흑 물질이 특이하게 모여 있는 지역을 태양이 지나가고 있을 때 그 암흑 물질의 중력에 어떤 혜성 같은 게 조금 이끌리는 바람에 뜬금없이 움직이는 각도가 살짝 어긋나게 될 수도 있지 않을까요? 그러면, 우리 계산과는 달라져서 엉뚱한 각도로 전혀 예상 못 했던 혜성이 지구 쪽으로 올 수도 있을 거예요."

"그런 것은 계산이 안 되나요?"

"아무래도 계산하기가 어렵겠죠. 암흑 물질은 정체불명이고 관찰도 못 하고 있는 물질이니까 어디에 얼마나 있는지, 그래서 어느 정도의 중력으로 혜성을 지구 쪽으로 당길지도 알아내기가 어려울 거예요. 그러다가, 혹시나 만에 하나 지구 쪽으로 혜성이 온다면."

"그게 정말 일어날 수 있는 일인가요?"

"확률이 크다, 어떻다 말할 수 있는 일은 아니죠. 그렇지만 아주 말이 안 되고 불가능한 일도 아니지 않습니까? 학자들 중에는 그렇게 태양이 암흑 물질이 모여 있는 곳을 통과하다 보니 공룡이 멸망하던 무렵에 유독 지구 쪽으로 뭐가 떨어질 확률이 높아졌고 결국 하늘에서 뭐가 꽝 하고 떨어져서 공룡이 멸망했다고 하는 사람도 있어요. 정말로."

회장의 말을 듣고 이인선은 무엇인가가 생각난 것 같았다. 그러나 여전히 의심스러워하는 얼굴이었다.

"그런 연구는 한번 들어본 것 같기도 하고요."

"엄청나게 커다란 암흑 물질 덩어리가 갑자기 태양과 지구 사이를 스윽 스치고 지나가면 그 중력이 당기는 힘 때문에 지구가 돌아가는 모양이 바뀌어서 갑자기 어디 부딪혀 박살 날 수도 있지 않겠습니까? 암흑 물질이라는 것은 아직까지 뭔지도 모르고 관찰할 방법이 없으니까. 그런 게 오는지 마는지는 직전까지도 알 수가 없는 것이고. 하여튼, 우리는 그 비슷한 연구에도 연구비를 대고 있습니다. 워낙에 이런 문제에는 우리나라에서 연구비 나오는 곳이 잘 없으니까, 저희가 내는 연구비도 가치가 있죠."

이인선이 말했다.

"확률이 낮아도 하여튼 정말로 일어날 수 있을 만한 일로 지구가 멸망할 위험에 대해 연구한다, 그런 거네요."

"그런 일이 많지요."

오 차장은 금방 이해하지 못해 "무슨 일 말씀이십니까?" 하고 반문했다. 회장이 대답했다.

"확률은 아주 낮지만 한 방에 지구가 멸망할 수 있는 사건들 말입니다. 예를 들어서 감마선 대폭발 같은 현상은 은하계에서 10만 년이나 100만 년에 한 번꼴로 일어나거든요."

"감마선 대폭발이 뭐죠?"

"우주에서 관찰되는 현상 중에 가장 격렬하고 강한 폭발이죠. 아주 멀리에 있는 커다란 별이 꽝 하고 터지면서 잠깐 사이에 어마어마한 방사선을 내뿜는 거예요. 1초 만에 태양이 60억, 70억 년 동안 내뿜을 에너지를 다 내뿜는다고 하거든요. 재수가 없어서 지구가 그 방사선을 내뿜는 방향에 있으면 그냥 어느 날 갑자기 번쩍하고 모든 게 바싹 구워지는 거죠. 그런 건 예상을 하기도 어렵고, 뭐 알아도 어떻게 여기서 멈출 수도 없는 거고."

설명을 하면서 회장은 사무실에 걸려 있는 다른 그림을 가리켰다. 그 그림에는 우주에서 폭발하면서 빛을 뿜어내는 어느 별의 모습이 그려져 있었다. 잘 그린 그림이었다. 한규동은 그 그림을 보면서 정말로 그런 모습으로 무엇인가가 폭발하는 움직임을 보는 광경을 생각했다. 갑자기 대낮에 하늘 한편이 번쩍하면서 밝아지고, 그다음에 눈 깜짝할 사이에 지상의 모든 것이 다 녹아내려 사라져버리겠지. 그런 일이 일어날 수 있을까?

마침 그때, 바깥에서 굉장히 크고 묵직한 이상한 소리가 들렸다. 크기가 아주 크고 사람을 놀라게 하는 소리였다. 그러나 그렇다고 무슨 꽹과리를 치거나 큰 스피커에서 나오는 소리 같지는 않았다. 큰 소리면서 멀리 울려 퍼져나가는 느낌이었고 온몸을 뒤흔들며 퍼져나가는 힘도 실려 있었다. 마치 세상이 통째로 울리면서 내는 소리 같았다. 그러나 도대체 정체가 무엇인지 알 수가 없었다.

"이게 무슨 소리지?"

"그, 예언에 나왔던 거, 예언에 나왔던 거."

한규동이 다급하게 말을 하려다가 더듬거렸다.

"예언에 나왔던 하늘이 우는 소리 아니에요?"

"하늘이 운다고? 온 하늘이 울면 이런 소리가 나나?"

한규동과 오 차장이 말을 주고받았다. 이인선이 이야기했다.

"그냥 소음이겠지."

"무슨 소음이 이런 소리가 나는 건데?"

"멀리 있는 공사장에서 아주 큰 물건이 높은 데서 떨어졌든가, 자동차 같은 게 자동차 엘리베이터에서 사고 나는 바람에 높은 데서 떨어지면서 내는 소리일 수도 있고. 아니면 초음속 전투기 같은 게 하늘에서 날아가면서 음속 돌파하면서 소리를 낸 걸 수도 있고. 그것도 아니면, 하다못해 조그마한 유성 같은 게 멀리 우주에서 지구로 떨어지다가 폭발하면서 낸 소리일 수도 있고. 아주 작은 유성이 떨어진다면 낮에는 햇빛이 너무 밝아서 눈에 안 뜨일 테니까 그게 폭발하면서 소리를 내면 모습은 안 보이고 소리만 들릴 수도 있겠지."

"잠깐만요. 전투기가 출동했다면, 이게 핵전쟁이 일어난다는 뜻일 수도 있는 거고요. 또 조그마한 운석이 떨어졌다면, 이제 점차 큰 운석이 떨어진다는 전조일 수도 있잖아요."

"하여튼 그게 하늘이 우는 것은 아니잖아. 하늘이 무슨 울보 어린이냐, 눈이 있어, 입이 있어, 왜 울어?"

"정말 하늘이 눈물을 흘리면서 우는 것은 아니지만 비유법으로 써놓은 것일 수도 있잖아요."

"무슨 수수께끼 같은 말로 설명하는 옛날 전설을 꼭 따라 할 필요가 있는 문제였냐? 세상이 망해서 없어진다는 그런 엄청나게 심각한 이야기를 하면서 비유법은 왜 쓰는데? 너는 빚 갚으라는 독촉 서류나 카드값 대금 보내면서 비유법으로 설명하겠어? 액수를 안 써놓고 대신에, 당신의 다음 달 카드값이 슬픔으로 가슴이 찢어진다, 뭐 이렇게 써놓고 심각성을 충분히 이해하면서 제대로 카드값을 갚기를 바라면 되겠어? 심각한 문제일수록 정확하게 말해야지. 지구가 멸망하는 것은 카드값보다 훨씬 중요한 문제인데 왜 쓸데없이 비유법을 쓰냐고.”

이인선은 이야기가 좀 길어지는 것 같아서, 회장에게 미안하다고 양해를 구했다.

“죄송합니다. 저희들끼리 엉뚱한 소리를 했네요. 죄송합니다.”

“아니에요. 저도 갑자기 소리가 들려서 깜짝 놀랐네요.”

회장의 그 말만은 정직하게 들렸다. 이인선은 그 정직함을 놓치지 않고 회장의 기색과 말투를 잘 살폈다. 그 순간을 회장이 정직하게 말하는 모습의 기준으로 삼아두고, 앞으로 대화를 하면서 회장이 말을 할 때 그 정직한 모습과 어떻게 달라지는지, 세밀하게 관찰하기로 했다.

이인선은 원래 이야기로 돌아가서 질문을 계속했다.

“최후연구소에서 감마선 대폭발이나 초신성 폭발 같은 것을 예측하는 데도 연구비를 지원하는 건가요? 실제로 결과가 나온 것도 있어요? 제가 이런저런 자료 검색해본 바로는 최후연구소에 대해서는 검색 결과 자체가 많이 안 잡히던데요.”

회장이 대답했다.

“감마선 대폭발이 언제 일어날지 예상하는 연구는 너무 어렵지요. 그래서 그보다는 한 단계 더 새로운 전혀 다른 방식으로 최후를 예상하는 연구도 하고 있고요. 저희는 그 모든 다양한 방식의 연구를 하고 있고, 그 연구를 하시는 분들을 지원하고, 연구비를 지원하실 분들을 물색하는 일을 다 추진하려고 하는 거죠.”

“예를 들어볼 수 있는 또 다른 것이 있을까요?”

"그럼요. 저희 연구회가 그나마 이런저런 곳에서 투자를 받고 비용을 지원받아서 잘 운영되고 있는 이유는 모든 활동에 대해 상세하게 기록을 남기고 있기 때문이거든요. 이 사무실의 서버에도 다양한 자료들이 모여 있고, 서류로 출력된 것도 이 사무실에 다 보관되어 있어요. 그 자료들에 연구회 활동들은 모두 상세하게 잘 기록되어 있을 겁니다. 조금만 꺼내서 살펴봐도, 이 세상의 최후에 대한 다양한 연구 활동을 어떻게 진행해나가고 있는지 상세히 보실 수 있을 거예요."

회장은 여기에서 잠시 멈추었다. 그리고 자기 앞에 앉은 세 사람의 눈을 차례로 들여다보았다.

"예언자께서도 따지고 보면, 그런 전혀 다른 방식의 최후 예상을 하신다고 볼 수 있는 거죠."

이인선이 되물었다.

"어떻게 다르길래 전혀 다르다고 하는 거죠?"

회장은 잠시 어떤 대답을 해야 할지 생각하는 듯하더니 혜성 이야기를 다시 꺼냈다.

"정말로 이렇다는 것은 아니지만, 비슷한 예를 들어서 한번 설명해볼게요. 아직 우리에게는 갑자기 방향을 바꿔서 이상하게 날아오는 혜성을 관찰할 수 있는 기술이 없어요. 그렇지만, 우리보다 기술이 훨씬 더 발달한 외계인들 중에는 그런 것을 미리 알아낸 종족도 있겠죠. 그 종족이 우리들에게 그런 위험이 있으니까 어서 조심하라고 미리미리 알려주고 있다면 어떨까요?"

"외계인들이 그렇게 착할까요? 사람들에게 친절하고."

"사람들 중에는 '나는 사람이 싫어'라고 스스로 말을 한다든가 '사람이 제일 나쁘다'라는 말을 하면 자기는 뭔가 사람의 한계를 초탈한 것 같아 보여서 강해 보이고 멋져 보일 거라고 생각하는 사람이 있기는 하죠. 그런데, 이렇게 생각해보시면 어떨까요."

"어떻게요?"

이인선이 보니 한규동은 회장의 말에 빠져든 듯했다. 호화로운 고층 빌딩에서 특별해 보이는 사람과 외계인이니 지구 멸망이니 하는 이야기를 하는 동안, 한규동은 스스로 정말 외계인의 우주선에 타고 있는 느낌을 받고 있는 것 아닌가 싶었다. 그는 회장의 이야기를 귀로 듣고만 이해하고 있는 것이 아니라, 이미 회장의 이야기 속에 정신이 들어가 있는 듯해 보였다. 회장이 말했다.

"깊은 산골에서 조그맣게 농사짓고 사는 사람들은 멀리서 태풍이 오는지 마는지 알아낼 기술도 없고 태풍에 대해서 어느 정도 걱정을 한다고 해서 태풍을 연구하고 관찰하는 데 쓸 돈도 없죠. 그런데 정부에서는 인공위성을 띄워서 태풍이 어디에서 생겨서 어디로 오는지 감시하고, 혹시 위험할 것 같으면 그런 깊은 산골에 사는 사람들에게도 방송이나 인터넷으로 알려주잖아요. 그 비슷한 일이 벌어지고 있다면 어떨까요? 혜성에 대해서든, 감마선 대폭발에 대해서든."

"그러니까 외계인들이 그런 일을 한다고요?"

"우리보다 한 1억 년 먼저 우주에 나타난 외계인들이 있다면. 사실 1억 년 정도 기술이 더 발전한 외계인이 그냥 있을 수도 있겠죠. 지구 나이만 해도 46억 년이니까 그냥 어딘가에 지구랑 살짝 다른 47억 년짜리 지구 비슷한 행성이 있다고 하면 그 행성에는 사람들보다 1억 년 먼저 발달한 종족이 있을 수도 있는 것이고. 46억 년 된 행성, 47억 년 된 행성, 별 차이 안 나 보이잖아요? 이런 곳도 있고 저런 곳도 있고 있을 수 있을 것 같잖아요? 그런데 그런 데에 외계인이 있으면 우리보다 그 차이만큼 더 발전해 있을 수 있다고요."

"행성의 나이라는 관점에서 보면 별것 아닌 차이 같아도, 우리보다 기술이 1억 년 더 앞선 외계인이 있을 수 있다는 거죠?"

"그렇죠. 그런 종족은 갑작스러운 초신성 폭발이나 감마선 대폭발이 아주 위험할 거라는 것을 알아내고, 천년만년을 들여서라도 은하계에 있는 모든 초신성 위험이나 감마선 대폭발 위험을 다 조사해서 지도를 만들어놓았을 거라고요. 그 근처에 있는 행성들에 저런 위험한 별이 언제 터질 것 같으니 미리미리 대비하라고 계속해서 은하계 전체에 메시지를 방송하고 있을 수도 있죠. 정부에서 태풍을 관찰해서 전국 모든 사람들에게 알려주고 있는 것처럼."

"그러니까 외계인들이 온 은하계를 감시하고 있다고요?"

그렇게 말하고 한규동은 빌딩 창밖의 푸른 하늘을 보았다. 그

하늘을 유심히 보면 온 은하계가 한눈에 보일까, 그런 상상을 하는 것 아닌가 싶었다.

"뭐 꼭 그런 게 있다는 것은 아니고. 심지어 그 외계인들이 지금 정말 살아서 활동하는 게 아니라도 상관없죠. 그 외계인들은 1000만 년 전에 진작에 멸망했어도, 외계인들이 만든 위험 경고 방송을 계속 보내주는 자동 방송 장치나 기계 우주선 같은 것만 떠다니고 있으면 되니까."

"그래서 그런 식으로 외계인들의 경고를 알아내기 위한 사업도 하신단 말씀이십니까?"

한규동의 질문에 회장이 대답하기 전에, 이인선이 질문을 하나 더 했다.

"그런 외계인이 있다는 걸 걱정한다면, 최후연구소에서는 오히려 다른 더 간단한 문제부터 걱정해야 하지 않나요?"

회장은 그 말을 듣고 소리를 내어 웃었다. 오 차장은 회장과 인선을 번갈아 쳐다보았다. 한규동도 마찬가지였다.

"무슨 말씀이신가요?"

회장이 대답했다.

"그렇게 발달된 외계인들이 있다면 그 외계인들이 지구를 멸망시키러 오는지 안 오는지, 그것부터 먼저 물어봐야 한다는 거죠? 혹시 모르는 거 아니에요? 지금 어느 방향으로 전파 주파수를 잘 맞춰서 들어보면, 외계인들이 이제 몇 시간 후면 너네 행성을 부수러 간다, 그렇게 경고하고 있는 거죠. 아무도 그걸 들어볼 생각은 못 하지만, 그 시간이 되면 갑자기 하늘 저편에서 외계인이 나타나서 꽈광 하고 지구를 박살 내는 거죠."

"외계인들이 그렇게 나쁘다고요?"

"뭐 안 나빠도, 그냥 무슨 실험 같은 거 한다고 그럴 수도 있죠. 혹시 불만 있으면 지구를 부수면 안 된다고 대답해라, 한 100년 동안 기다리겠다. 그렇게 외계인들은 나름대로 신호를 보내고 있다고 생각해보자고요. 그런데 사람들이 외계인에게 별 관심이 없어서 100년 동안 그 이야기를 무시하고 사는 거죠. 그러면 외계인 입장에서는 충분한 시간을 줬는데도 아무 답이 없으니, 그냥 초대형 폭파 실험을 지구에서 한번 해보자, 그래서 지구를 부술 수도 있는 거고."

잠자코 있던 오 차장이 말했다.

"그런 것은 아무래도 너무 막연한 가능성 아닙니까?"

회장이 대답했다.

"그런데 예언자 선생님께서 아주 새로운 이야기를 가져오셨거든요."

한규동이 끼어들어 물었다.

"그래서 그 예언자는 도대체 누구인데요?"

회장은 하던 말을 계속했다.

"그런 막연한 이야기가 더 효과가 좋을 때도 있고. 이런 것도 있고."

무슨 뜻으로 한 이야기인지 한규동 입장에서는 안달 나는 순간이었다. 말을 돌리지 말고, 정확하게 이름이나 경력을 바로 이야기해보라고 따지고 싶었다. 그때 회장은 몇 마디 더 할 것 같았다. 한규동은 대답을 기다렸다.

그런데 회장은 창밖 쪽으로 고개를 돌렸다. 잠깐 전화기 화면을 들여다보는 것 같았다. 그런 회장을 따라 창밖을 보던 사람은 24층에 펼쳐진 하늘 풍경으로 정신이 쏠릴 수밖에 없었다.

배경이 되는 하늘은 그냥 하늘이었다. 하늘의 색은 하늘색의 견본으로 써도 좋을 정도로 말끔했다. 도시의 혼잡한 먼지와 스모그 기운이 아래에서 조금 삐져 올라오는 것 같기도 했지만, 24층이라는 높이는 그 더러운 공기층에서도 솟아 올라와 튀어나온 높이였다. 눈앞을 가리는 것 없이 그저 어디까지 저런 색깔인지 알 수 없는 하늘만 가득 차서 끝없이 펼쳐져 있어야 했다.

그 중앙에 보이지 않아야 할 이상한 것이 보였다.

작은 타원형의 조금 어두운 흔적 같은 것이었다. 얼핏 보았다면 그냥 먼 곳을 스쳐 지나가는 비행기라고 생각할 만한 모양이었다.

비행기 모양은 아니었다. 날개도 없었고 꼬리도 없었다. 그냥 매끈한 모양이었다. 무엇보다도 하늘을 가로질러 날렵하게 날아가는 그 비행기다운 움직임을 보여주지 않고 있었다. 그 작은 타원형은 점점 커졌다. 가까워오는 것 아닌가 싶었다. 아주 높은 곳에 있어서 멀리 있는 것처럼 보였던 것이 아래쪽으로 내려오는 듯도 했다.

더 커진 형체를 보니 그 모양은 동그란 원판을 약간 비스듬한 방향에서 바라보는 느낌이었다. 그 원판의 중앙에는 조금 더 두툼하고 동그랗게 튀어나온 모양이 있었다.

"비행접시다! 진짜 비행접시다!"

오 차장이 소리쳤다. 한규동도 따라서 뭐라고 말하고 싶었지만 아무 말도 할 수가 없었다.

텅 빈 하늘 가운데에서 갑자기 나타난 그 물체는 정말로 영화나 잡지에서 보던 비행접시라는 것의 모양과 꼭 닮아 보였다. 다른 생각은 들지 않고 그저 "실제로 보면 이런 느낌이구나" 하는 생각만 멍한 머리에 울리듯이 반복되었다. 막연히 비행접시하면 떠오를 만한 모양에 비해서 지금 직접 보고 있는 것은 중앙의 동그랗게 튀어나온 부분이 좀 더 튀어나온 느낌이기는 했다. 아래쪽이 약간 불룩한 것 같기도 했다.

그 물체는 더욱더 가까이 내려왔다. 24층 높이에 거의 다가왔을 때에는 몇백 미터 정도 떨어진 높이로 보였는데, 확실히 하늘에서 날아온 이상한 알 수 없는 비행체의 모양이었다. 비행기 모양도 아니었고, 새를 착각한 것도 아니었다. 반사된 불빛이나 금성을 착각한 것도 전혀 아니었다. 금성이 지금 저 높이에 있다면 이미 지구는 최후를 맞이하고 있겠지.

"이 대리, 지금 당장 생중계로 연결할 수 있나. 이거 중요해. 커. 엄청 큰 거야."

오 차장은 신문사로 전화해서 그렇게 이야기하더니, 인사도 하지 않고 문 바깥으로 뛰쳐나갔다.

"오 차장, 잠깐만."

"사장님, 그게 지금 더 아래로 내려가서 여기 24층에서는 잘 안 보이는데요."

한규동의 그 말을 듣고 이인선은 뛰쳐나간 오 차장을 따라 나갔다. 한규동도 그 뒤를 따라갔다.

오 차장은 엘리베이터 앞에 있었다. 엘리베이터가 24층까지 올라오는 데 시간이 제법 걸릴 것 같아 보였다. 오 차장은 잠깐 망설이더니 바로 문 옆으로 나아가 계단으로 뛰어 내려갔다. 한규동도 그 뒤를 따라 뛰어 내려갔다.

"잠깐만, 우리는 오 차장처럼 그렇게 바쁜 느낌까지는 아니잖아. 엘리베이터 타고 가도 되잖아."

이인선이 그렇게 말했지만, 정신없이 달리는 두 사람은 그 말이 들리지 않는 모양이었다.

잠시 후, 이인선이 24층의 계단을 모두 달려서 1층까지 내려가보니, 다른 두 사람은 바닥에서 비틀거리면서 제대로 걷지 못하고 있었다.

"너희들 왜 그래? 진짜 무슨 외계인한테 공격당했어?"

"그게 아니라, 24층을 연속으로 뱅글뱅글 돌면서 계속 뛰어서 온 힘을 다해 계단을 내려오니까, 다리 감각이 이상하게 되었어요. 뭔가 힘이 풀린다고 해야 할까, 바닥이 제대로 안 디뎌지는 느낌이라고 해야 할까. 그냥 땅바닥을 딛고 서 있을 때도 이상하게 후닥닥 뛰면서 그 밑으로 몸이 내려가게 될 것 같은 느낌이거든요. 그래서 그냥 똑바로 서 있는 게 이상한 느낌이라서."

이인선은 두 사람을 무시하고 걸어서 하늘에서 내려온 물체가 있는 곳을 향해 걸어가보았다.

생각보다 멀지 않은 곳, 보도블록 위에 그 둥근 물체는 가볍게 내려와서 착륙한 모양이었다. 특별히 열기를 내뿜는다거나 빛을 발한다거나 하지는 않았다. 크기는 사람 몸집과 비슷하다고 할까, 그보다 조금 작다고 할까.

"우주선이라면 비행기만큼 커야 되지 않나요? 최소한 작은 자동차 크기는 될 것 같은데. 저건 좀 작은데요."

한규동은 기다시피 해서 따라오며 그렇게 말했다. 오 차장이 말했다.

"옛날 우주선은 무게를 줄이기 위해서 정말 작았다고 하잖아. 그렇게 생각하면 저것도 우주선 같은 크기라고 할 수 있지 않을까."

오 차장은 바로 무엇인가 깨달았다는 듯이 소리쳤다.

"아니면, 외계인들은 크기가 상당히 작을 수도 있잖아! 이렇게 눈이 크고, 몸은 회색, 녹색 아니면 하얗게 빛나는 색깔로!"

"키 작은 녹색 외계인!"

한규동은 그렇게 말했다. 생각도 하기 전에 감정에 따라 터지듯이 말이 튀어나오는 느낌이었다.

116

하늘에서 내려온 둥근 덩어리는 윙윙거리는 묘한 소리를 냈다. 그 소리는 확실히 기계 돌아가는 소리처럼 들렸다. 스스로 움직이고 돌아다니는 물체로 보였다. 이런 모양으로 움직이며 날아다니는 기계 중에 떠올릴 만한 것은 외계인의 비행접시밖에 없을 것 같았다.

외계인이다. 외계인. 진짜 다른 세계, 우리는 상상도 못 하는 세계에서 온 것이다. 그런 생각이 그 기계로부터 밀려 나와 이쪽으로 파도처럼 몰려오는 것 같아 흥분감이 느껴졌다.

한규동과 오 차장은 기계를 향해서 걸어갔다. 눈으로는 잘 알 수 없었지만 작동 중이라는 느낌이 들었다. 기계가 가늘게 떨리고 있다거나 굉장한 열기를 내고 있다거나 이상하고 신비한 빛을 아주 엷게 뿜는 듯한 느낌인 것 같았다. 지금까지 세상의 이치로는 만나는 것이 금지되어 있었던, 이 세상의 그 모든 것을 초월한 머나먼 바깥을 지금 체험한다는 생각이 지나갔다. 무엇이 튀어나올지 너무 기대되었다. 무섭기도 했다. 정말로 저기에서 나온 외계인이 이제부터 지구를 폭파시키겠다고 하면 어쩌지? 아니 그냥 외계인이고 뭐고 없이 저게 외계 행성에서 지구로 보낸 폭탄 덩어리일 수도 있는 거잖아? 그래서 정말로 오늘 세상이 끝나는 거지. 그런 두려움도 잠깐이었다. 저렇게 신기한 것을 지금 만난다는 기대가 무서운 생각은 바로 잊히게 만들었다.

세 사람이 그 물체로부터 고작 한 발자국 정도 떨어져 있었을 때, 그 물체의 중앙이 부드럽게 열렸다. 뚜껑에 작은 틈이 생기는 것 같았다. 기계가 움직여 물체의 표면에 달린 것을 젖히는 움직임이었다. 신비한 광선을 내뿜거나 하지는 않았다. 그렇지만 뚜껑이 열리는 움직임은 매우 부드러워 보였다.

"나온다, 나온다."

"아, 어떻게 생겼을까요?"

그 열린 곳에서 넓은 직사각형 모양의 얇고 까만 판이 천천히 올라왔다.

"네, 네모 모양, 외계인인가? 역시 먼 행성의 외계인이라서 우리가 생각하던 생물에 대한 고정관념과는 완전히 다르게 생긴 건가."

오 차장은 그렇게 말했다. 그런데, 그 곁에 서 있던 이인선은 다른 이야기를 했다.

"저거 딱 봐도 재질이 무슨 외계 행성이 아니라, 경기도 파주 같은 데 있는 한국 전자 회사 공장에서 만든 것 같잖아."

"그게 무슨 말이죠?"

한규동이 물었다. 이인선은 더 설명하지 않고 그냥 보라는 듯이 턱짓으로 물체 위에 튀어나온 네모 모양을 가리켰다.

곧 그 네모 모양은 색깔이 바뀌었다. 그 가운데에 비치는 색깔은 영화에서 자주 볼 만한 외계인 종족 같은 모양으로 바뀌었다. 곧 외계인 종족이 뭐라고 말하는 듯이 입을 움직였다.

"잡초 제국의 멸망 제2편!"

아주 또렷한 한국어였다.

"저게 뭐야?"

"외계인이 한국어를 하나? 우리 지능 수준에 맞춰주는 건가?"

"그럴 수도 있죠. 할리우드 영화에 나오는 외계인들은 다 영어로 말하잖아요."

"그냥 OLED 화면이잖아. 모니터라고."

"외계인도 OLED 모니터를 사용하나?"

"외계인이 아니라니까. 그냥 한국에서 만든 OLED 모니터야."

"외계인이 왜 한국에서 만든 OLED 모니터를 들고 다니다가 우리한테 보여주는 거지?"

오 차장은 그때까지도 이해하지 못하겠다는 어리둥절해하는 얼굴을 하고 있었다. 그는 꿈결 같은 세상 밖 세상을 거닐고 있다가, 갑자기 발 한쪽이 꿈속에서 쑥 빠져서 지상으로 튀어나왔다는 표정이었다.

이인선이 말했다.

"저거, 게임 광고라고. 외계인 나오는 게임 광고. 〈잡초 제국의 멸망〉이라는 게임의 속편이잖아. 게임 광고를 하면서 사람들 시선을 끌고 화젯거리가 되어보려고 이렇게 원격 조종으로 하늘을 날아다니는 기계에 화면을 달아놓은 거라고. 광고용 드론이라니까."

이인선은 기계 가까이로 걸어갔다. 그리고 기계 바닥 쪽에 보이는 커다란 프로펠러 모양을 가리켰다.

"이거 봐. 프로펠러 달려 있잖아. 이거 그냥 드론이라고. 원격 조종으로 프로펠러 돌리면서 날아다니는 기계. 거기다가 플라스틱으로 껍데기를 비행접시 모양 비슷하게 씌운 거야."

오 차장은 불쌍한 모습으로 몸을 굽혀 드론의 프로펠러 쪽을 들여다보았다. 한참을 보면서도 그냥 어느 광고 대행사가 재미 삼아 띄운 드론이라는 생각은 믿고 싶지 않아 하는 것 같았다.

"누가 왜 이런 짓을 하는데? 이러면 누가 좋아한다고? 이런 걸 사람들이 일부러 돈 들여서 한다고?"

"일단 눈에 뜨여야 광고가 된다고 하는 사람들은 있으니까요."

한규동이 말했다. 이인선이 같이 말했다.

"오 차장, 쟤는 좀 옛날 예시를 들려주어야 잘 알아들어. 옛날에 2000년대 초에 인터넷 회사가 광고한다고 아무 설명도 없이 '선영아 사랑해'라는 말만 쓴 종이를 여기저기에 온통 붙여놓으면서 사람들이 뭔지 궁금하게 만들어서 광고했던 거 생각나? 다 그런 거야. 하여튼 눈길을 끌고 화제가 되잖아. '선영아 사랑해' '외계인 반가워' 다 비슷비슷한 거지."

오 차장은 돌아섰다. 그리고 빌딩 위를 올려다보았다.

"아니, 아무리 그래도 그렇지. 이게 도대체 다 뭐 하자는 건데?"

오 차장은 빠른 걸음으로 다시 건물 안으로 돌아갔다.

"오 차장, 어디 가? 야."

오 차장이 향한 곳은 최후연구회의 사무실이었다. 이번에는 처음 들어갈 때처럼 건물에 감탄하지도 않았고, 직원들의 태도에 주눅 들 겨를도 없었다. 그저 사무실로 다급히 걸어가기만 했다.

그런데 다시 도착한 사무실에는 아무도 없었다.

입구에서 안내해주던 직원도 자리를 비우고 있었다. 사무실은 유리문이 닫힌 모습으로 안이 들여다보이는 모양이었는데, 그 안에는 우주의 풍경도, 비행접시의 사진도 그대로 걸려 있었지만, 어두운 그늘 속에서는 휑해 보이기만 했다. 모든 다양한 자료가 상세히 남아 있다는 그 기록도 더 이상 조금도 확인할 기회가 없었다. 불이 꺼진 채 건물 자체가 죽어 있는 것같이 비어 있었다.

17시에서 18시까지

주차장에서 차를 찾아다니면서 세 사람은 걷고 있었다. 오 차장이 이야기했다.

"도대체 이게 뭐 하는 거지? 왜 그때 비행접시가 날아온 거야."

"비행접시가 아니라 광고용 드론이었잖아."

"그것도 이상해. 누가 광고용으로 하늘에 그런 걸 띄워?"

"하늘에 그렇게 눈에 뜨이는 걸 띄워서 광고 목적으로 쓰는 사업자들은 자주 있다고. 왜, 외국 뉴스 같은 것 보면 비행기 날아다니면서 연기로 그림이나 글자 써서 광고하는 경우도 있잖아. 우리나라에서도 1988년에 서울 올림픽 전후로 해서 서울에 비행선을 띄우는 사업도 했었고."

"비행선이요?"

한규동이 물었다.

"어. 그 풍선같이 생긴 커다란 거에 사람 탈 수 있도록 객실을 달아서 하늘을 둥둥 떠다니면서 날아다니는 거 있잖아."

"그런 거는 2차 대전 전에 독일 같은 데서나 본 것 같은데요. 〈인디아나 존스〉 3편인가에 나오잖아요."

"무슨 바람이 불었는지 1988년에 한국에서도 그거 사업한다고 한 적 있었어. 사람을 많이 태울 수 있는 큰 비행선은 아니고 그냥 시내에 돌아다니면서 광고판 붙이고 날아다니는 용도 정도였기는 한데. 오 차장은 그거 기억 안 나? 그때 괜히 비행선 분위기 때문에 그랬는지, 똘똘이 탐험대인가 하는 이름으로 무슨 교수님이 애들하고 같이 비행선 달려 있는 버스 타고 날아다니면서 모험하는 어린이 TV 프로그램도 하고 그랬잖아. 호주에서 나온 텔레비전 프로그램이었던 것 같은데. 원래는 〈퓹스너글 교수의 증기 제펠린〉인가 뭐 그런 제목 아니었나."

이인선은 오 차장을 쳐다보았다.

"오 차장 기억 안 나?"

"모르겠어. 그것보다 아까 어떻게 그 회장에게 비행접시가 찾아온 거야?"

그 물음에 이인선은 우선 고개부터 저었다.

"그게 아니라니까. 광고용 드론을 조종한 거야. 광고 목적으로 하늘에 날아다니고 있던 시간이었는데, 우리가 괜히 비행접시니 뭐니 관심을 가지니까 한번 보라고 손짓한 거지. 아니면 아예 그때 드론이 이쪽으로 오도록 조종했을 수도 있고."

"그래도 정말 진짜 비행접시 모양이랑 너무 비슷했어."

"진짜 비행접시가 세상에 어디 있어? 오 차장은 집에 비행접시가 있어?"

"아니 내 상상 속의 그 모습이랑 진짜 비슷했다고."

"그러면 상상 속의 비행접시잖아. 그런 걸 진짜 비행접시라고 해도 돼?"

"그래도, 비행접시라고 했을 때 딱 그게 현실로 나타나면 어떻겠다, 하는 생각에 맞춰주는 모습이었다는 그런 이야기지."

"요즘은 비행접시 이야기도 유행이 지났잖아. 하늘에 뭐 이상한 게 날아다니면 다들 또 무슨 신형 드론 아닌가 하는 시대 아니냐. 좋은 특수 플라스틱 재료로 사면 겉모양이 꼭 쇳덩어리처럼 보이게도 만들 수가 있거든. 거기에다가 색칠만 잘 하면 가벼운 플라스틱 껍데기를 씌운 모양도 꼭 옛날 비행접시처럼 보이게 만들 수 있는 거지."

"아, 다시 한번 봐야 하는 거 아닐까? 정말 외계인하고 아무 상관은 없는 건지?"

"게임 광고 나오는 거 다 봤잖아."

"지구인에게 협조하는 외계인이 먹고살기 위해서 광고 따서 보여주고 다니는 걸 수도 있잖아."

그런 대화를 나누고 있자니, 마침 자동차가 있는 곳까지 걸어왔다. 세 사람은 안에 타려고 했다. 그때 한규동이 잠깐 멈춰 서 이렇게 말했다.

"그래도 이상하긴 이상해요."

"이상할 게 뭐가 있어. 그냥 광고용 드론이 날아왔는데 오 차장이 비행접시인가 보다 하고 놀라서 구경하려고 뛰쳐나온 거잖아. 그게 뭐 이상해? 원래 오 차장이 좀 생긴 것하고 다르게 경망스러운 사람인 게 이상해?"

오 차장은 이인선을 흘겨보았다. 그 흘겨보는 모습에 이인선도 한규동도 신경 쓰지 않고 있었다.

"아니요. 그런데, 하필 왜 다시 돌아가니까 또 아무도 없는 거죠?"

"퇴근 시간 되었나 보지."

"퇴근 시간하고는 좀 안 맞지 않나요?"

"뭐 탄력 근무제 하나 보지. 요즘 코로나19 때문에 일찍 출근하는 사람, 늦게 출근하는 사람 각자 다른 경우가 많잖아."

거기까지 말하니까 한규동은 할 말이 없었다. 의문이 완전히 해소된 느낌은 아니었지만, 더 할 말은 없었다. 그렇지만 그대로 그냥 그런가 보다 하고 넘어가면 되는 느낌은 아니었다. 뭔가 더 따져봐야 할 것 같았다. 한규동은 이 말을 할까, 저 말을 할까, 고민하다가 결국 이렇게 말했다.

"음…… 사장님, 우리는 탄력 근무제 안 하나요?"

"우리는 출퇴근 시간이 그냥 따로 없잖아. 출근할 일도 없을 때가 많은 게 문제지."

갑자기 분위기가 휑하다는 생각이 들었다. 그제야 한규동은 다시 의논하고 싶은 이야깃거리들이 머릿속에서 새로 이어졌다.

"그러고 보면, 그것도 문제예요. 그래서 도대체 그 예언자라는 사람은 뭐예요? 오늘 밤이 지나면 세상이 끝난다는 게 무슨 말이에요? 그 최후연구회라는 곳에서 그래서 내린 결론이 뭐라는 거예요? 알아낸 게 없잖아요."

"아무래도 마침 그때 비행접시 모양에 우리가 놀란 틈을 타서 잠깐 자리를 피한 것 같단 말이지. 처음에는 언론 기관하고 관계를 맺으려고 우리를 만나려고 했는데, 이야기가 약간 엉뚱한 분위기로 흐른다고 생각했던 것 아닐까?"

세 사람은 모두 차에 올라타 안전벨트를 맸다. 당장 어디로 가면 좋을지 알 수 없었다. 그들은 컴컴한 주차장 안 자동차에 그냥 가만히 앉아 있었다.

오 차장이 말했다.

"그 예언자라는 사람이 혹시 외계인인 것 아닐까?"

이인선도 한규동도 오 차장의 그 말을 듣지는 않았다. 이인선은 어두운 주차장의 검은 어둠을 바라보았다. 그 얼굴이 자동차 유리창에 살짝 비쳤다. 한규동이 말했다.

"이게 무슨 이야깃거리가 될 만한 사건인지, 아니면 그냥 장난 같은 일인지, 뭘 좀 더 알아야 일을 더 해서 캐볼지 말지 할 텐데. 더 이상 뭐 알 수 있는 게 없네요. 내일 다시 한번 와볼까요? 최후연구회에서 뭘 연구했는지 구체적으로 목록을 뽑아본다거나, 아니면 회원들 명단을 구해서 다른 회원들을 만나본다거나 그렇게 하다 보면 뭔가 조금 더 알 수 있지 않을까요?"

이인선은 계속 창밖만 보고 있었다. 대답을 기다리는 한규동에게 오 차장이 갑자기 말했다.

"내일은 안 되지 않을까? 오늘 세상이 끝난다는데, 혹시라도 그 말이 맞는다면."

"하여튼 지금은 뭘 더 알아보려고 해도 막다른 골목 같은 느낌인데요."

그때 이인선이 말하기 시작했다.

"최후연구회라는 그 단체는 뭔가 꾸준히 열심히 일을 해온 단체는 맞는 것 같아. 비행접시나 외계인에 대해서도 그럭저럭 열심히 연구한 적은 있는 것 같고. 아마 그런 광고 사업을 했던 것도 적어도 비행접시의 겉모습에 대해서 모형을 재질까지 잘 살려서 그럴듯하게 만들 수 있을 정도로 정성을 기울였던 적이 있는 단체니까 가능했겠지. 그리고 그 사람들이 지금은 예언자하고 관계가 깊어진 게 맞는 것 같고."

"거기까지는 그런 것 같네요. 그런데 더 이상 뭘 어떻게 조사할 방법이 없잖아요."

"아니야. 우리가 아는 연결 고리가 아주 없지는 않아."

자동차가 움직이고 얼마가 지났을 때, 이인선은 창밖 한쪽을 손가락으로 가리켰다.

"저거."

그 방향에는 착륙한 비행접시 모양의 드론이 있었다. 주위에는 적지 않은 사람들이 모여서 구경하고 있었다.

"저 우주선을 우리가 타고 날아간다?"

오 차장이 말했다. 이인선은 오 차장을 말없이 노려보았다. 오 차장은 멋쩍은지 괜히 웃었다. 정확한 원리는 알 수 없었지만, 웃음을 짓자 오 차장은 순간적으로 믿을 수 없을 정도로 굉장히 잘생겨 보였다. 이인선은 그 모습을 잠깐 쳐다보고 있다가 한숨을 쉬었다.

"그게 아니라, 저 비행접시 모양에 광고를 의뢰한 광고주가 있을 거라고. 그 사람은 뭔가 최후연구회나 예언자에 대해 조금은 알 거야."

"그냥 광고만 내보낸 사람이 뭘 많이 알까요?"

"아무것도 모를 수도 있긴 한데, 내 생각에는 뭔가 알 만한 가능성이 더 높아 보인단 말이지."

"게임 회사 직원이 세상의 종말에 대해서 뭔가 알고 있다는 이야기인가요?"

"그냥 직원보다 좀 더 높은 사람. 아마 회사 대표일 가능성도 있고."

오 차장이 갑자기 감탄했다.

"설마, 그 게임 회사 대표가 외계인이었어?"

"아니라니까. 너 자꾸 왜 그래."

이인선이 말했다.

"최후연구회라는 단체는 별로 크게 광고를 많이 하는 단체는 아니야. 저게 무슨 사이비 종교나 그런 것 같으면 자기 종교 믿으라고 엄청나게 광고도 많이 하고 선전도 많이 하고 그래야 사람들을 끌어들여서 광고를 할 수 있을 거잖아. 그런데 검색 결과도 별로 안 나오는 단체거든. 그러면 사람들을 많이 모아서 거기에서 어떻게 자금을 구해서 무슨 사업을 한 단체는 아니겠지. 그런데도 뭔가 이것저것 일을 꾸준히 해오고 있거든. 저런 이상하게 생긴 드론도 만들었고. 사무실만 봐도 엄청 근사한 데 있잖아. 저런 데 한 달 임대료만 해도 기절할 만한 금액일 텐데. 이상하지 않아?"

"그냥 누구 하나 부자인 사람이 뒤에서 돈을 대고 있을 수도 있잖아요."

"그렇지. 그래서 아마 누구 하나 굉장히 부자인 사람이 자기 재산을 털어서 이 최후연구회라는 단체에 돈을 왕창 퍼붓고 있는 거라면 말이 되지. 그런데 갑자기 게임 몇 개로 엄청나게 성공해서 갑부가 된 부유한 사업가가 지금 이 최후연구회 주변에 한 사람이 있잖아."

그 말을 듣고 오 차장이 말했다.

"그러니까 비행접시에 광고를 주문한 사람이 바로 최후연구회에 돈을 대고 있는 사람일 것이다?"

"그 비행접시 모양 드론은 최후연구회에서 만들어서 운영하고 있는 것 같잖아. 회장은 비행접시가 날아오는 것도 잘 알고 있었잖아?"

"맞아. 그랬지."

"어떤 사람이 그 비행접시를 광고 수단으로 쓰겠다고 거래를 하는 것 자체가 이미 최후연구회에 돈을 주기는 주고 있다는 뜻이고. 내 생각에는 아마 최후연구회에 굉장히 관심이 많은 사람이어서 최후연구회에 최대한 돈을 퍼주려고 일부러 비행접시를 이용한 광고 사업도 하고 그랬던 것 같단 말이야."

한규동이 물었다.

"그러면 그 게임 회사 대표를 만나서 물어보면 뭔가를 좀 더 알 수 있다는 거죠?"

"뭔가를 좀 더 알 수 있을 수도 있고, 아니면 그냥 특이한 광고 해달라고 대행사에 부탁했더니 우연히 눈에 뜨여서 최후연구회에 비행접시 광고를 부탁했다고 할 수도 있고."

"어떻게 게임 회사 대표를 만나죠?"

"만나자고 해보지 뭐."

"연락처 같은 게 있나요?"

"나한테는 없지만, 역사와 전통을 자랑하는 신문사 직원인 오 차장은 신문사 컴퓨터에 접속해보면 구할 수 있겠지요."

오 차장이 말했다.

"그건 좀 그런데. 이건 신문사 기밀 정보인데, 그냥 아무한테나 막 줄 수는 없잖아."

"아무한테나 정보를 주는 게 아니라, 오 차장이 직접 한번 그 게임 회사 대표에게 연락해보라고."

"대표가 날 만나줄까? 어떤 사람들은 기자 만나는 거 되게 싫어하는데."

"만나주면 우리 생각이 맞는 거고, 안 만나준다고 하면 우리 생각이 틀리는 거고. 이렇게 한번 메시지 보내봐."

이인선은 잠깐 생각하더니 이어서 말했다.

"오늘 밤 세상이 끝난다는 것에 대해 이야기하고 싶습니다. 만나 뵐 수 있는 가장 빠른 시각은 언제일까요?"

그리고 이인선은 오 차장에게 신문사 컴퓨터와 연결된 오 차장의 전화기를 잠깐 한규동에게 넘겨주라고 했다. 한규동은 이인선이 말한 대로 전화기에 메시지를 입력했다.

"잠깐. '세상이 끝난다는 것에 대해 이야기하고 싶습니다'는 조금 건방진 느낌 아니야? '이야기하고 싶습니다' 다음에 눈 모양으로 이모티콘 하나 넣으면 어때?"

"그러면 더 장난 같지 않을까요?"

"그러면 '이야기하고 싶습니다' 다음에 히읗 하나 넣을까?"

"'세상이 끝난다는 것에 대해 이야기하고 싶습니다 핫' 이런 느낌으로요?"

"한규동 팀장은 그걸 '핫'이라고 읽어요?"

"네, 차장님은요?"

"나는 흐라고 읽는데. 그러면 히읗 하나 말고 두 개 넣을까?"

"'세상이 끝난다는 것에 대해 이야기하고 싶습니다 핫핫' 이런 느낌으로요?"

"'세상이 끝난다는 것에 대해 이야기하고 싶습니다 흐흐' 이런 느낌으로."

"그것도 별로인데요."

잠시의 토론을 마치고 두 사람은 게임 회사의 대표에게 결국 완성된 메시지를 보냈다.

5분이 지나지 않아 답이 돌아왔다.

――― 지금 당장 만나고 싶습니다.

18시에서 19시까지

게임 회사 대표와 만나기로 한 곳은 도심 중심가에 자리한 호텔이었다. 일행은 차 안에 앉은 채로 주변을 둘러보고 있었다. 평소의 이 지역 교통 상황을 감안해 약속 시간을 잡았기에 늦을 것 같지는 않았다. 그래도 교통 체증은 괜히 사람을 초조하게 만들었다. 또 여럿이 모여 있다 보면 초조해져 말이 많아지는 사람이 있기 마련이다.

한규동이 말했다.

"오며 가며 호텔 건물은 항상 보고 그 호텔 이름은 많이 들었지만, 직접 가보는 것은 처음이네요. 차장님이나 사장님은 가보셨어요? 어때요? 겉모습처럼 내부도 그럴듯한가요? 방이 넓은 편이에요? 1박 요금도 꽤 나오겠죠? 그러고 보면 정작 서울에 살면 이런 호텔에서 묵어볼 기회는 안 생기는 것 같아요."

오 차장은 다른 것도 궁금했다.

"왜 그 호텔에서 만나자고 한 거지?"

"사람이 많은 곳이기는 하지만, 그러면서도 너무 시끄러운 곳은 아니라서?"

"왜 사람 많은 곳에서 군이 만나자고 하는 거야? 그냥 자기 사무실에서 만나자고 할 수도 있잖아. 조용한 곳을 찾는다면 정말로 더 호젓한 곳도 있을 텐데. 주위에 보는 눈이 많기를 바라는 거지?"

"혹시 납치당하는 거나 암살당하는 걸 두려워하는 걸까요?"

"뭐, 그렇기야 하겠어. 그냥 도심에 있으니까 어디서 오든 사람 만나기 편해서 그런 것도 있을 것이고. 또 왜 공무원들이라든가, 대기업에 높은 자리에 계신 영감님들이라든가 그런 분들은 그런 옛날부터 이름 알려진 호텔에서 만나야 좀 대단한 사람 만나는가 보다 생각하기도 하고 그런 게 있잖아."

이인선이 그런 이야기를 하고 있는데 한규동이 끼어들었다.

"그런데 좀 다른 이유도 있는 것 같은데요."

"무슨 이유?"

"검색해보니까, 그 게임 회사 대표는 아예 그 호텔에서 산다고 하는데요."

"호텔에서 산다니?"

"호텔 방을 장기로 6개월이나 1년씩 빌려서 그 방에서 아예 머물면서 지내는 거죠."

"왜 그러고 사는데?"

"모르겠어요. 깔끔하고 잘 꾸며진 호텔 방 보면, 이런 데서 계속 지내면 좋을 것 같다는 생각 들 때가 있잖아요. 그 대표는 돈이 많으니까 그런 생각을 실제로 한번 현실로 해보고 싶어서 그러는 것 아닐까요?"

오 차장이 물었다.

"호텔 방 보면 계속 지내고 싶다는 생각이 들 때가 있나?"

이인선이 대신 대답했다.

"뭐, 그럴 때 있지. 집에 들어가면 좀 우중충하니 여러 가지 잡동사니에 비좁고 정리도 안 되어 있고. 그런데 호텔 방은 깨끗한 방에, 정갈하게 정리된 보기 좋은 가구에, 좋은 전망에, 밝은 빛에, 푹신한 침대에, 아무 다른 물건은 눈에 안 뜨이는 상쾌한 느낌이지. 계속 오래 머물고 싶다는 생각이 들 만도 하잖아."

"사장님, 그러니까 제발 탕수육 같은 거 사무실에서 시켜 먹고 남으면 바로바로 좀 치웁시다."

"그거는 그대로 남겨놓고 있다가 오며 가며 계속 집어 먹으려고 그렇게 두는 거지."

"탕수육을 어디 잘 정리해둔다고 해서 나중에 집어 먹지 못하게 되는 것도 아니잖아요."

"그렇지만 먹던 자리에 그대로 두면 거기가 먹기 좋은 자리니까 더 편리하잖아. 먹으려고 처음 펼쳐둔 것을 그대로 두면 되니까 치운다는 작업을 하는 데 드는 에너지 소모도 줄일 수 있고."

"그렇지만 비위생적이고 어지러우니까 정신 혼란스럽잖아요."

"뭐가 탕수육이 그렇게 어지러워? 나는 괜찮은데. 그러면 혼란스러워서 못 견딜 것 같은 사람이 치우면 되는 거 아닌가?"

"누가 더 비위생적인 환경을 잘 견디는지 대결하는 겁니까?"

"목마른 사람이 우물 파고, 갑갑한 놈이 송사한다고, 뭐 그런 거지."

오 차장은 두 사람의 논쟁을 중단시켰다.

"탕수육 이야기는 조금 있다가 하고, 우리가 지금 만나러 갈 사람에 대해서 아는 게 뭔지 이야기해보자고."

더 중요한 이야기의 생각이 시작되자 대화는 멈추게 되었다. 생각에 점점 깊이 빠질수록 이인선은 운전하면서도 머리를 조금씩 보조석 쪽으로 기울였다. 오 차장은 보조석에서도 머리를 뒤로 기울였고, 뒷좌석의 한규동은 앞쪽으로 머리를 기울였다. 가장 먼저 이인선이 입을 열었다.

"게임 회사 차려서 돈 왕창 번 사람이고, 세계가 곧 망할 위험이 있다고 생각하는 모임에 돈을 대고 있고, 외계인 이야기 좋아하는 사람이고. 뭐 그런 정도 아닌가?"

"더 자세한 건 모르나?"

"자세한 것은 이 사람 저 사람 유명한 사람 취재 많이 해본 오 차장, 네가 더 많이 알겠지."

"나는 탐사 취재 팀에서 오래 일했기 때문에 사기꾼들은 많이 만나봤지만 기업인들은 거의 못 만나봤어. 연예인도 별로 못 봤고. 아이돌들도 거의 못 봤고."

오 차장의 표정이 쓸쓸하게 변해가려는 것 같았다. 그러자 이인선이 말했다.

"그 게임 회사 대표가 만들어서 성공한 게임이 어떤 거였냐면, 그냥 유행한 게임을 그대로 따라 해서 아류작을 엄청 찍어내는 거였어. 예를 들어서 카드놀이와 격투 게임을 결합한 방식의 게임이 유행하는 것 같다, 그러면 딱 제일 유행하는 방식 그대로 자기들도 카드놀이와 격투 게임을 결합시킨 방식의 게임을 그대로 만들어서 팔아먹으려고 한 사람이지."

"그렇게 하는 회사들 많잖아요? 별 특징이 없는데요. 그러면서 어떻게 용케 성공했대요?"

"특징이 없는 건 아니지. 그 회사는 아류작을 하나만 만든 게 아니라, 아주 대량 생산으로 막 찍어낸 거야."

"게임을 막 찍어내요?"

"겉모습하고 분위기만 조금씩 바꿔서 아류작을 하나 내놓을 때마다 비슷한 게임을 한 50개씩 같이 내어놓은 거야. 예를 들어서 카드놀이와 격투 게임을 결합한 방식의 게임이 유행한다 싶으면, 게임 방식은 똑같은데 배경을 미래 시대로 바꾼 것, 서부 개척 시대로 바꾼 것, 우주로 바꾼 것, 조선 시대로 바꾼 것, 독립운동을 배경으로 한 것, 독립운동을 배경으로 했지만 약간 학습 만화 느낌이 나게 교육적인 분위기를 넣은 것, 독립운동을 배경으로 하면서도 비정하고 잔인해서 어른들이 주로 하는 게임 느낌을 낸 것, 그런 식으로 수십 가지로 겉모습만 바꿔서 한꺼번에 내놓는 거야."

"그렇게 하면 제작비가 너무 많이 들지 않나요?"

"좀 더 들긴 했다는데. 그래도 대신에 각각의 질을 좀 떨어뜨려서 만들었다는 거야. 그래서 게임을 50개를 출시했다고 해서 제작비가 50배가 든 것은 아니고 두세 배 정도 들었다고 하고."

"그래도 게임이 무슨 싸구려 옷 길바닥 장사도 아닌데 그렇게 될까요?"

"그렇게 일단 내어놓고, 반응이 좋을 것 같은 것 중심으로, 화제가 될 것 같은 것 중심으로 재빨리 홍보하고 광고를 조정해서 냈다고 하더라고. 그래서 그 50개 중에 잘 팔리는 것 한두 개만 건져도 된다는 거지. 그게 잘 먹혔다는 것 같아. 그리고 무슨 다섯 달 만에 50개의 게임을 개발, 유통했다더라, 뭐 이런 게 기삿거리도 되고 사람들 사이에 언급도 많이 되니까 투자할 돈 모으기도 좋아졌고."

"그러니까 비슷비슷한 게임을 한꺼번에 50개 개발해서 팔면서 그중에 하나라도 크게 팔리기를 기대하는 게, 공들여서 게임을 하나씩 만들어서 네다섯 개 파는 것보다 큰 이익이 될 거라고 보았다는 거죠?"

"그런 거지. 그런 방식은 더 이상은 안 먹힐 거라고 하는 사람들도 많이 있지만, 어쨌거나 그 대표는 그거 한 방 크게 성공해서 엑시트했으니까."

오 차장은 감탄하는 소리를 냈다. 그리고 이인선에게 물었다.

"엑시트라는 거는 돈 챙겨서 나와서 이제는 일선에서 손 씻었다는 거지? 그런데, 그런 쪽 회사 이야기도 꽤 잘 아네?"

이인선이 대답했다.

"우리 회사가 차세대 인터넷 정보 융합 미디어 플랫폼 스타트업 아니겠냐. 따지고 보면 이 바닥이 비슷한 바닥이지."

한규동이 무엇인가 생각하더니 두 사람 쪽에 다시 물었다.

"지금 이야기를 들어보면, 이 게임 회사 대표라는 사람은 굉장히 현실적이고 계산적으로 사업을 하는 것 같거든요."

"그런데?"

"그런데, 그런 사람이 도대체 왜 세상이 멸망한다는 이야기에 그렇게 빠졌을까요?"

호텔에 도착할 때까지 그 질문에 대답할 수 있는 사람은 없었다.

19시에서 20시까지

호텔에 들어설 때 즈음, 한규동이 말했다.

"저기 보세요. 하늘이 너무 빨갛지 않아요?"

그는 하늘 서쪽을 가리켰다. 확실히 하늘 한쪽이 유난히 선명한 붉은색이었다. 한규동에게는 너무 낯설게 보일 정도였다.

"하늘이 피를 흘린다. 예언이 또 이루어지는 거 아닌가?"

오 차장이 말했다. 그러나 이인선은 동조하지 않았다.

"그냥 노을이잖아, 노을. 오늘 날씨 때문에 괜히 좀 더 빨갛게 보이는 거지."

호텔 안은 예스러운 느낌이 났다. 그렇다고 해서 샹들리에나 바로크 시대 프랑스 조각품을 흉내 낸 요란한 대리석 조각품이 덕지덕지 곳곳에 붙어 있는 모양은 아니었다. 그런 장식품은 거의 볼 수 없었다. 다만 금속 소재를 이용해 곡선을 많이 넣은 모양으로 건물 내부가 이루어져 있었다. 1900년에서 1910년 즈음의 사람들이 미래스러운 모습을 상상해서 꾸민다면 나올 모습 같기도 했다. 그러고 보면, 이 지역이 처음 도시로 개발되기 시작한 것이 그 무렵이었다. 그렇다면 이런 모양이 이곳에 자리 잡아 사람들에게 널리 알려진 호텔 건물에 어울릴 법도 했다.

바깥의 소란스러운 거리에 비해 건물 안은 조용했다. 모두가 침묵을 지키고 있어서 조용한 것은 아니었다. 다들 하고 싶은 말을 하고 있지만 그 소리가 넓은 공간 속을 퍼져 나가다가 서서히 흩어지면서 공기 속으로 녹아 없어지는 것 같았다.

이인선은 호텔 안에서 만나기로 약속한 장소로 바로 걸어갔다. 중앙을 지나 넓은 자리를 차지하고 있는 곳이었다.

"여기 전에도 와보셨어요?"

한규동이 물었다. 이인선은 그 말에는 대답하지 않았다. 입구에 자리하고 있는 직원과 이인선이 눈을 맞추었다. 직원은 밝게 웃어주었다.

"몇 분이신가요?"

"만나기로 약속되어 있는 분이 있는데, 혹시 예약되어 있을까요?"

"아 그러신가요? 성함이 어떻게 되시지요?"

게임 회사 대표의 이름을 확인한 직원은 모두를 안내해주었다.

"이쪽 자리에서 앉아서 조금만 기다리시고 계시면 아마 바로 일행분 오실 겁니다."

세 사람이 앉은 자리는 그 넓은 식당에서도 안쪽이었다. 자리는 고개를 조금만 돌리면 옆으로 바로 식당의 중앙을 볼 수 있는 방향으로 나 있었다.

중앙에는 검은 옷을 잘 차려입은 사람 셋이 재즈 연주를 하고 있었다. 한 사람은 콘트라베이스, 한 사람은 피아노, 한 사람은 드럼을 치고 있었다. 별로 애절한 곡조도 아니고 그렇다고 대단히 신나는 곡조도 아니고, 한쪽에서 흘러나왔다가 그대로 걸리는 것도 없이 감돌다 가는 음악이 끝없이 가게 안에 흩어지는 느낌이었다.

한규동은 세 사람이 제법 연주를 잘한다고 생각했다. 무슨 공연을 한다고 포스터를 붙여놓은 곳도 아니고, 대단한 전문 연주자들만을 초대한다는 음악 연구소 같은 곳도 아닌데, 그냥 별 날 아닌 것 같은 평일, 듣는 사람도 너덧밖에 없는 이런 곳에서 이 정도로 연주를 잘하는 사람들이 쉼도 없이 음악을 하늘에 뿌려대고 있다니, 그런 생각이 들었다.

"여기에서는 뭘 시켜야 되지?"

"식당이니까 음식을 시켜야 되나?"

"식당이라고 하기에는 좀 찻집 같은 느낌도 나지 않나요?"

"그러고 보니까 그렇네. 밥을 먹어도 될 것 같은 분위기고 그냥 사람 만나면서 차만 마셔도 될 것 같은 분위기네."

"그렇게 해서 장사를 하는 거겠지. 식사 시간에는 밥장사하고 아닐 때는 차 장사 하고."

"보통 그런 데는 그렇게 하다가 이도 저도 아니게 되는 경우가 많잖아요?"

"여기는 용케 이도 저도 다 되는 경우인 것 같고."

"야, 그런데 여기 엄청 비싸네요. 다른 것은 뭐가 뭔지 다른 곳과 비교할 곳이 없어서 비싼지 싼지도 모르겠고. 여기 콜라가 값이 보통 가게에서 파는 값 세 배도 더 돼요. 콜라값은 아니까 비교가 딱 되네."

"그냥 콜라가 아니라 유기농 콜라라고 되어 있잖아."

"유기농 콜라가 뭐야? 콜라를 유기농으로 만들 수 있나?"

"옛날에는 코카 잎 추출물을 정말로 콜라 같은 음료에 넣어서 팔기도 하고 그랬다는데. 그런 거 아닐까? 할아버지가 뒤뜰 텃밭에서 정성으로 기른 코카나무에서 추출한 그런 재료로 만든 콜라. 유기농 콜라."

"그렇게 말하니까 무슨 몰래 마약 만드는 사람 이야기 같은데요."

그런저런 이야기를 하고 있자니, 자리로 세 사람을 안내해준 직원이 다시 나타났다. 그런데 이들 쪽이 아니라 반대편을 보고 이야기하고 있었다.

"이쪽입니다."

그곳에 바로 게임 회사 대표가 서 있었다. 대표는 싱글거리며 웃고 있었다.

한규동은 묘하게 이인선 사장과 닮은 느낌이라고 생각했다. 훨씬 근사하고 훨씬 부지런한 느낌의 이인선 사장. 그렇다고 화려한 옷을 입고 있는 것은 아니었다. 가슴에 무슨 프랑스어 글귀가 쓰여 있는 흰 셔츠 차림이었는데도 어쩐지 훨씬 멋있고 잘 다듬은 옷차림이라는 생각이 들었다. 몰래 탕수육 먹으러 가기보다는 완전 예약 주문제로 운영되는 식당에서 점심때마다 건강 도시락을 보내주는 것을 먹는 사람으로 바뀐 이인선 사장이라고 하면 비슷할까 싶었다. 그런 사람이라도 그 사람을 그대로 이인선 사장이라고 부를 수 있을지는 모르겠지만.

"안녕하세요? 이인선입니다."

이인선 사장이 인사하자, 한규동과 오 차장도 자신을 소개했다. 대표도 답을 했다.

"오늘 밤에 세상이 끝난다는 예언을 하신 그분을 만나신 건가요?"

대표는 첫마디부터 바로 그렇게 물어왔다. 한규동과 오 차장은 이인선을 쳐다보았다. 인선이 대답했다.

"직접 만난 것은 아니고요. 오늘 그 사람이 남긴 글을 찾았습니다."

"볼 수 있을까요?"

이인선은 보관하고 있던 쪽지를 꺼내어 건넸다. 쪽지를 보던 대표는 마음이 들뜨는지 몸을 비비 꼬았다.

"별 내용은 없고요. 그냥 오늘 밤에 세상이 끝난다, 그 말이 전부입니다."

대표는 소리를 내며 웃었다.

"그게 가장 중요한 말이죠. 또 무슨 말이 더 필요한가요?"

대표는 자신의 웃음이 웃기다는 생각이 들었는지 다시 점점 크게 깔깔거렸다. 그리고 그렇게 이상한 이유로 웃으니 그렇게 웃는다는 자체가 또 웃기다는 생각이 들어서 그랬는지 더욱더 웃으려는 것 같았다. 그것이 반복되자 표정이 좀 이상해 보인다는 생각까지 들었다.

한규동이 대표에게 물었다.

"그런데 도대체 왜 세상이 오늘 밤에 멸망한다는 것을 믿으시는 거죠?"

"세상이 갑자기 끝난다는 게, 이상할 건 없어요."

대표는 말을 하면서도 자꾸 웃었다.

"그렇게 될 수도 있기는 있는 거라고요. 갑자기 태양이 움찔하면서 좀 센 불길을 내뿜으면 지구가 확 구워질 수도 있는 것이고. 우리가 못 보고 있던 커다란 소행성이 갑자기 지구를 오늘 밤에 확 들이받을 수도 있는 것이고."

"그런 이야기까지는 알긴 아는데요. 뭐 외계인이 갑자기 쳐들어올 수도 있는 것이고."

"외계인이요?"

외계인이라는 말이 웃기는지 대표가 한 번 더 소리를 내어 웃었다.

"세상이 갑자기 끝나는 방법은 그거 말고도 많지요. 굳이 외계인이 지구 한곳을 정해서 박살 내려 온다는 이야기까지 생각할 필요가 있나."

"그럼 또 어떤 것이 있습니까, 대표님?"

오 차장이 물었다. 그러곤 갑자기 일부러 좋은 목소리를 만들며 눈에 힘을 주어 진지한 표정을 해 보였다. 그 노력에 무슨 효과가 있는지, 대표는 잘생긴 남자를 쳐다보는 눈길로 잠깐 오 차장을 바라보았다.

"차장님은 외계인 좋아하세요?"

"아니, 뭐 그런 것은 아닙니다만."

"그래도 말이 나왔으니까, 외계인 나오는 이야기로 하나 해볼까요."

대표는 눈웃음을 지었다. 그리고 그 눈으로 잠깐 주위를 둘러보았다.

"아주아주 발전한 기술을 가진 외계인이 있다고 해보자고요."

"그렇지만 생명이 생기고 발전하는 것이 너무 힘들어서 아직까지는 우리 은하수 은하계에 외계인이 있을 리는 없을 것 같다는 생각도 있지 않나요?"

한규동이 묻자 묻자 대표는 고개를 흔들었다. 어린애가 장난을 치는 것 같은 몸짓이었다.

"아니, 아니, 아니. 우리 은하계만 생각하지 말자고요. 우주는 넓고 넓으니까. 은하수 같은 은하계가 수십억 개, 수십조 개가 있는 것 아니겠어요? 그러니까, 우리 은하수 은하계 안에는 외계인이 없다면 없을 수도 있겠지만, 이 우주 전체의 수십조 개 은하계들 중에는 외계인이 있기는 있겠죠. 우리 은하계에는 우리가 있으니까. 지구인 같은 그런 생물들이 나타날 비율이 은하계 하나당 한 군데씩만 된다고 쳐도 우주 전체에는 외계인이 사는 곳이 수십조 군데는 있겠죠."

"그러면 다른 은하계에서 지구를 멸망시키려고 그 먼 길을 외계인들이 찾아올 수도 있다는 말씀이신가요?"

"아니요. 그런 거 아니라니까요. 무슨 외계인이 할 일 없이 이 넓은 우주에서 딱 이 은하계에, 그 은하계의 하고많은 별들 중에서도 변두리에 있는 이 태양계에 찾아오겠어요. 어쩌면 외계인이 지구에 자꾸 찾아오고 어쩌고 할 거라는 것도 너무 자의식 과잉이야."

그 말을 듣고 한규동은 고개를 끄덕였다. 대표가 말했다.

"그런 게 아니라, 아주아주 엄청나게 기술이 발전한 외계인이 있다면 한 번에 우주 전체를 전부 다 폭파해서 없애버리는 그런 기술을 개발할 수도 있지 않을까요?"

"네?"

"그래서, 이게 실험이 잘되나, 어쩌나 하다가 그만 꽝 터뜨리는 거예요. 꽝. 꽝."

대표는 웃었다.

"그러면 우주 전체가 그냥 한순간에 다 없어져버리는 거지."

"그럴 수가 있을까요? 그런 기술이 있을까요?"

"나도 모르지. 그런데 우주가 이렇게 엄청나게 넓고, 그러면 외계인들이 정말 드물다고 해도 우주 전체로 치면 굉장히 숫자가 많을 거거든. 예를 들어서 온 우주에 외계인 종족이 100만 개가 있다고 쳐봐요. 그중에 지구인들이 대충 평균이라고 치면 지구인들보다 기술이 발달한 종족이 50만 개는 될 거고. 그 50만 개의 외계 종족들 중에서 가장 기술이 발달한 종족, 한 100위 권 안에 들면 정말 말도 안 되는 엄청난 기술을 갖고 있지 않을까요? 우주 전체를 한꺼번에 다 폭파시키는 기술을 개발할 수 있을지도 모르고."

"그러면 어떻게 되는 건가요?"

"그 종족들이 그 기술로 실험을 하다가 그걸 잘못 터뜨리면 우주가 통째로 빵 터지겠지. 거기에서 까마득히 멀리 떨어진 우리 지구에서는 무슨 영문인지도 모르고 그냥 획 하고 한순간에 완전히 다 사라져버리는 거죠. 종말이 온다, 안 온다 그걸 알아채는 느낌도 없이."

"느낄 새도 없이요?"

"그럴 수 있잖아요. 지금 전 세계에 핵미사일 가진 나라들이 몇 개나 되나요? 한 예닐곱 나라 되나요? 그 나라에서 뭔가 실수를 해서 서울로 핵미사일을 발사해서 지금 떨어지고 있는 중이라고 해봐요. 그런지 아닌지 지금 우리는 알 수도 없잖아요? 그러다가 지금 머리 위로 핵미사일이 딱 떨어진다 그러면 느낄 새도 없이 그냥 우리 다 같이 없어지는 것 아닌가."

대표는 또 웃으려고 했다. 자기도 좀 이상한지 이번에는 웃음을 참으려고 했는데, 그러자 웃음소리가 일그러져 들렸다. 대표는 그러느라 가까스로 다음 말을 마무리했다.

"그런 일이 우주 전체가 홀라당 한꺼번에 터지는 크기로 일어날 수도 있다는 얘기죠."

대표의 말을 들은 사람들은 잠시 말없이 앉아 있었다. 그러고 있자니, 대표는 가게에서 연주되고 있던 음악을 따라 부르며 흥얼거렸다. 원래부터 가사가 있는 노래였는지, 대표가 마음대로 가사를 지어내서 부르는 것인지 알 수 없었다. 대표는 자기 노래가 마음에 드는 양 따라 부르는 것이 점점 길어질수록 노래 부르는 데 정성을 기울이고 있었다. 노랫소리도 조금씩 커져가는 것 같았다.

한규동은 더 물어보고 싶은 말은 많았다. 하지만 노래를 방해해도 되는 것인가 싶었다. 분명히 별 의미 없이 흥얼거리는 것 같기는 했지만, 또 조심스럽기도 했다. 그러고 있는데 오 차장이 먼저 나서서 되물었다.

"기술이 그렇게나 발전된 종족이 갑자기 그렇게 우주를 폭파해 없애버리려고 하겠습니까?"

"모르죠. 모르죠. 모르죠."

대표는 대답을 노래 가사처럼 만들어서 세 번 반복했다. 그리고 노래 부르는 것을 멈추고 답을 이어갔다.

"모르죠. 지구에서 전쟁을 크게 일으킬 수 있을 만한 나라가 100군데쯤 될까 싶은데, 지구에서는 허구한 날 전쟁이 일어나잖아요. 우주 전체 폭파 기술을 가진 100개의 종족 중에 딱 한 종족만 부주의한 종족이 있어도 우주가 통째로 날아가버리는 거니까."

대표는 갑자기 슬픈 표정을 짓는 것 같더니, 장난이었다는 것처럼 다시 웃는 얼굴을 했다. 이인선의 눈에 대표는 무슨 웃는 병에 걸린 것 같아 보일 정도였다. 대표의 말에 이인선이 덧붙였다.

"기술이 뛰어난 종족들 중에는 일부러 그렇게 하려는 종족이 있을지도 모르죠. 그 종족들의 이상한 사상 덕분에 그렇게 단 한 순간에 아무런 고통도, 공포도 없이 아무도 알지 못하는 가운데 번쩍하면서 우주를 없애버릴 수 있다면 그게 오히려 굉장히 좋은 일이라고 생각하는 이들이 있을 수도 있다고. 우주가 이렇게 온통 고통으로 가득 차 있는데 세상 전체를 그저 아무것도 없게 만들면 더 이상 고통도 없게 되니까 좋은 거 아니겠냐고 생각한다면."

한규동이 대표의 말을 이어받았다.

"전에 나온 무슨 SF 단편 중에도 그런 거 있지 않았어요? 「종말 안내문」인가? 그거 보면 그런 외계인들이 나오잖아요. 모두 다 같이 싹, 순간적으로 사라질 수 있다면, 그렇게 하는 게 오히려 좋은 거라고."

대표도 자기 생각을 말했다.

"모르긴 해도 '이 버튼을 누르면 그 즉시 어떤 느낌을 느낄 새도 없이 세상이 모두 사라집니다'라고 써놓은 장치를 사람들한 테 돌리면, '이것이 가장 깨끗한 선택' 어쩌고 하는 이상한 소리 하면서 그 버튼 누르는 사람들 가끔 있을걸요?"

대표는 그렇게 말하고 또다시 웃는 소리를 냈다. 한규동이 다 시 대표에게 물었다.

"그래서 대표님께서 생각하시는 것은 우주 어디엔가 우주 전 체를 파괴할 수 있는 무엇인가가 생겨날 가능성이 있는데, 우주 는 너무나 거대하고 굉장히 넓으니 확률상 그런 장치를 개발할 수 있는 누군가가 나타날 가능성이 조금은 있고, 그렇다면 그런 장치를 만든 누군가가 나타나서 작동시키는 순간 우주 전체가 모두 다 사라져버린다는 그런 생각을 믿고 계시다는 건가요?"

"그런 기술을 가진 종족이 두서너 종족쯤 있다고 해보면 어때? 어떤 종족은 우주를 다 폭파시키려고 하고, 또 다른 종족은 그 종 족에 맞서서 우주가 폭파되면 그걸 다시 복구하는 기술을 갖고 있어서 맞서 싸우는 거지. 그래서 우리도 모르는 사이에 우주가 한 번 완전히 다 폭파되었고, 그리고 시간이 아주 엄청 엄청 오래 지났는데 그러다가 또다시 한 번 완전히 다 복구된 거고. 온 우주 가 순간적으로 완벽하게 다 파괴되었다가, 완벽하게 다 복구된 거죠. 눈 한번 깜빡해볼래요?"

대표는 오 차장을 보고 그렇게 말했다. 오 차장이 얼떨결에 두 눈을 감았다 떴다. 대표도 같이 두 눈을 감았다 뜨면서 말했다. 대

151

표는 재미있는지 몇 번을 괜히 눈을 깜빡거렸다.

"눈을 감는 그때, 저 먼 다른 은하계에 있는 이상한 종족이 온 우주를 파괴한 거야. 그리고 시간이 100만 년 흘렀어. 그런데 그 옆에 있는 종족이 그 파괴된 우주를 딱 지금 이 시간, 이 모습으로 다시 전부 다 복구해준 거예요. 그래서 눈을 떠도, 모든 게 그대로 있는 거죠. 우리는 아무것도 못 느끼고. 뭐 그럴 수도 있는 것 아니겠어요?"

오 차장이 물었다.

"대표님은 정말로 그런 일이 일어난다고 믿으십니까?"

"외계 종족이 우주 폭파 장치를 만들었느냐 마느냐가 꼭 중요한 것은 아니고요. 다른 예로 말해보자면."

대표는 다시 또 격심한 눈웃음을 지으면서 잠깐 주위를 둘러보았다.

"혹시 가짜 진공이나 진공 붕괴 이야기 아세요?"

"들어는 본 적 있어요."

이인선이 대답했다. 대표는 반가워했다.

"우리가 아무것도 없는 걸 진공이라고 하잖아요. 그런데 사실 우리가 보통 아무것도 없다고 생각하는 상태보다 더더욱 아무것도 없이 더 안정적인 상태가 있다고 하면 어떻게 될까요. 그러니까 우리가 지금까지는 이 정도면 아무것도 없는 것이라고 생각했던 진공 상태가 알고 보니까 사실은 아주 완벽하게 아무것도 없는 것은 아닌 가짜 진공 상태라는 거죠. 그런데, 어느 날 갑자기 그것보다 더 아무것도 없는 진공인 상태, 더욱더 아무것도 없는 진짜 진공인 상태가 나타난다면?"

"그러면 어떻게 됩니까?"

오 차장이 묻자 이인선이 대신 대답했다.

"우리가 아무것도 없는 상태가 더욱더 아무것도 없는 상태로 변할 수 있게 된다고. 그러니까 우리가 지금까지 기본이라고 생각하는 상태가 무너져버리는 거지. 그렇게 되면, 세상의 그 무엇도 지금까지 우리가 본 세상처럼 유지되지 않고 다 헝클어져버릴 수도 있겠지."

대표가 말했다.

"그 비슷한 거죠. 지금의 아무것도 없는 상태를 가짜 진공으로 보이게 만드는 진짜 진공이 나타나면, 모든 것이 다 깨져버리겠죠. 우주에서 무엇인가가 전달되는 속도는 광속보다 빠를 수는 없다고 하니까, 진짜 진공이 나타난 순간 그 주변이 광속으로 다 깨어져 없어져버릴 거예요. 이 넓디넓은 우주의 그 많은 공간 중에 진짜 진공이 나타난 공간이 이제껏 하나도 없었을까요? 아마 벌써 그런 게 생겼을지도 모른다고요. 하나가 아니라 온 우주에 한 100개나 1000개쯤 생겼을 수도 있죠. 그리고 그게 광속으로 퍼져나가면서 지금 우주를 깨버리는 중 아닐까요? 그런 게 갑자기 우리가 사는 지구에 다가오면? 모든 게 다 흩어져 없어져버리는 거죠."

한규동은 대표와 이인선을 번갈아 보았다.

"가짜 진공, 진짜 진공이 무슨 말인지 저는 아직도 잘 모르겠어요."

"우주의 모든 일들이 텔레비전 화면 속에서 펼쳐지는 영화 같은 거야. 사람이 죽으면 영화 속에서 사람이 죽는 장면이 나오지. 그런데 이제 텔레비전 화면 자체가 망가져버리기 시작하는 거죠."

그러자 한규동이 대표에게 다시 물었다.

"그게 오는지 안 오는지 미리 망원경 같은 것으로 보고 대비할 수 있지 않을까요?"

"잘 보면 보일 수는 있을 텐데 아무래도 알아차리기가 쉽지는 않겠죠. 아무것도 없는 것이 없어져 깨져버리는 것이니까. 그런 진짜 진공은 우주 어디서나 갑자기 생길 수 있지 않을까요? 갑자기 우리 앞에 있는 이 허공에 지금 문득 나타날 수도 있고. 어떤 사람 몸속에 생겨날 수도 있고."

오 차장이 갑자기 끼어들었다.

"예전에 깊은 수련과 명상으로 머릿속에서 높은 깨달음의 경지를 추구한다는 어떤 사람들을 취재한 적이 있었습니다. 그 사람들은 수련과 명상을 하면 뇌세포들이 뇌 속에 이상한 양자장을 만든다고 주장했습니다. 그런데 만약에라도 그 결과로 뇌 속에 그런 진짜 진공이 아주 잠깐 조금 나타날 수도 있다는 생각이 듭니다. 그 사람들은 그 깨달음을 얻어 다른 경지로 나아간다면 온 세상을 다른 경지로 이끄는 미륵불 같은 사람이라고 주장했는데요, 사실은 깨달음이라는 것이 그 사람의 두뇌 속 뇌세포 한편에 진짜 진공이 생기는 현상이고 그리고 한번 그렇게 되면 그게 광속으로 사방으로 퍼져 나가면서 온 세상을 깨뜨리게 되는 거라고 상상해볼 수 있겠습니다."

이인선과 한규동은 오 차장을 바라보았다. 표정이 좋지는 않았다. 대표는 아랑곳없이 오 차장의 몸을 살짝 쳤다.

"그런 이야기도 아니에요. 제 이야기는 요점이 뭐냐면, 세상이 사실 딱히 있어야 할 이유가 없다는 거예요."

그 말을 듣고 한규동의 얼굴은 조금 심각해졌다. 오 차장의 얼굴은 멍해졌다. 대표는 두 사람의 반응이 기대에 맞는지 즐거워했다. 이인선은 잠시 아무 말도 하지 않았다. 한규동이 물었다.

"세상이 있을 이유가 없다고요?"

"그렇잖아요? 왜 세상이 꼭 있어야 하는 건지? 그렇게 보면 온 세상이 어느 순간에 갑자기 없어진다는 것도 별로 어려운 일이 아니라고요. 이 세상이라는 이렇게 복잡하고 묘한 것이 굳이 이렇게 꾸물꾸물 돌아가고 있다는 거. 이런 게 그냥 쉬운 일 같아요? 이렇게 커다랗고 이렇게 많은 것들이 이렇게 복잡하게 있는 이런 엄청난 세상이 있을 수 있다는 게, 어려울 것 같지 않나요? 어쩌다가 어쩌다가 겨우겨우 가끔 우연히 생길 만한 일 아니에요? 온 우주가 이 모양으로 이렇게 돌아가고 있는 게, 어쩌면 아주 간신히 겨우겨우 유지되고 있는 것 아닐까요. 그러다가……."

대표는 의자 안쪽으로 깊이 앉았다. 갑자기 한숨을 쉬는 것 같기도 했다.

"그러다가 모든 것이 다 갑자기 연기처럼 사라질 수도 있는 거죠."

대표는 손을 펴서 움직이며 무엇인가가 사라지는 듯한 모습을 보여주었다. 그게 재미있는지, 대표는 쿡쿡 웃었다. 그러고는 다음 대화가 이어지는 중에도 대표는 계속 손을 이리저리 까딱이며 모든 것이 사라지는 데 더 어울리는 손 모양을 몇 가지 연습해 보았다.

한규동이 다시 물어보았다.

"우주는 100억 년도 넘게 이전부터 있었고, 앞으로도 그 이상 계속 있을 거라고 하지 않습니까? 그게 어느 날 갑자기 사라져서 없어진다는 것은 너무 이상한 느낌인데요."

"뭐하고 비교해보는지 나름이에요."

"우주를 뭐하고 비교해보지요?"

"우주가 오래전에 생겨서 긴 시간 있기는 했죠. 그런데 그 반대 상태하고 비교해보자고요. 세상에 우주도 없고, 공간도, 시간도 없고 아무것도 없는 그런 상태는 더욱더 끝도 없이 길지 않았을까요. 거기에 비하면 수백억 년 정도는 별것 아닌 정도로 잠깐일 수도 있지 않나요?"

한규동은 여전히 무엇인가 이해가 가지 않는다는 표정을 지었다. 대표가 말했다.

"물이 잔잔하게 담긴 컵이 있다고 생각해보죠. 아, 생각만 해볼 필요 없겠네."

대표는 탁자 위에 놓여 있던 물을 따라놓은 컵을 가운데에 놓았다.

"이걸 들고 이렇게 한참 쳐다보다가."

대표는 찻숟가락을 집어 들었다.

"잠시 이렇게 휘휘 저어보는 거예요."

찻숟가락을 컵에 넣어 휘젓자, 빙글빙글 돌아가는 동그란 무늬가 생겼다.

"컵 속에 소용돌이 모양이 생겼잖아요. 저 소용돌이 속에는 물이 빙빙 도는 힘도 있고, 물이 조금 물결쳐서 약간 올라간 곳도 있고, 물이 조금 밀려나 약간 내려간 곳도 있어요. 파도가 치면 물이 높은 곳이 있고 낮은 곳이 있는 것처럼. 그리고 찻잔 면에 물이 부딪히고 깨지면서 거기에 대한 반동으로 다양한 잔물결도 생겨요. 컵 속의 물이 돌아가는 모양도 따지고 보면 복잡하고 다양하죠. 가만 보고 있으면 좀 예쁜 무늬인 것 같고 그렇지 않나요."

오 차장은 일부러 고개를 내밀고 유심히 보기까지 했다. 대표가 말했다.

"이런 게 우리 우주라고 생각해보자고요. 아무것도 없는 그냥 잔잔한 곳에서, 어떻게 우연히 잠깐 뭐 때문에 생긴 이런 소용돌이 같은 게 우리 우주 전체일지도 모르잖아요. 어느 날 갑자기 그

157

냥 없어져버릴 수도 있는 거죠."

"대표님께서는 정말로 그런 생각을 믿으시는 건가요?"

한규동이 물었다.

"이거는 약간 다른 이야기이기는 한데, 왜, 옛날 전설 속에 나오는 무슨 도 닦는 사람들 보면 그런 이야기 하잖아요."

대표는 짧은 이야기 하나를 들려주었다. 구체적인 출처가 있는 이야기는 아닌 것 같았다. 등장인물은 그냥 스승과 제자뿐이었다. 제자가 스승에게 물었다.

"스승님, 저는 죽어서 생명이 다하면 제가 사라지는 것이 너무 무섭습니다."

그러자 스승은 대략 이렇게 대답했다는 것 같다.

"생명은 없는 상태가 원래 당연한 것이다. 땅과 하늘이 생기고 긴긴 세월이 흐르는 동안 무엇인가가 잠깐 숨이 붙어 생명을 갖게 되었다가 죽으면 생기를 잃고 흩어져 다시 흙으로 돌아간다. 긴긴 우주의 세월로 보면 생명을 갖고 사는 동안이 잠깐 특이하고 이상한 순간일 뿐이요, 생명을 잃고 다시 흙먼지와 바람으로 돌아가는 것은 머나먼 시간 동안 항상 그러했던 평범한 상태로 돌아가는 것일 뿐이다. 잠깐 이상하게 생겼다가 사라져 다시 본 모습으로 돌아갈 뿐이거늘, 생명이 없어지는 것이 뭐 그렇게 대단한 일이겠느냐?"

이야기를 마치고 대표는 큰 소리로 웃었다. 호텔의 주위 사람들이 돌아볼 정도였다.

"나는 이런 이야기 하는 스승이 그냥 잘난 척하는 거라고 생각했어."

"무슨 말씀이신가요?"

"그냥 '나는 죽는 것조차도 두렵지 않은 사람이야'라고 주변에 으스대면서 대단한 사람인 척하려고 '삶과 죽음의 차이는 무의미한 것' 어쩌고, 그런 이야기를 떠든다고 생각했거든요."

대표는 웃음을 멈추지 못하고 잠시 이어갔다. 이인선은 대표의 안색을 한번 살폈다. 대표는 웃음을 가라앉혀가면서 말했다.

"이거 대충 중학생쯤 되는 애들이 괜히 주변 애들한테 세 보이려고 자기는 무서운 것도 안 무서운 척하는 거랑 똑같잖아. 안 그래요?"

이인선은 대표의 얼굴을 찬찬히 관찰했다. 이어지는 대표의 목소리에도 여전히 남은 웃음소리가 섞여 있었다.

"나는 학교 선생님이 뭐라고 하든 하나도 안 무섭다, 그렇게 세 보이는 척하려고 괜히 반항하고 투덜거리고 그런 거랑 똑같지 않아요? '생명이 없는 원래대로 돌아가는 상태일 뿐' 어쩌고 하면서 자기는 죽는 것도 두려워하지 않는 엄청 세 보이는 사람이니까 주변 사람들한테 나 좀 특이하고 멋있는 사람으로 봐달라고 아주 엄청 광고를 해대고 있는 것 같지 않냐고요."

이야기를 듣고 있던 한규동이 물었다.

"우주의 종말하고는 그게 어떻게 이어지는 이야기인가요?"

"내가 왜 옛날이야기를 싫어했냐면, 그러면 사실 우주 전체도 그렇게 생각할 수 있는 것 아니겠냐고요. 이 세상, 온 세상이 이렇게 있는 것도, 그 무엇도 없고 그 무엇도 시작되지도 않은 상태가 끝없이 이어지는 중에 잠깐 그렇게 있는 것뿐인 것 아니겠냐고요. 당장 온 세상이 갑자기 없어져도 이상할 게 없다니까요."

"그런가요?"

"그래서 나는 원래는 세계가 멸망한다, 곧 인류는 종말을 맞이할 거다, 그런 이야기 하는 애들은 대부분 열등감 심하고 질투하는 거 많은 애들이라고 생각했어요."

"왜 그렇지요?"

"그런 사람들 있지 않겠어요? 나는 굉장히 뛰어난 사람으로 인정받아야 되고, 세상에서 중요한 사람이 되어야 한다고 믿고 있는 거지. 그런데 내가 싫어하는 다른 애가 성공하는 와중에 나는 별 볼 일 없는 신세가 된 거예요. 내가 보기에는 재주도 없는 애가 중요한 사람이라고 세상에서 인정받고 있는데 정작 나 자신은 인생이 재미없고 한심한 거야. 그럴 때, 괜히 그런 생각에 이끌리는 거지. 잠깐만, 이 세상에서 중요한 사람이거나 성공하는 게 뭐가 중요해? 어차피 이 세상은 다 종말할 건데. 바보들. 그것도 모르고. 이 세상이 멸망하는 것 같은 중요한 문제에 신경 쓰고 있는 내가 오히려 더 정신적으로는 우월해. 그런 생각 하고 싶어 하는 애들이 주로 세계의 멸망, 우주의 종말, 이런 이야기에 이끌리는 거라고 생각했거든요."

대표는 그렇게 말하고 뭔가 더 말하려다가 잠깐 멈추었다. 그때 오 차장이 끼어들어 질문했다.

"그렇지만, 중력이나 전기의 힘 같은 변치 않는 원리가 있어서, 그 원리 때문에 온 세상이 지금 모습대로 유지되면서 굴러간다고, 그런 식으로 이야기하지 않습니까? 그러면 그런 원리가 유지되어 굴러가는 동안에는 이 세상도 꾸준히 그렇게 굴러가야 하지 않겠습니까?"

"맞아. 그렇게 말하죠."

대표가 대답했다. 오 차장도 다시 그 대답을 반복했다.

"네, 그렇습니다."

그러나 대표는 오 차장의 이야기를 비판했다.

"그러니까, 그렇게 말하면 그게 제일 이상하다고요."

"어떻게 이상하지요?"

"중력이 있다는 걸 어떻게 알죠?"

"이런 숟가락 같은 걸 위에서 떨어뜨리면 땅으로 떨어지니까요."

"그런데 그게 절대 변하지 않는 법칙이라는 건 어떻게 아는데요?"

"항상 변하지 않는 법칙 아닌가요? 물질끼리 서로 당기는 힘. 중력?"

대표는 다시 아주 강한 눈웃음을 지었다. 아까 보였던 눈웃음보다 더 강해 보였다.

161

"잘 따져보면, 항상 변하지 않는지 어떤지는 모르는 것 아닌가요? 뭐 숟가락을 떨어뜨리니까 떨어지는 걸, 우리가 항상 보기는 했죠. 1000년 전에도, 1만 년 전에도 그랬죠. 그리고 여러 가지 다른 증거들을 보면 100만 년 전에도 1000만 년 전에도 그런 성질이 있었던 것 같기는 하죠. 그래서 이번에도 또 숟가락을 떨어뜨리면 떨어질 거라고 믿기는 믿는 거죠. 그런데 정말 어떻게 미래에도 항상 그럴 거라고 100퍼센트 확신을 하냐고요. 예전부터 항상 그랬다고 무조건 그러라는 법이 있는 것은 아니잖아요. 누가 그렇게 시켰어요? 그렇게 꼭 해야 된다고 어디에 적혀 있어요? 무슨 보장이 있어서?"

대표가 말하자, 한규동은 한 가지 떠오르는 다른 이야기가 있었다.

"그러니까, 닭장 속의 닭들에게 매일 아침 9시마다 사람 손이 나타나면 모이를 줬기 때문에, 닭들은 항상 사람 손이 나타나면 모이를 주는 것이 법칙이라고 생각했는데, 미래의 어느 아침에는 사람 손이 나타나는 날, 양념 통닭을 만들기 위해 닭을 붙잡아 갈 수도 있다, 뭐 그런 이야기죠? 저도 어디서 읽어본 것 같습니다. 귀납적 추론의 한계, 뭐 그런 거."

대표는 고개를 끄덕거렸다. 그리고 한규동을 향해서도 웃어주었다.

그러더니 찻숟가락을 들어서 떨어뜨렸다. 중력 때문에 찻숟가락은 어김없이 탁자 위로 떨어져 소리를 냈다.

대표의 말이 이어졌다.

"맞아요. 세상에 온갖 이상한 여러 가지 법칙이 있다고들 하고 그게 항상 성립하는 원리라고 하지만, 그게 내일도 그대로 성립할 거라고 우리에게 보장해준 사람은 아무도 없잖아요. 내일이 뭐야. 당장 다음 순간에도 성립해야만 한다, 성립하지 않으면 안 된다. 성립 안 하면 혼낸다, 뭐 그런 게 없잖아요."

그리고 대표는 다시 찻숟가락을 들었다. 이번에는 조금 높은 곳에서 찻숟가락을 떨어뜨렸다. 이번에도 찻숟가락이 떨어지면서 소리가 났다. 그 소리는 제법 커서, 가게 안의 다른 사람들이 대표 쪽을 쳐다보았다.

대표는 찻숟가락 떨어지는 소리를 크게 내는 것이 재미있기라도 한지, 이번에는 더 높은 곳에서 찻숟가락을 또 떨어뜨렸다. 다시 탁자 위로 떨어지려는데 이인선이 손을 내밀어 그 찻숟가락을 받았다.

이인선이 대표에게 물었다.

"그래서, 당장 얼마 후에도 갑자기 우주를 움직이고 있는 양자론의 원리, 중력의 법칙, 상대론의 규칙, 그런 모든 원리와 법칙이 성립하지 않게 되면서 우주가 그냥 다 무너질 수도 있다고 생각하신다는 이야기입니까?"

"이 세상이 꼭 있어야만 할 이유가 애초부터 명확하게 정해져 있는 거는 아니니까. 어느 순간이건 우주가 통째로 다 없어져버려도 안 될 것은 없다는 이야기. 그런 이야기예요."

한규동이 말했다.

"그런데, 그렇게 당장 우리가 사는 세상이 계속된다는 것을 믿을 이유가 없다면, 우리가 내일을 준비할 이유도 없고 내년에는 어떻게 해야겠다 계획하면서 살 이유도 없는 것 아닌가요?"

"맞아요."

대표는 기다리던 질문이 나왔다는 듯 기뻐했다. 그러나 다른 이야기를 먼저 꺼냈다.

"잠깐만, 그런데 우리가 아무것도 주문을 안 하고 너무 오래 이야기한 것 같네. 뭐든 맛있고 좋은 것 주문하세요. 제가 사죠, 뭐. 이런 것 한번 드셔보시죠? 여기서 파는 게 특이하고 맛있어요."

그렇게 해서 차림표를 보면서 각자 무엇을 마실지 고르고 정하게 되었다. 대표는 그 메뉴에 있는 모든 마실 것을 다 한 번씩 마셔본 것처럼 설명했다. 대표와 이야기하는 사이에 도저히 무슨 맛이 나는 어떤 것일지 짐작도 할 수 없었던 메뉴에 적힌 말들의 의미도 하나둘 알게 되었다.

"저는 유기농 콜라요."

이인선은 그렇게 말했다.

그 와중에 대표는 이런 날은, 그러니까 세상이 멸망하는 날은 낮술도 한잔 정도 해도 된다고 술을 권했다. 오 차장과 한규동은 생맥주를 한 잔씩 주문했다. 대표는 어느 칵테일을 한 잔 주문했다. 그 메뉴는 한규동이 차림표를 보는 동안 어떤 맛일지 도저히 짐작할 수 없는 음료였다.

"아까 하던 이야기로 다시 돌아가면."

가게 직원이 칵테일을 가져오자, 대표는 그렇게 말했다. 그리고 그 칵테일을 한 모금 마셨다.

"당장 한 시간 후에 중력의 법칙이 그대로 법칙으로 유지된다고 보장해주는 사람은 아무도 없죠. 그건 맞아요. 그렇지만 그렇다고 해서 한 시간 후에 우주가 끝날 거라고 생각하고 막 살면 안 되겠죠. 지금까지 우리가 수천 년, 수만 년, 수억 년 경험에 비춰 보면, 중력의 법칙이 비록 완벽하게 보장되어 있는 것은 아니지만, 그게 갑자기 사라질 확률이나 가능성은 아주아주 낮다고 봐야 되거든요. 그러니까, 우주가 당장 끝난다고 생각하면서 막 사는 건 좋은 태도는 아니죠."

"아, 어느 쪽인지 헷갈리는데요."

"로또 복권을 사면 분명히 당첨될 가능성은 있고, 당첨이 되면 돈을 엄청 많이 벌 수는 있겠죠. 그렇지만 그렇다고 해서 전 재산을 다 털어서 로또 복권 사는 데 쓴다는 사람이 있다면 말려야겠죠. 그런 거죠."

"그러면 세상이 종말을 맞을 수도 있지만, 그렇다고 내일이 없다는 듯이 막 살면 안 된다, 그런 생각이신가요?"

"맞긴 맞아요. 보통은."

그렇게 말하면서도 대표는 고개를 젓고 있었다.

"보통은 그런데."

대표는 괜히 오 차장 쪽을 쳐다보았다. 오 차장은 이제 대화를 어떻게 이끌어가는 것이 좋을지 알 수 없어서 그냥 아까처럼 잘 생긴 듯한 느낌을 보여주려는 표정만 힘차게 지어 보였다. 대표는 피식 웃더니, 이어서 말했다.

"오늘은 아니에요. 왜냐하면 오늘 밤에는 정말로 이 세상이 전부 다 끝날 거기 때문에."

대표의 말을 듣고, 이인선은 자기 앞에 나온 유기농 콜라를 쭉 들이켰다. 이인선은 옆에 앉은 한규동에게 "그냥 콜라 맛인데"라고 속삭였다. 그러고 나서, 이인선은 대표를 보고 물었다.

"대충 어떤 말씀을 하시는지 이제 분위기는 좀 알겠는데요. 그런데, 딱 그 대목부터가 좀 알기가 어렵습니다."

"어떤? 대목?"

대표는 그렇게 말하더니 정작 질문한 이인선으로부터 고개를 돌려서 오 차장을 한번 쳐다보았다. 오 차장은 머리가 너무 복잡해진 상태였다. 오 차장은 이인선을 쳐다보았다. 이인선이 계속 말했다.

"온 세상이 갑자기 어느 한순간 없어질 수도 있는 방법이 있기는 있다고 해보겠습니다. 그런데, 그게 왜 하필 오늘 밤입니까? 그런 걸 누가, 어떻게 알 수 있는데요?"

대표는 계속 오 차장을 쳐다보면서 이인선이 물은 이야기에 대답했다.

"그냥 미래의 일도 알고 있는 누가 있다고 하면 안 될까요?"

166

"어떻게요?"

대표는 자신의 전화기를 꺼내더니 무엇인가를 잠깐 검색했다.

"이거 우리 회사 옛날 게임인데 혹시 아세요?"

"알죠. 다섯 개의 대륙을 돌아다니면서 대륙마다 하나씩 숨겨진 보물을 모으는 게임. 이게 처음으로 그거 하셨던 거 아니에요. 게임 하나 내어놓으시면서, 미래 배경, 조선 시대 배경, 중세 유럽 배경, 현대 배경, 어린이들이 좋아할 만한 동물 나라 배경, 막 수십 가지 한꺼번에 내어놓으시면서, 이 중에 하나만 어떻게 걸려라, 하시던 거."

한규동은 신나게 떠들다가 점차 무례한 말을 하고 있는 것은 아닌가 싶어 슬쩍 멈추었다. 대표는 또 웃음소리를 냈다. 한규동은 웃음소리가 너무 밝아서 괜히 무서웠다.

"잘 아시네. 맞아요. 우리 회사 처음 성공한 게임. 그런데 이 게임에서는 다섯 개의 대륙을 돌아다니기는 돌아다니는데, 동서남북 방향으로만 돌아다니거든요. 하늘을 날아간다든지, 바닷물 속으로 들어간다든지 그런 건 없다고요."

"네, 저도 기억나요. 날아가는 기능하고 잠수하는 기능은 3편인가, 4편인가에서 추가되었던 것 같은데."

"맞아요. 그래서 처음 게임이 나왔을 때에는 주인공이 동서남북으로 2차원에서만 이동을 할 수 있었고, 그러다가 3편에서 3차원 이동 기능이 추가되어서 주인공이 하늘을 날아가거나 땅을 파고 들어갈 수 있게 되었죠."

"3편에서는 3차원 이동이 된다고 했을 때, 정말 다들 혁명적이라고 했었죠."

한규동은 아까 말실수한 것을 지워버리고 싶어서 대표의 말에 더 적극적으로 맞장구를 치고 있었다. 대표가 이어서 말했다.

"2차원 세상에서 살던 게임 속 등장인물들은 더 높이 올라간다거나 더 아래로 내려간다는 것은 상상도 하지 못하고 살겠죠. 그리고 가는 길 앞에 나무숲이나 돌벽이 가로막고 있으면 그걸 지나가는 방법은 옆으로 돌아서 가는 것밖에 없다고 볼 거거든요. 그게 2차원 게임의 모습이죠."

"그래서 돌벽으로 만들어져 있는 미로 안으로 도망치면 괴물들이 뒤따라오다가 길을 잃어버리고 그랬던 거 기억나요."

"그런데, 게임 3편을 생각해보면, 상황이 완전히 달라요. 3차원 게임에 사는 등장인물들은 이제 위로 올라가는 방향도 있고 아래로 내려가는 방향도 있다는 것을 알아요. 앞에 나무숲이나 돌벽이 있어서 가로막혀 있더라도 하늘 위로 날아올라서 그 너머로 올라가면 통과할 수 있는 공간이 있어요. 그곳을 날아서 장애물을 통과할 수가 있다고요. 2차원에서 지나가지 못하도록 막아놓은 것을 3차원에서는 그냥 통과할 수 있는 거예요."

"정말 그렇네요. 3편에서는 미로 안으로 도망친다고 하더라도 날개가 달려서 날아다니는 괴물들은 그냥 미로 벽 위를 날아다니면서 따라오죠. 그런 놈들이 따라올 때는 괜히 미로 안으로 들어가면 뛰어다니기만 불편해져서 오히려 더 나빠지고."

168

한규동은 게임에 대해서 더 말하려고 하는 것 같았다. 그 전에 이인선이 말했다.

"2차원 게임하고 3차원 게임이 움직이는 방식이 다르다는 것이 이제 세상이 완전히 없어질 거라는 사실과 무슨 상관이 있는 건가요?"

"딱, 바로 아시지 않겠어요? 2차원, 3차원 다음에는 뭐겠어요?"

"4차원 이야기를 하려고 하시는 건가요?"

"맞아요. 우리는 3차원 공간, 마음대로 다룰 수 없는 시간에서 살고 있는 것 같아요. 무슨 초끈 이론이니 뭐니 하는 사람들은 사실은 우리가 사는 곳이 9차원이다, 10차원이다라는 이야기를 하기도 하지만, 적어도 일상생활에서 느끼기에는 3차원 공간에서 과거에서 미래로 흐르는 시간이 현실이라는 것 같단 말이에요. 그래서 우리는 3차원 공간을 움직이면서 다닐 수 있고 쉽게 생각할 수 있지만, 한 단계 더 높은 4차원 공간을 마음대로 다닐 수는 없어요."

"시간을 이동할 수는 없다는 그런 말씀이십니까?"

"그렇죠. 보통 사람이 마음대로 과거로 갔다가 미래로 갔다가 할 수는 없잖아요. 어떻게 보면, 우리는 시간에 대해서는 계속해서 앞쪽으로만 무조건 나아가고 있는 상태인 거예요. 뒤로 되돌아가고 싶어서 돌아보면 앞으로 지나올 때마다 등 뒤에 거대한 통과할 수 없는 벽이 솟아올라서 되돌아가는 것을 막는 모양이죠. 우리 모두는 항상 과거에서 미래로만 이동할 수 있고, 미래에서 과거로 가려는 방향은 막혀 있는 거예요. 그게 상대성 이론의 내용이기도 하고."

"그러니까요. 그게 미래를 미리 알고 있는 사람이 다시 과거로 와서 자신이 알고 있는 미래를 우리에게 알려줄 수는 없다는 뜻 아닌가요?"

이인선이 그렇게 묻자, 대표는 고개를 세 사람 쪽으로 조금 더 가까이했다. 그리고 좀 더 작은 목소리로 말하기 시작했다.

"그런데, 저는 두 가지 이야기를 거기에 덧붙여야 된다고 생각해요."

"무슨 두 가지이지요?"

"일단 과거로 돌아가는 길이 막혀 있는 느낌이기는 하지만 그렇다고 해서 미래를 보는 방향까지 막혀 있는 것은 아니라고 생각해볼 수가 있어요. 내가 땅속으로 들어갈 수 있는 재주도 없고 하늘로 떠오르는 재주도 없다면 나는 3차원으로 이동할 수는 없고 2차원으로 걸어 다닐 수밖에 없을 거예요. 만약에 내 앞에 돌벽이 나오면 날아서 그 위로 통과할 수도 없죠. 그렇지만, 고개를 들어서 하늘을 올려다볼 수는 있다고요. 어차피 하늘을 날지도 못하니까 볼 필요도 없다고 단념하지 않고, 하늘 방향으로 고개를 돌려서 그곳을 본다면 적어도 저 높은 곳에 무엇이 있는지 알 수는 있잖아요."

오 차장이 물었다.

"그게 무슨 말씀이십니까?"

"시간을 자유롭게 이동하는 것은 어려운 일인 것 같지만, 시간을 넘어서 보는 것과 감지하는 것은 그보다는 훨씬 쉬울 거라고요. 시간 이동은 절대 안 될 일 같다고 해서 시간을 따라 움직이는 방향을 보는 것 자체를 완전히 단념하지 않고, 시간의 방향으로 고개를 돌려서 본다면 미래와 과거가 어떤 모습인지 볼 수는 있지 않을까, 그런 이야기예요."

오 차장은 대표의 설명을 듣고도 얼른 이해가 가지 않는지, 괜히 고개를 이쪽저쪽으로 돌려보며 그 방향에서 과연 무엇이 보이는지 가만히 쳐다보면서 무엇인가를 생각하려고 노력했다. 그 사이에 이인선이 물었다.

"그런 건 현재의 상황을 가지고 여러 가지 일어날 법한 일을 가정해서 미래를 추측하는 일과 비슷한 것 아닐까요? 지금 밤하늘에 빛나는 금성이 언제 어디로 움직이는지 그 방향과 속도를 알고 있다면 3년 후, 10년 후에 금성이 밤하늘의 어디에서 나타날지 예상할 수 있겠지요. 그런 예상은 계산해보면 정확하게 알수도 있을 거고요. 그렇지만 세상에는 그런 식으로 계산하고 추측해서 내다보기 어려운 자잘한 일도 많지 않겠습니까? 그런 것은 미래를 보려고 하지만 잘 보이지 않는 경우라고 할 수 있을 겁니다."

이인선은 다음에 할 말을 잠시 궁리했다.

"하늘을 올려다보는 일에 비유해보자면, 하늘에 커다란 구름

171

이 떠 있는 모습이나 보름달이 뜬 모습은 고개를 들어 보기만 해도 잘 보이지만, 몇백 미터 상공에서 바람에 흩날려 떠다니는 흙먼지의 작은 모습들은 그냥 하늘을 본다고 해서 세세하게 하나하나 다 볼 수 있는 것은 아니니까요."

"그러니까, 미래라는 것도 추측하고 계산해서 쉽게 알 수 있는 미래가 있고, 알기 어려운 미래가 있다, 그런 말씀이시죠?"

한규동이 이인선에게 물었다. 이인선은 "응" 하는 소리를 내며 고개를 끄덕였다. 대표는 이렇게 말했다.

"그런데, 만약에 지금 하늘이 통째로 깨져서 무너져버리려 하고 있다고 해보자고요. 그러면 그런 일은 하늘을 대충 봐도 너무 잘 보이지 않을까요? 내가 오늘 하루 운수가 어떨지는 알지 못한다고 하더라도 오늘 세상이 모두 사라지게 된다는 것은 많은 사람들에게 보일지 모르잖아요."

이인선이 뒤이어 바로 무엇인가를 더 캐물어보려고 했지만 대표가 그 전에 다른 이야기를 먼저 꺼냈다.

"다른 이야기 한 가지는, 사람의 기술로도 3차원을 마음대로 다니기는 쉽지 않았다는 거예요."

"사람이 3차원을 잘 못 느낀다는 이야기인가요?"

"아니요. 사람은 3차원 공간을 느끼기는 잘 느끼죠. 위쪽이 있고, 아래쪽이 있고, 하늘이 있고, 바다 밑이 있다는 것을 잘 알고 있으니까요. 그런데, 그걸 알고 있다고 해도 비행기가 개발되기 전에는 높은 하늘을 사람들이 마음대로 날아다닐 수가 없었잖아요? 잠수함이 개발되기 전에는 깊은 바다 밑에 사람들이 마음대로 들어갈 수가 없었고. 그런데 기술이 발전되면서 점점 더 높은 곳, 더 깊은 곳에 갈 수 있게 된 거고요."

"사실 지금도 아무나 비행기를 타고 마음대로 다닐 수 있는 것도 아니고, 무한정 오래 하늘에 머물 수 있는 것도 아니기는 합니다."

오 차장이 말했다. 대표는 고개를 끄덕거렸다.

"오 차장님이 중요한 말씀을 하시네. 그래요. 정말 그래. 지금도 사람들이 3차원의 모든 공간을 마음대로 다니지는 못해요. 그렇지만 기술이 발전하는 바람에 그래도 조금씩은 다닐 수 있게 되었고, 앞으로 점점 더 기술이 발전하면 점점 더 마음대로 다닐 수 있게 될 거예요. 자가용 비행기 같은 게 나오면 더 자유롭게 하늘 여기저기를 누구나 다닐 수 있게 될 거고. 이런 게, 다 기술이 발전하면서 생긴 일이거든요."

"그러면, 대표님은 시간 여행도 그저 기술의 문제라고 보시는 겁니까?"

이인선이 물었다. 대표는 "대충은 그렇죠"라고 대답했다.

"기술 발전의 문제라기보다는 기술이 가진 방향의 문제나 기술의 형식 문제, 비슷한 그런 거 아닐까 싶은데."

대표는 고개를 좌우로 가볍게 흔들었다.

"하여튼 우리가 하늘을 날아다닐 수 있는 기술을 조금씩 발전시켜서 원래는 잘 이동할 수 없었던 3차원 공간을 점점 더 자유롭게 이동할 수 있게 되었듯이, 다른 어떤 누구는 기술을 발전시키면서 4차원을 점점 더 자유롭게 이동할 수 있게 되지 않을까요? 그러면 그 4차원 이동 기술을 개발한 것들은 미래로 과거로 돌아다니면서, 우리의 미래가 어떤지 미리 보고 우리에게 다시 찾아와서 알려줄 수 있겠죠. 저 하늘 높은 곳에는 절대 올라갈 수 없을 것 같지만, 좋은 비행기를 갖고 있는 누가 하늘 높이 올라가서 구름 위에서 구름을 보면 이런 모양이라고 우리에게 알려줄 수 있는 것처럼."

이번에는 오 차장이 물었다.

"기술이 발전된 세계에 사는 더 발전된 외계인 종족이 시간 여행을 할 수 있는 기술을 만든 다음에 미래를 알아낸 후, 우리를 찾아왔다는 그런 이야기인가요?"

"외계인이라고 부르기에는 우리와는 아주 다른 세상을 사는 그런 사람들일 수도 있지 않겠어요? 그리고 날개 달린 새들은 기술을 개발하지 않고도 하늘을 마음대로 날아다니듯이, 이 넓은 세상 어딘가에는 시간 사이를 마음대로 날아다니는 것들이 있을지도 모르죠."

"무슨 천사라든가 그런 신비로운 것처럼?"

오 차장이 그렇게 말하자, 한규동이 같이 말했다.

"악마라고 할 수도 있고."

"천사나 악마같이 거창한 모습이 아니라, 그냥 별것 아닌 작은 모습일 수도 있지 않을까요. 나비나 초파리 비슷하게 생긴 벌레

들이 날아다니는데, 우리 눈앞에서 팔랑팔랑 이렇게 날아다니다가 어느 날 갑자기 사라지면서 100년 전으로 슬쩍 날아가버리기도 하고, 다섯 시간 후로 날아가서 갑자기 그 미래의 집에 나타나기도 하고."

"아, 맞아요. 정말 초파리는 아무것도 없는 곳에서도 갑자기 생기지 않습니까? 그게 우리가 아는 초파리가 아니라 시간 사이를 날아다니는 이상한 생물인지도 모르겠습니다."

오 차장이 그렇게 말하자, 대표는 눈을 찡그렸다. 그렇지만 즐겁게 웃는 얼굴이었다.

"초파리가 그렇다는 이야기는 아니고요. 그냥 온갖 별것 아닌 모양일 수도 있다는 거죠. 그냥 바람에 날아다니는 꽃가루 모양 같은 것인데 사실은 과거와 미래를 돌아다닐 수 있는 게 있는지도 모르고. 동물의 뇌 속에는 뇌세포 사이에 전기가 신호를 계속 주고받고 있어서 그 덕분에 생각을 할 수 있게 되는 건데, 그러면 이 넓은 우주에서 어떤 뇌 속에는 그 전기 신호가 어떻게 묘하게 꼬이는 바람에 4차원으로 이리저리 신호가 움직일 수도 있지 않겠어요? 뭐 그런 것이 있을 수도 있고."

이인선은 대표의 웃는 눈을 다시 한번 살폈다. 심각하게 믿으면서 한 이야기였을까?

"그렇지만 대표님, 아시다시피 보통 뇌세포 속에 흐르는 전파가 어떻게 신기하게 되어서 무슨 초능력을 발휘한다더라, 사람의 마음의 힘을 크게 한다더라, 행운을 생기게 한다더라, 병을

치료한다더라, 뇌 속에 있는 신호가 양자론으로 신비한 현상을 일으켜서 무슨 놀라운 일을 할 수 있다더라, 이런 이야기들은 대부분 그냥 사기꾼들이 적당히 둘러대는 이야기인 경우가 많지 않습니까."

대표는 한번 깔깔거리며 웃었다. 그러더니 또 잠깐 들리는 노래를 따라 흥얼거렸다.

"그건."

대표는 노랫소리에 섞어 그렇게 말했다. 그러더니 이상할 정도로 빨리 말하기 시작했다.

"그건 그렇죠. 그렇지만, 제가 하고 싶은 이야기는 시간을 자유롭게 오가는 4차원 느낌으로 세상을 볼 수도 있다는 거죠. 왜, 밸러리 페린이었나? 그 배우 나온 영화 보면, 그런 이야기 나오는 게 있거든요."

대표는 말을 마치고는 오 차장을 쳐다보았다. 오 차장도 대표를 바라보고 있었다. 대표의 얼굴에는 다시 조금씩 웃음이 생기는 것 같았다.

"세상을 4차원으로 생각하면 사람이 죽는다고 해서 그냥 모든 것이 소멸되어 없어지는 게 아니라고요. 사람이 죽고 없어졌다고 하더라도 그 사람이 살았던 그 시간은 그 4차원 시공간의 한편을 차지하고 그대로 남아 있는 거죠. 다른 동네의 높은 감나무 위에 열매가 하나 열린 것이 있으면, 지금 당장 내 손 위에 감이 없더라도 그 자리, 그 높이, 그 공간에 가면 감이 있기는 있듯

176

이. 이미 삶을 살고 세상을 떠난 사람이라고 하더라도 그 사람이 살았던 시간은 거기에 그냥 있는 거죠. 그래서 4차원 시공간을 돌아다닐 수 있는 종족의 눈으로 보면, 사람이 살다가 세상을 떠났다고 해도 그저 모든 게 사라진 거라고 느끼지는 않을 거라고요. 뚱뚱한 사람은 공간을 많이 차지하고 홀쭉한 사람은 공간을 적게 차지하듯이, 그냥 오래 산 사람은 시간을 많이 차지한 채로 세상에 있고 금방 세상을 떠난 사람은 시간을 적게 차지하고 있을 뿐이고."

한규동이 말했다.

"세상을 떠나기 전에 들으면 뭔가 위안이 되는 이야기일 것 같네요."

이인선이 말했다.

"나쁜 추억이 있었지만 다 끝난 일이니 이제 잊고 싶다는 일이 있는 사람에게는 좀 끔찍한 이야기일 것 같기도 하고."

오 차장은 들고 있던 맥주를 한 모금 마셨다. 그러더니 대표에게 물었다.

"저희가 궁금한 것은 오늘 밤 세상이 끝나버린다고 말한 그 예언자를 어떻게 아시게 되었냐는 겁니다. 혹시 그 이야기를 좀 더 자세하게 해주실 수는 있을까요?"

대표는 오 차장에게 고개를 돌렸다. 목소리는 더 부드러워졌다.

"오 차장님, 오 차장님은 내가 아까 시간을 자기 마음대로 돌아다닐 수 있는 사람 이야기를 하면서 그냥 황당한 재밋거리로 하는 이야기 같았죠?"

오 차장은 뭐라고 대답해야 할지 몰라 당황했다. 대표는 그런 오 차장의 모습을 재미있어했다.

"나는 그렇게 생각했거든요. 사실 지금도 어느 정도는 그렇게 생각하고요. 그런데, 만약에 정말로 그런 사람을 만난다면 어떨 것 같아요? 어떤 사람을 만났는데, 그 사람이 정말로 시간을 걸어 다닐 수 있는 것이나 다름없는 사람이라면. 그래도 내가 그냥 저거 재밋거리구나, 황당하구나 그러고 웃으면서 넘어가기만 할 수는 없잖아요."

대표는 그렇게 말하더니 술잔을 들었다. 칵테일을 마시지는 않고 혀끝으로 잠깐 맛만 보는 것 같았다. 오 차장이 대표에게 또 물었다.

"그래서 시간을 넘어설 수 있는 사람을 만나셨다는 이야기입니까?"

"만났죠. 정말 그런 사람이 있을 거라고는, 그런 사람이 있을 수 있는 가능성이 있다는 식으로도 전혀 생각을 못 했는데, 그런 사람이 있더라고요. 그리고 그 사람을 만나고 내가 느낀 것은 그 전까지 내가 생각했던 것하고는 전혀 다르더라고요. 그런 사람이 있을 거라고는, 그런 느낌이 있을 거라고는 정말 몰랐는데. 내가 완전히 모르던 거, 있을 거라는 생각도 못 해보던 거."

이인선은 대표를 유심히 쳐다보면서 무엇인가 물어보려고 했다. 눈치를 채고 대표가 먼저 말했다.

"맞아요. 내가 본 그 사람이 바로 그 예언자예요. 오늘 세상이 다 끝날 거라고 했다는 사람."

한규동은 갑자기 물어보고 싶은 것이 너무 많아지는 느낌이었다. 무슨 말부터 해야 할지 오락가락했다. 오 차장이 먼저 대표에게 말했다.

"세상이 갑자기 없어질 수도 있다는 것은 알겠고요. 그리고 4차원이나 미래와 과거를 같이 놓고 본다는 것도 조금은 알 것 같습니다. 그런데, 아무리 그래도 미래를 아는 사람이 과거로 다시 돌아온다는 것은 이상한 것 같습니다. 그렇게 하면 모순이 생길 수밖에 없지 않습니까? 예를 들어서……."

대표가 말 사이에 끼어들었다.

"내가 새로 산 컴퓨터를 이용해서 타임머신을 만들었고, 그 타임머신을 타고 과거로 왔는데, 과거에 와서 그 컴퓨터를 고장 내서 타임머신이 완성되는 것을 방해한다, 그런 이야기 말이죠?"

대표는 오 차장을 보며 웃었다. 이야기는 이어졌다.

"그러면 결국 타임머신은 만들어질 수가 없을 텐데 그러면 내가 과거로 올 방법도 없어지는 것이고 그러면 그 컴퓨터를 고장 내버릴 수도 없는데 어떻게 타임머신을 완성하는 것을 방해할 수가 있는가, 뭐 그런 이야기?"

오 차장이 대답했다.

"네 맞습니다. 그런 식으로 과거로 가는 시간 여행이 과거와 미래 사이의 인과 관계를 망쳐버리는 모순이요."

대표는 머뭇거림 없이 오 차장의 말에 대답했다.

"시간 여행이 모순 없이 일어날 수 있는 방식이 두 가지가 있어요. 일단 과거로 돌아가서도 절대 조금도 미래를 바꿀 수 있는 일은 아무것도 할 수 없다고 하면 모순이 생기지 않을 거예요. 예를 들어서 타임머신을 타고 과거로 가서 컴퓨터를 고장 내려고 아무리 노력해도 절대 컴퓨터를 고장 낼 수가 없다는 거죠. 심지어 과거로 오는 사람은 아예 컴퓨터를 고장 내고 싶은 마음이 안 생긴다고 해도 되고요."

"그러면 과거로 가면 내가 내 마음대로 행동할 수 없다는 이야기인가요?"

"과거로 가서 마음대로 행동할 수 있지만 그 모든 행동은 과거의 행동이기 때문에 이미 과거에 했던 일만 할 수 있는 거예요."

"무슨 말인지 모르겠는데요."

"예를 들어서, 중학교 2학년 때 옆 반인 2학년 2반에 미래에서 온 아이라는 소문이 도는 학생이 한 명 있었다고 해봐요. 나는 그 아이랑 친하지도 않았고 몇 번 본 적도 없죠. 그런데 1년쯤 지나서 내가 우연히 시간 여행 장치를 만들게 된 거예요. 얼굴을 최대한 알아보기 어렵게 변장을 하고 나는 중학교 2학년 시절로 가서 2학년 2반으로 전학을 가요. 바로 내가 그 미래에서 온 아이 역할을 하는 거죠. 그리고 나는 중학교 2학년 때 옆 반에서 학교를 다니던 그 미래에서 온 아이의 역할을 정확하게 모두가 기억하고 있는 그대로 수행해야 하는 거예요. 안 그러면 모순이니까."

"그대로 하기 싫어서 다른 행동을 한다고 하면?"

"그럴 수는 없어요. 만약 그렇다면 앞뒤 아귀가 맞지 않게 되니까 애초에 시간 여행 자체를 할 수가 없게 되어야겠죠."

이인선이 거기까지 이야기를 듣고 있다가 말했다.

"시간 여행을 하는 것 자체만으로 모순이 생겨버리는 상황도 있지 않겠어요? 예를 들어서 내가 중학교에 다닐 때 옆 반에는 학생이 스무 명밖에 없었고 그중에 미래에서 온 아이도 없었다고 해보죠. 세상의 공식 기록에도 반 학생 숫자는 스무 명으로 되어 있고 나와 내 친구들의 모든 기억 속에도 학생 숫자는 스무 명으로 남아 있어요. 그런데 내가 타임머신을 타고 과거로 가서 스물한 번째 학생이 되면 나와 온 세상 사람들이 기억하고 있는 과거와 벌써 달라진 게 되어버리잖아요. 2학년 2반 학생은 그 숫자가 스무 명밖에 없다고 다들 생각하고 있는 것이 현재인데, 내가 중학교 때 과거로 가서 그 반에 들어가면 2학년 2반 학생은 스물한 명이 되어버려요. 그러면 그냥 가는 것만으로도 알고 있는 과거와는 달라져버려요."

"맞아요. 그래서, 시간 여행은 우리가 흘려보낸 과거의 시간 중에 미래에서 온 사람들이 있는 자리, 그것도 내가 갈 수 있는 그 자리에만 갈 수 있는 거예요."

그때 한규동이 말했다.

"잠깐만요. 그러면, 반대로 중학교 2학년 때 정말로 미래에서 온 사람을 만났다면, 시간 여행 장치가 개발된 다음에는 반드시

누가 미래에서 중학교 2학년 시절로 찾아가야만 아귀가 맞는다
는 이야기 아닌가요?"

"그렇죠."

"그러면 시간 여행 장치를 만든다고 해도 그 시간 여행 장치를
타고 반드시 돌아가야 하는 과거가 정해져 있다는 거잖아요. 그
과거로 돌아가지 않으면 모순이 생길 수밖에 없으니까. 그러니
까 시간 여행 장치를 만들고 나서 '이걸 이용해서 어느 시대로 갈
까' 생각을 하면서 어느 시대로 갈지 골라보려고 하지만, 사실은
나는 결국 어떤 정해진 시대로만 가게 된다는 거잖아요. 그러면
과거가 이미 정해져 있다는 이야기가 아니라 미래도 이미 정해
져 있다는 이야기처럼 되어버리는데요. 너무 숙명론 아닌가요?"

"맞아요."

대표는 칵테일을 한 모금 삼켰다. 그리고 이유 없이 히죽히죽
웃어댔다. 대표와 이야기하던 세 사람은 따라 웃어주어야 하나,
아니면 저 웃는 것을 어떤 식으로든 말리는 듯이 해야 하나 혼란
스러웠다. 둘 다 필요한 상황인 것 같기도 했다. 대표는 말을 계
속했는데, 웃음 때문에 몇 차례나 대답이 멈추었다. 그렇게 웃긴
이야기가 아니었는데.

"시간 여행과 숙명론은 같은 이야기를 하는 두 가지 다른 방식
이라고 생각할 수도 있겠죠."

이인선이 물었다.

"양자론에서 말하는 확률, 결정, 확률 붕괴 과정하고 모순이

있을 것 같기도 한데요."

"따지자면 무슨 이야기든 양자론하고 모순이 없을 것 같은 이야기가 있나요, 뭘."

대표는 킥킥거리더니 칵테일을 마셨다. 오 차장은 무심코 자신도 따라서 맥주를 마셨다. 맥주를 마신 오 차장이 말했다.

"그런데 그렇게 모든 것이 정해져 있는 시간 여행이라는 것은 너무 답답합니다. 과거도 정해져 있고, 미래도 정해져 있고."

대표가 대답했다.

"덜 답답한 방식으로 생각해볼 수도 있어요. 그냥 과거로 아무데나 갈 수 있고, 과거에서 무슨 일이든 할 수 있다고 하는 거예요."

"그러면 모순이 생기지 않나요?"

"아니에요. 내가 중학교 시절을 돌아보면 2학년 2반 학생은 스무 명뿐이었고, 아무도 미래에서 왔다고 하는 사람은 없었어요. 그렇지만 그냥 나는 과거로 가는 거예요. 내가 2학년 2반에 들어가면 이제 내 기억과는 다르게 2학년 2반 학생은 스물한 명이 되겠죠. 이제는 내 기억, 모든 사람의 기억과 세상은 달라지죠. 그리고 그 상태로 계속 시간이 흐르면서 완전히 새로운 미래가 펼쳐지는 거죠."

"그러면 다시 타임머신을 타고 출발한 시대까지 가면 어떻게 되는 거죠?"

"내가 출발했을 때와는 완전히 다른 세상이 펼쳐져 있겠죠. 없던 학생이 하나 더 있고, 없던 사람이 하나 더 있는 세상이니까."

대표는 또 술잔을 들이켰다.

"사실 사람 한 명이 다른 세상에서 찾아온다는 게 엄청난 차이라고요. 사람 무게가 50킬로만 되어도 그게 에너지로 따지면 얼마야? 질량이 에너지 아닌가요? 없던 물질이 그만큼 다른 시간대에서 날아와서 지금 여기에 뿅 생겨나 있다는 것은 지금 이 세상에 핵폭탄 몇 발 치는 되는 에너지가 어디선가 생겨났다는 거거든요. 그것만 봐도 세상을 다르게 만들기에 충분할 테고."

"이상한데요. 아까처럼, 내가 과거로 가서 내가 만드는 타임머신을 방해하는 것은 어때요?"

"상관없어요. 그냥 타임머신을 못 만들고 마는 거죠."

"내가 원래 타고 온 타임머신은?"

"그건 그대로 있는 거고."

"그 타임머신은 어디서 났는데요?"

"내가 과거로 오기 전의 미래 세상에서 만들어져 있던 거죠. 내가 겪는 시간 입장에서 보면 과거에 온 내 기억 속에서 타임머신을 만든 미래는 과거의 일이에요. 타임머신을 서른 살 때 만들었는데, 한 10년 제대로 되는지 점검하다가 마흔 살이 되어서 그걸 타고는 내가 스물아홉 살이던 시대로 갔다고 쳐봐요. 그러면 도착한 시대는 내 나이 스물아홉이던 시대의 과거지만, 지금 내 나이는 여전히 마흔 살이에요. 내 몸이 경험하는 시간은 꼬이지 않고 항상 과거에서 미래로 흘러요. 서른 살 때는 방해하는 사람

184

없이 잘 만들어서 성공했지만 마흔 살의 내가 스물아홉 살의 나를 방해하는 이번에는 방해해서 실패하는 거라고요."

"엄청 헷갈리는데요."

오 차장의 표정을 보며 대표는 말없이 한 번 더 웃었다.

"이렇게 생각해보면 어떨까요? 타임머신이라는 기계가 사실은 온 세상 모든 물체를 갈고 다듬어서 중학교 2학년 때의 과거와 똑같은 모습으로 다시 바꾸어놓는 기계라고요."

오 차장의 얼굴은 더 알 수 없다는 모습으로 변했다.

"그러니까, 10년 전의 과거로 갈 수 있는 시간 여행 장치라는 게 사실은 10년 전에는 없었던 새로 생긴 건물들은 전부 다 없애버리는 장치라는 그런 이야기인 겁니까?"

"비슷해요. 그런데 그것보다 훨씬 훨씬 더 많이 바꾸는 장치겠죠. 길거리 풍경도 10년 전 모습으로 전부 다 바뀌버리고, 10년 전에는 나오지 않았던 자동차들도 전부 다 없어지는 것이고. 산과 들의 모습도 다 10년 전 모습 그대로 바꿔버리는 장치가 있다는 거죠. 모든 사람들의 몸과 정신까지도 10년 전의 상태로 전부 다 바꿔놓는 거예요."

"그건 시간 여행이 아니라 세상의 모습만 그냥 바꾸는 장치 아닌가요?"

"그렇죠. 그런데 세상의 겉모습만 바꾸는 게 아니라, 세상 전체를 모두 다 바꾸는 장치인 거예요. 세상의 모든 먼지 하나하나, 하늘을 떠다니고 있는 전파 신호 하나하나까지 모두 다 10년 전의 모습대로 바꾸는 거예요. 심지어 밤하늘의 행성과 별과 은하계 들의 위치까지 모두 다 10년 전 모습 그대로 돌려놓는 그런 장치가 있다고 쳐봐요."

이인선이 말했다.

"그런 장치는 열역학에 나오는 엔트로피 법칙과 모순일 것 같은데요."

"따지자면 무슨 이야기든 엔트로피 법칙하고 딱 맞는 것 같기만 한 이야기가 있나요, 뭘."

대표는 이인선에게 그렇게 대답한 후 다시 오 차장 쪽으로 시선을 돌렸다.

"하여튼 그런 기계가 있다고 생각해보자고요. 그 기계를 타고 시간 여행을 해서 중학교 2학년 때로 가면 어떻게 되겠어요?"

"온 세상이 중학교 2학년 때의 모습으로 다 바뀌겠죠."

"맞아요. 그러면 나는 중학교 2학년 때의 시간으로 온 것 같겠죠. 그런 거예요."

한규동이 대표에게 물었다.

"그런데 대표님, 그것은 시간 자체를 넘어선 것은 아니지 않습니까? 시간은 계속 현재에서 미래로 흐르고 있을 뿐인데 세상의 모습만 과거와 똑같이 바꾸어놓은 것뿐이잖아요. 정말로 시간을 초월한 것은 아니지 않습니까?"

"온 세상 전체가 완벽하게 중학교 2학년 때의 모습으로 돌아간다면 시간이 한 방향으로만 흐르는지 과거로 다시 돌아간 건지 어떻게 알아낼 방법은 없잖아요. 그러면 그냥 과거로 간 것과 똑같은 거죠."

"그래도 시간이 정말로 과거로 간 것은 아니지 않을까요? 예를 들어서 시계를 하나 놓아둔다면, 세상이 과거의 모습대로 바뀌기는 하지만 그 시계는 계속 그냥 한 방향으로 돌아갈 것 아닙니까?"

"그 시계도 기계 바깥에 놓아둔다면, 과거에 분해되어 부품이나 재료 상태인 모습으로 되돌아가버리겠죠. 온 세상이 전부 다같이 과거의 모습으로 변해버리면, 그것은 과거의 시간으로 정말 되돌아간 것과 다를 바가 없을 거라고요."

한규동은 무엇인가 그 생각의 허점이 있을 거라고 생각하는지, 더 궁리하는 것 같았다. 대표는 다시 오 차장 쪽을 보면서 이어서 말했다.

"그렇게 해서 바뀐 세상에 내가 다시 걸어 나온다고 해봐요. 그러면 그때부터 세상은 다시 거기서부터 미래를 향해 움직이겠죠. 그런데, 원래는 이렇게 미래에서 온 사람이 없었던 시대에 내가 찾아온 거잖아요? 그러니까 나로 인해서 뭔가 차이가 생기겠죠. 예를 들어서 내 몸에 요즘 시대에만 유행하던 감기 바이러스가 묻어 있었는데, 그게 과거 시대에 풀려나가면서 감기에 걸린 사람이 훨씬 더 많이 생겨났고, 그래서 세상이 바뀌었다, 뭐 이런 이야기."

"감기 때문에 갑자기 몸이 안 좋아져서, 금메달을 딸 선수가

187

금메달을 못 땄다거나, 멋진 발표를 해서 고객들을 감동시키고 백만장자가 될 수도 있었던 사업가가 아파서 골골하는 바람에 그냥 망해버릴 수도 있는 것이고."

"아, 나도 모르게 코로나19 바이러스를 내가 묻힌 채로 10년 전으로 가면, 지구의 코로나 바이러스 대유행이 10년 전에 먼저 시작될 거고 그러면 지구의 역사 전체가 완전히 다 바뀌겠죠. 그러면서 유행도 바뀌고, 그 사람들과 연결되어 있는 다른 사람들의 인생도 바뀌고, 역사도 바뀌고. 그렇게 해서, 내가 찾아온 후로는 계속해서 다른 미래가 펼쳐질 것이고, 그러면 내가 원래 출발했던 미래와는 전혀 다른 세상이 되는 거예요. 한번 과거로 돌아가면 다시 내가 출발한 세상으로 돌아갈 수는 없는 거죠."

오 차장이 말했다.

"그러면 첫째로 과거로 시간 여행을 가서도 반드시 과거에 벌어졌던 일만 행동으로 옮기다가 돌아온다. 그러면 시간 여행에 모순이 없을 것이다라는 거죠."

대표는 고개를 끄덕였다. 오 차장이 또 말했다.

"그리고 둘째로 과거로 시간 여행을 가면 시간 여행을 하는 순간 출발했던 그 미래로는 결코 되돌아갈 수 없다. 그러면 모순이 없다는 말씀이신 거지요?"

"맞습니다."

대표는 또 거기에 수긍했다. 한규동이 물었다.

"소설 같은 데 보면, 과거로 시간 여행을 가면 시간 선이 나누

188

어진다거나 다른 평행 우주로 갈라진다거나 뭐 이런 이야기도 있던데요."

"평행 우주라는 거는 그냥 모순이 생겨서 이 세상에서는 설명이 안 되기 때문에 세상이 하나 더 있어야 한다는 이야기나 다름없잖아요? 시간 선이 나눠진다는 이야기는 평행 우주 이야기를 그냥 더 단순하고 이야기 지어내기 쉽게 바꾼 것뿐이고."

"그런가요?"

"그런 건 그냥 게임 같은 데 나오는 임의로 끼워 맞춘 이야기죠. 게임 속에 등장하는 인물들은 보통 사람들에 비해 어마어마하게 점프도 높게 하고, 지치지도 않고 계속해서 달릴 수도 있고, 그래야 게임을 하기에 편한 것처럼 시간 선이 나눠진다는 이야기는 그냥 대충 끼워 맞춘 이야기 아닌가? 뭐 그래도 안 될 것은 없지만."

대표는 오 차장 쪽을 보더니 말투를 바꾸어 말했다.

"제 말은, 어떤 식이든 간에 시간 여행을 할 수도 있기는 있다고요."

이인선이 말했다.

"너무 시간 여행을 하는 그 당사자만 세상에 있고 그 사람 관점으로 볼 때 아무 모순이 없다는 점에만 집중하고 있는 것 같기도 한데요, 예를 들어서, 어떻게 나만 빼고 나머지 세상을 완벽하게 과거의 모습으로 되돌릴 수가 있을까요? 어마어마하게 큰일일 텐데요. 그러나 나만 빼두었다는 것도, 좀 이상해요. 예를

189

들어서 어제로 되돌아가서 어제의 나 자신을 만나러 간다고 해보죠. 온 세상을 어제의 모습으로 되돌리면서 나는 빼놓고 온 세상을 어제의 모습으로 되돌리려고 하면 어제의 나 자신을 만들 재료는 구할 곳이 없잖아요."

"에너지 보존 법칙 위반이라 이런 겁니까?"

한규동이 물었다. 대표가 대신 대답했다.

"온 세상을 과거의 모습으로 바꾼다는 게 너무 이상한 일이기는 하죠? 그래서 정반대로 시간 여행 가는 사람의 상태만 바꾸는 방식도 있어요."

"정반대라고요?"

"곽재식이라는 작가가 쓴 「16년 후에서 온 시간 여행자」라는 소설에 나오는 방식인데요."

한규동은 이상하게 가까운 느낌이 드는 듯한 작가라는 생각이 들었다. 대표가 계속해서 이야기했다.

"미래의 모습을 정확하게 아주 자세히 알 수 있는 방법이 있다고 쳐봐요."

"미래에 일어난 신문을 받아 본다, 뭐 그런 말씀이신가요?"

"그것보다 훨씬 더 정확하게요. 미래가 어떤 모습인지 아주 세세하게, 온 세상의 먼지 한 톨 한 톨, 물 한 방울 한 방울, 공기의 흐름 하나하나까지 전부 다 알 방법이 있다고 쳐봐요. 그러면 16년 후에는 내가 어떤 생각을 갖고 무슨 경험을 하고 나서 어디서 뭘 하며 살고 있을지 다 알 수 있겠죠. 그러니까 16년 후의 내 정신 상태를 다 알 수 있을 거라고요."

"미래를 그렇게까지 정확하게 알아낼 수가 있다면요."

"그 방법을 이용해서 미래를 아주 자세히 알아낸 뒤에, 지금 내 뇌의 상태를 그 16년 후, 내 정신 상태로 그대로 바꿔버리는 시술을 하는 거예요. 그러면 내 몸은 지금 현재에 있지만, 시술이 끝나고 깨어나면 16년 후의 세상에 대한 모든 지식과 경험을 갖고 있는 상태로 깨어나겠죠. 그리고, 뇌에 들어 있는 모든 기억이나 성격도 16년 후의 미래 상태이기 때문에 깨어난 직후에 나는 16년 후의 나 자신이라고 생각하고 있을 거예요. 그리고 내 입장에서 주변은 꼭 16년 전의 과거, 옛날 모습을 보는 것처럼 느껴질 거예요. 그렇게 깨어난 내 입장에서는 16년 전의 과거로 갑자기 시간 여행을 온 것과 똑같은 느낌이 들 거라고요."

"그걸 시간 여행이라고 할 수 있을까요? 그냥 나는 미래에서 온 것이라고 착각하고 있는 정신 이상 상태로 변한 것뿐일 수도 있잖아요."

"그렇지만 내가 알고 있는 16년 후의 미래가 정말로 정확히 16년 후의 미래라면, 시술이 끝난 후의 내 입장에서는 정말로 미래에서 과거로 온 것이나 다름없죠."

이인선이 끼어들었다.

"사람의 뇌를 그렇게 정확하게 알아내고 시술로 정확하게 조작하는 것이 쉽지는 않을 텐데요."

"그게 요점은 아니죠. 뭐, 꼭 사람이 아니라고 해도 상관없어요. 로봇이라고 해보죠. 어떤 로봇이 있어요. 그 로봇의 기억 장치에 들어가 있는 자료 내용이 그 로봇이 가진 성격과 기억이죠. 그런데 16년 후에 그 로봇이 무엇을 보고 듣고 판단했는지 알 수 있는 방법이 있다면, 16년 후 미래의 로봇 기억 장치 속에 들어 있을 내용을 지금 로봇의 기억 장치 속에 그대로 써넣을 수 있겠죠. 그러면 로봇 입장에서는 16년 후의 미래에서 현재로 시간 여행을 온 기분이 들 거라고요."

한규동은 제법 그럴싸한 시간 여행 흉내 방법이라는 생각이 들었다. 그러나 이인선은 그 한계를 지적했다.

"그래도 역시 16년 후의 미래를 완벽하게 알아낼 방법은 현실적으로 없을 텐데요."

"그럴 수도 있겠는데, 사실 그래도 괜찮아요. 내가 16년 전의 과거로 시간 여행을 왔다는 그 사실 때문에 이제부터는 다시 새롭게 미래가 바뀌어서 내 머릿속에 있는 16년 후의 미래와 똑같은 세상이 펼쳐지지 않는 거라고 할 수도 있으니까. 그러니까 내가 알고 있는 16년 후의 미래와 앞으로 펼쳐질 16년 후의 미래는 달라질 수밖에 없다고 하면 되죠."

"그런 식이라면 더 먼 미래로 가면 갈수록 더 어긋나고 부정확한 것이 많아지겠네요. 미래에서 과거로 더 멀리 시간을 이동할수록 더 부정확해진다는 뭐 그런 방식인 것 같기도 하고요."

대표의 설명을 듣고 한규동은 그렇게 말했다. 이인선은 바로 되물었다.

"그렇게 치면, 미래에서 과거로 시간 여행을 오는 방법이란, 나는 사실 미래에서 과거로 온 사람이라고 스스로 자꾸 되뇌면서 정신을 집중하다가 확 돌아버려서 그걸 정말 사실이라고 믿어버리는 것뿐일 수도 있겠네요. 내가 알고 있는 미래가 그대로 이루어지지 않는 이유는 내가 미래에서 과거로 왔다는 사실 자체 때문에 미래가 바뀌었다고 둘러대면 되는 거고."

"그런 사람들이 유튜브 같은 데 보면 많기는 하죠."

대표는 한 번 더 소리를 내어 웃었다.

그동안 오 차장의 얼굴은 다시 아까의 알 수 없다는 표정으로 변해 있었다. 이번에는 더욱더 알 수 없어졌다는 생각에 빠진 것처럼 보였다. 한규동의 얼굴도 점차 비슷하게 변해갔다. 그런데, 얼마 후, 한규동이 뭔가 깨달았다는 것처럼 소리치듯이 말했다.

"잠깐만요! 그런데, 그런 방식이면 뇌에 시술을 할 수 있는 장치가 마련되어 있고, 로봇의 기억 장치에 기록을 집어넣는 그 시점까지만 올 수 있는 거잖아요. 그러니까 그런 로봇을 만들어두고, 미래에 대해서 알아낼 수 있는 방법을 개발해놓으면, 지금부터 10년 후, 100년 후, 1000년 후의 미래에서 로봇을 데려올 수는 있겠지만."

"정확하게 말하면 로봇을 그런 미래에서 왔다고 생각하도록 만들 수는 있겠지만."

이인선의 말에 한규동은 이어서 말했다.

"로봇의 기억 장치를 조작하고 있는 지금 시점보다 더 과거로 갈 수는 없잖아요. 말씀하신 방법으로는 미래에서 과거로 올 수는 있지만, 도착할 준비가 되어 있는 그 시대까지만 올 수 있는 거라고요. 막 조선 시대로 가고, 공룡 시대로 가고 그럴 수는 없는 거죠."

이인선이 고개를 끄덕였다.

"맞아요. 다른 방식이기는 한데, 웜홀을 이용해서 시간 여행을 할 수 있다고 말하던 사람들도 그런 방식의 시간 여행을 이야기하고 있어요. 웜홀이 준비된 그때를 기점으로 그보다 더 미래에서부터 웜홀 준비 시점까지만 갈 수 있다는 거였지. 그 전의 시대로는 갈 수 없다고."

대표가 대답했다.

"혹시 모르지 않아요? 1억 5000만 년 전에 이미 우리보다 더 기술이 발전했던 외계인이 있어서 같은 방식으로 만들어놓은 시간 여행 장치를 만들었다고 해보자고요. 그러면 우리가 그런 장치가 있었다는 사실을 알아낸다면 그걸 이용해서 1억 5000만 년 전, 공룡 시대로 되돌아갈 수도 있는 것이고."

한규동은 이야기가 그렇게 될 수도 있나 싶어 잠시 생각에 빠졌다. 다들 조용한 가운데 무심코 오 차장이 중얼거리듯이 말했다.

"아까 그 미래를 기억하고 있는 로봇이 공룡 시대로 간다면 어떻게 해야 하는 거지?"

이인선이 대신 대답했다.

"그냥 대충 그 로봇이 내가 경험한 미래는 이런 것이었다고 떠

들면서 공룡 시대를 돌아다니는 거지.”

“그러면 그 로봇은 지구에 소행성이 충돌해서 공룡이 멸망하고 그러고 나면 포유류 전성시대가 시작되고 그러는 가운데 사람이 출현하고 사람들이 자기들의 역사를 만들고 그런 걸 다 알고 있나?”

“아닐걸. 공룡 시대에 로봇은 그냥 대충 미래를 이야기하겠지. 지금이 이렇게 공룡들이 많은 시대이니까 공룡들의 후손들이 점점 발달해서 지능과 문화를 발전시키고, 공룡의 후손인 파충류들이 사람처럼 역사도 만들고 도시도 건설하고 나중에는 우주로도 나아가게 된다, 어쩌고 뭐 그런 게 미래라고 하지 않겠어?”

“그렇지만, 그건 진짜 미래가 아니잖아. 공룡 시대에서 계속 기다린다면 공룡은 멸망하고 공룡 대신에 포유류 동물들과 사람들이 많아지는데.”

“그건, 바로 그 로봇, 자기 자신이 공룡 시대에 도착했기 때문에 역사가 그때부터 바뀌어서 그렇게 되어버린 거라고 둘러대겠지. 뭐, 자기가 시간 여행 과정에서 우주 공간을 잘못 건드려서 갑자기 소행성이 지구에 충돌하고 공룡이 멸망하게 되어버린 거다, 그렇게 역사가 바뀌었다, 뭐 그런 식으로 말할 수도 있을 것이고.”

한규동이 끼어들었다.

“과거로 오는 순간 미래가 바뀌어버리는 거라면 로봇의 기억

195

이 진짜로 미래를 경험해보고 갖게 된 건지 아니면 그냥 대충 미래에 대해 그럴듯하게 들릴 말을 지어낸 것인지 검증할 방법이 없잖아요?"

"없기도 하고."

오 차장은 아직도 이해가 가지 않아 조금 더 골똘히 고민하게 되었다. 이내 오 차장은 고민을 포기하고 대신에 자기가 꼭 듣고 싶은 이야기를 대표에게 물었다.

오 차장은 유난히 멋있게 들릴 만한 목소리를 만들었다.

"대표님, 이렇게 좋은 말씀 많이 해주셔서 감사합니다. 그런데, 저는 정말 여쭙고 싶은 게 따로 있습니다."

이인선이 듣기에도 목소리만은 제법 멋지게 들렸다. 오 차장이 이야기했다.

"대표님, 대표님께서는 정말 이런 이야기들을 다 굳게 믿고 계신 것입니까? 시간 여행이라든가, 세상이 오늘 밤에 모두 멸망해서 완전히 없어진다는 그런 이야기."

오 차장이 말을 완전히 끝내지 않고 그냥 "그런 이야기"라고 한 것은 좀 지나치게 멋을 부린 듯했다. 그러나, 대표는 오 차장의 진지한 분위기에 그대로 맞장구를 쳐주었다.

"믿는 게 아니에요."

"믿는 게 아니라면 무슨 말씀이십니까?"

"저는 믿는 게 아니라, 그냥 알아요. 정말 그렇다고요."

오 차장은 다시 물었다.

"그게 어떤 뜻입니까? 대표님께서 미래에서 오셨다는 말씀이신가요?"

대표는 갑자기 다른 이야기를 꺼냈다.

"차장님은 방금 맥주를 마셨잖아요. 내가 골라드리고 사드린 맥주."

"그렇습니다."

"그 맥주를 마셨다고 믿고 계시다고 하나요? 그냥 그건 당연히 그렇게 알고 있는 거잖아."

"기억하고 있다고 할 수 있겠습니다. 그러면 대표님은 미래를 기억하고 계십니까?"

미래를 기억하냐고 물을 때, 오 차장은 무슨 성우가 표어를 읽는 것처럼 극적으로 말투를 꾸몄다. 이건 좀 못 봐줄 모습인데. 이인선은 그렇게 생각했다. 그러나 대표는 그 모든 것이 즐겁고 좋은지, 그냥 한 번 더 웃을 뿐이었다.

"저는 모든 것을 한꺼번에 다 느껴보았고, 그때 다 알게 되었어요."

대표가 말을 이었다. 이번에는 한규동이 물었다.

"어떤 모든 것이라는 말씀이신가요?"

"모든 것. 우주 전체의 그 모든 것들, 거대한 은하계들의 모임부터 별들, 행성들, 생물들, 입자 하나하나들, 그것들 전부를 한꺼번에 다 보고 듣고 만지는 것처럼 알 수 있었어요. 온 우주의 전부와 그것들이 생기고 사라져가는 그 모든 시간의 전체를 단

한순간에 전부 다 온 마음으로 느낄 수 있었다고요."

한규동은 잠시 그 말의 뜻을 이해해보려고 노력했다. 실패였다. 다시 질문할 수밖에 없었다.

"무슨 말씀이신지 잘 모르겠는데요."

"골목길이 복잡한 동네를 걸어 다닐 때는 어디가 어딘지 잘 모르겠는데 높은 데에서 내려다보면 길을 환하게 알게 되는 느낌 있잖아요. 아니면 지도를 본다든가 하면 전체 모습이 쉽게 머리에 들어오는 그 느낌. 그런 느낌으로 나는 한 동네나 한 골목을 안 게 아니라, 한순간에 이 세상의 그 모든 것을 한꺼번에 다 느꼈다고요."

"그러면 예언자는 언제 만나신 거죠?"

"언제가 의미가 있을까? 이미 시간 전체를 한 번에 다 보아버렸는데. 나는 모든 것을 다 봤다고요. 당연히 그 속에 예언자도 있고. 그러니까 딱 알겠더라고."

"무슨 이야기를요?"

한규동의 물음에 이인선이 대신 대답했다.

"세상이 이제 곧 다 사라져버린다."

대표는 맞는다는 뜻으로 또 유쾌하게 웃었다.

한규동이 그때 주위를 살펴보니, 오 차장의 얼굴에 자리 잡은 진지한 표정은 아직 전혀 사라지지 않은 상태였다. 이인선이 가만히 보기에 오 차장은 자신의 진지함이 스스로 멋지다고 생각하는 것 같았다. 오 차장이 말했다.

"대표님, 저는 대표님께서 그때 느끼셨다는, 아니 알게 되셨다는 그게 어떤 느낌인지 조금도 짐작조차 못 하겠습니다. 그렇지만 그게 도대체 언제 어디서 겪은 경험인지라도 말씀해주실 수 있겠습니까?"

"이미 시간을 초월하는 게 어떤 것인지도 알게 되었고, 공간이 모두 다 사라진다는 것도 알게 되었는데, 언제 어디서가 그렇게 중요할까요?"

"뭐가 뭔지 모르는 저에게는 중요합니다."

그러자 대표는 잠시 오 차장을 말없이 쳐다보았다. 이인선이 같이 살펴보니, 오 차장은 평소에 잘생겼다는 말을 듣고 싶을 때 짓는 표정을 온 힘을 다해 짓고 있었다.

대표가 말했다.

"제가 투자한 회사 중에 뇌의 활동을 측정하고 분석하고 또 강화하고…… 뭐 그런 것을 목적으로 연구하는 회사가 있어요. 그 회사에 한번 찾아갔던 날이었어요."

"그 회사에서 사용하는 뇌 분석 장치의 기능과 상관이 있을까요?"

한규동이 물었다.

"그렇지는 않을 거예요. 그 회사가 이름만 그럴듯하게 스타트업이라고 차린 회사지 사실 비실비실했거든. 내가 투자한 것도 정말 불쌍해서 도와준 것이고. 요즘 점점 굉장한 일을 하고 있다고 입소문이 나고 있는 것 같기는 한데. 아직은 기술력이 한참

부족해요. 사람 뇌를 어떻게 확 개선해서 온 우주를 한꺼번에 다 알게 할 정도로 굉장히 뇌를 뛰어나게 만든다고요? 그런 것은 그냥 허황된 꿈 같은 이야기죠. 아직 갈 길이 더 멀죠."

"그런데 왜 하필 그날, 그런 엄청난 일을 겪으신 것입니까?"

오 차장이 묻자, 대표는 다시 말했다.

"세상은 원래 이유가 없이 생겨서, 아무 이유 없이 움직이고 있는 거죠. 지금 차장님과 내가 우연하게 만난 것처럼. 모르겠어요. 혹시 그 회사에서 사용하고 있는 장치 때문에, 내 두뇌가 잠깐 다르게 움직였을 수는 있겠죠. 모를 일이야. 그날 일은. 그런데 그게 그냥 그날 일이라고도 할 수 없는 게, 나는 그날 하루뿐만 아니라 시간을 초월해서 그 경험을 갖고 있게 되었거든요."

그러자 한규동이 말했다.

"그러면, 그 회사에서 사용하고 있는 이상한 실험 장치 때문에 잠깐 대표님의 두뇌 한쪽이 무슨 안테나라든가 수신 장치처럼 살짝 변했다고 해본다면 어떨까요?"

이인선은 '재는 또 무슨 소리를 하는 거야'라는 생각을 하면서 한규동을 바라보았다. 한규동은 분명 이인선의 눈빛을 느꼈지만 하려던 이야기를 계속했다.

"그러면, 만약 그때 대표님의 두뇌 한쪽이 우주 통신을 들을 수 있는 안테나 역할을 잠깐 할 수 있게 변했다고 하면, 바로 그 안테나에 지식과 마음을 전해줄 수 있는 기술이 아주 발전한 먼 곳에 있는 외계인이 누군가 바로 그런 안테나를 갖게 된 것을 보고, 옳다구나, 이게 우리가 통신할 기회구나 싶어서 그 순간에 전해줄 수 있는 그 모든 것을 한 번에 다 콸콸콸 쏟아부어준 것, 그런 것 아닐까요? 그리고 그 외계인 종족 중에 한 사람이 예언자인 것이고."

대표는 재미있어하는 얼굴이었다. 이인선이 한규동에게 말했다.

"그런지, 어떤지는 아무도 모르겠지."

오 차장이 물었다.

"대표님, 그 뇌 분석 장치 만든다는 회사가 어디인지 좀 알려주실 수 있겠습니까?"

"그건 왜?"

"저희도 그곳에 찾아가보려고 합니다. 제가 대표님이 겪으신 것을 또 겪지는 못하겠지만 그게 어떤 것인지 조금이라도 더 알고 싶습니다."

대표는 오 차장에게 가까이 몸을 숙였다.

"차장님, 이제 몇 시간밖에 안 남았어요. 이 모든 게, 세상의 그 모든 게, 전부 다 모조리 다 끝나요. 그런데, 뭘 알아내고, 뭘 조사하고, 그러면서 그냥 그 시간을 보내고 싶어요? 그건 아니지 않아요? 왜 마지막 순간에 우리가 이렇게 여기서 만났을까? 그냥 차장님이랑 나랑, 같이 놀면서 그냥 그렇게 즐겁게 남은 시간을 보내는 게……."

대표는 거기까지 말하고 오 차장의 얼굴을 정면으로 바라보았다. 대표는 또 노랫소리를 잠깐 흥얼거리더니 이어서 말했다.

"……그러는 게 좋지 않을까?"

그러자 오 차장도 대표의 얼굴을 정면으로 바라보았다.

"대표님, 이제 남은 시간이 얼마 없기 때문에 저는 그 남은 시간 동안 최대한 대표님이 겪으신 것을 더듬어보려고 합니다. 그게 대표님께 좀 더 가까이 다가가는 길일 겁니다. 저희는 대표님과는 다르게 예언자의 이야기를 종이에 적힌 글귀로 처음 알게 되었습니다. 그렇기 때문에 대표님처럼 모든 것을 알지도 못하고, 이것이 어떤 이야기인지도 자꾸 헷갈리고 있습니다. 그런데 대표님께서 어디에서 무슨 일을 겪으셨는지 알려주신다면, 저희도 조금씩 더 알아갈 수 있을 겁니다."

대표는 또 웃는 소리를 냈다. 오 차장의 말이 계속 이어지는 동안 대표의 볼에는 보조개가 생겨 점점 더 깊어졌다.

오 차장이 마지막으로 덧붙여 말했다.

"그렇게 해서, 저도 시간과 공간을 넘어서서 그 모든 것을 다 한번 느끼게 된다면, 그 느낌 속에는 대표님도 들어 있겠지요. 그렇게 되면, 우리가 지금 같이 있지 못한다고 해도, 시간과 공간을 초월해서 같이 있을 수 있는 것이나 마찬가지 아닐까요?"

대표는 곧 자신이 투자했다는 회사의 이름을 알려주었다.

BRA人 연구소.

차 안에서 한규동은 전화기에 쓰여 있는 검색어를 쳐다보았다.

"이걸 뭐라고 읽어야 돼요?"

"브레인 연구소 아닌가?"

"그런데 브레까지는 알파벳으로 되어 있고, 인은 한자로 사람인 자인데요?"

"그렇게 단어를 억지로 조합해서 한 가지 말로 두 가지 이상의 뜻이 되면 너무 재치 있는 것 같아서 돌아버릴 것 같은 사람들이 만든 이름인가 보지. 왜, 그런 식으로 이름 붙이고 제목 지었는데 그 제목이 언어 유희의 형태를 갖게 되면 너무 똑똑하고 너무 개성적이고 너무 X세대 같고 너무 신세대 같고 막 그런 것 같아서 좋아하는 사람들이 꼭 있는 것 같잖아. 그런 이름을 도대체 왜 붙이는 거지? 누가 요즘 그런 걸 재미있다고 생각해?"

이인선의 말에 운전하던 오 차장이 대답했다.

"아, 그러니까, 즐거울 락 자를 써서 즐거운 樂 페스티벌, 뭐 이런 제목 말이지?"

그러자 한규동이 끼어들었다.

"아, 그러니까, 영어 단어 펀^{fun}을 써서, 뻔Fun한 노래자랑, 뭐 이런 제목 같은 건가요?"

"음, 그러니까, 영어 단어 맘^{mom}을 써서, Mom이 편한 우리 회사, 뭐 이런 제목?"

"음, 그러니까, 한자로 저자 시^市 자를 써서, 시에서 원하는 市원한 후보를 찍자, 뭐 이런 거?"

"음, 그러니까, 한자로 사랑 애^愛 자를 써서, 愛 많은 어린이 축제, 뭐 이런 거?"

"제발 그만 좀 해줘라."

이인선이 끼어들어 말했다. 그러나 오 차장과 한규동은 뭔가 흥을 탄 것 같았다.

"음, 그러니까, 숫자 100을 써서, 우리 투자 펀드는 100조가 날아다니는 펀드, 뭐 이런 거?"

"음, 그러니까, 숫자 3을 써서, 33한 3주년 기념식. 뭐 이런 거?"

"음, 그러니까, 발음이 비슷한 말을 써서, 무리 없는 공사를 해야 물이 깨끗해진다, 뭐 이런 거?"

"음, 그러니까, 발음이 비슷한 말을 써서, 수학과 종강 파티는 부울 타는 파티, 뭐 이런 거?"

그때 갑자기 오 차장이 뭐라고 말을 하려다가 멈추었다.

"부울이 뭔데요?"

"왜, 디지털 연산에 쓰이는 수학 중에 부울 대수라는 게 있잖아요."

"부울 대수는 정식 외래어 표기법에 의하면 그냥 불 대수 아닌가? 그러면, 그냥 그대로 '수학과 종강 파티는 불타는 파티' 이렇게 되는데."

"부울 타는 파티라고 안 하고, 불타는 파티라고 하면 그냥 불이 타는 파티라는 말하고 완전히 똑같아지는데요. 그러면 별로 제대로 된 그 느낌이 안 나는 것 같은데."

이인선이 끼어들었다.

"어차피 애초에 전부 하나도 제대로 된 느낌이라고 할 만한 게 없는 말들이었잖아."

오 차장이 말했다.

"도대체 관공서나 큰 기관 같은 데서는 이런 말들을 왜 이렇게 좋아하는 거지?"

"큰 기관에서는 하는 행사이기는 하지만 큰 기관 같은 딱딱하고 재미없는 느낌이 아니라, 좀 더 자유롭고 신선한 행사라는 느낌을 주기 위해서 그런 말을 붙이는 것 아닐까요?"

한규동의 물음에 이인선이 되물었다.

"그런데 이런 말에 정말 자유롭고 신선한 행사라는 느낌이 있나? 누가 구청에서 '뻔Fun한 축제'를 한다고 하면, '이야, 정말 기막히게 신선하고 재미있는 제목을 붙였네, 아유, 재미있어 자지러지겠다, 이 구청은 정말 딱딱한 관습을 타파하는 멋지고 흥이 넘치는 곳이라는 느낌인걸' 이러는 사람들이 있겠냐고."

그러자 오 차장이 대답했다.

"시민들에게 정말로 틀을 벗어난 재미있는 행사를 펼쳐주는 게 목적이 아니잖아. 너무 틀을 벗어난 행사를 하면 틀에 맞춰서 운영해온 조직이 그걸 감당할 수가 있나. 이런 것은 그냥 행사 이름을 붙이면서 그걸 결재하는 높으신 분들한테, '우리는 틀을 벗어난 재미있는 행사 이름을 붙였다'는 느낌을 주는 게 목적이라고. 그렇게 하기 위해서는, 실제로 재미있는 게 아니라 재미있는 제목을 붙였다는 듯한 느낌만 높으신 분들에게 주면 되니까. '재미있는 재미 교포 초청 간담회' 뭐 이런 식으로."

"너는 이거 진짜 재미있어하는 거 같다."

그러자 한규동이 말했다.

"정말로 이 브레인 연구소라는 곳도 큰 대학 소속 연구소네요. 그런데 연구소에서 색다른 틀에서 벗어난 연구를 한다고 외부 벤처 기업의 투자를 받아서 추진하는 사업 때문에 설립된 연구소라고 해요."

"어디에서 투자받았다, 어쨌다, 뭐 그런 말 있어?"

이인선의 물음에 한규동은 자료를 한번 훑어보았다. 한규동은 익숙한 이름을 곧 발견할 수 있었다.

"그 게임 회사 대표한테 투자를 받아서 생긴 연구소네요. 원래 작은 투자를 한 번 받았었고, 얼마 전에 그것보다 훨씬 큰 투자를 또 받았어요."

"브레인 연구소는 뭐 하는 곳이라고 했길래 그렇게 투자를 받은 거지?"

오 차장의 말에 이인선은 무엇인가 잠깐 생각하는 것 같더니, 곧 이어서 자기 생각을 말했다.

"양자역학 계산할 때 보면 브래킷 표기법이라고 해서, 브래^{bra}하고 킷^{ket}으로 수식을 표시하는 방식이 있거든. 거기에서 bra를 따오고, 한자 사람 인에서 人 자를 따와서 BRA人이라고 하는 거겠지. 대충 양자론과 밀접한 관계가 있는 첨단 기술을 이용해서 사람의 뇌를 연구하고 그것을 통해서 사람과 사회에 득이 되는 연구를 한다, 뭐 그런 것 아니겠어? 사람 인 자 들어가는 것 보니까, 무슨 따뜻한 인간미 어쩌고 뭐 그런 말이나 사람과 사람 사이의 관계 어쩌고 그런 것도 한마디 나올 거고."

연구소 소개 자료를 보고 있던 한규동은 이인선의 말에 덧붙였다.

"여기 소개 자료를 보면 '사람과 사람 사이를 따뜻하게 하는 기술을 지향합니다'라고 돼 있네요."

이인선은 그럴 줄 알았다는 듯 고개를 끄덕였다. 한규동은 자료를 좀 더 읽어보았다.

"그래도 아무 성과가 없는 회사는 아니에요. 통증을 너무 심하게 느끼는 사람들을 돕기 위해서 통증을 느끼는 뇌의 한 부분을 마비시키는 기술을 개발했다고 하는데요? 그러면 어떤 진통제를 맞는 것보다도 아픔을 못 느끼게 될 테니까. 그나마 강도를 조절하는 것이 쉽지 않고 부작용도 있어서 상품으로 크게 성공시키지는 못했다고 하는데, 그래도 이 정도면 회사를 유지할 정도는 되겠죠."

"비슷한 기술을 연구하는 회사들이 좀 있지 않나?"

"그렇긴 해요. 대표도 그런 비슷한 기술을 실험하는 데에 참여했다가 우연히 우주 저편의 시공간을 초월한 외계인과 갑자기 통하게 된 것일까요?"

"그럴 리가 있겠어. 원리를 설명하면서 알 수 없는 양자론 어쩌고 이런 말을 강조하면 강조할수록 그만큼 그냥 뭔 말인지 아무도 모를 말로 사기 치는 것일 가능성이 높아지는 거 아냐?"

한규동이 뭐라고 이어서 말을 하려고 더듬거리고 있는데, 이인선은 두 사람에게 다른 질문을 했다.

"지금 시간이 벌써 늦었는데, 꼭 오늘 밤에 그 연구소까지 가야겠어?"

한규동이 먼저 대답했다.

"만약에 예언자의 말이 맞는다면 오늘 밤밖에는 시간이 없잖아요."

"예언자의 말이 맞을 리가 있겠어. 아무 증거도 없는 그냥 황당한 말일 뿐인데."

"그래도요. 그걸 믿는 사람이 꽤 있는 것 같잖아요."

"믿는 사람이 꽤 있기는. 게다가 믿는 사람이 아무리 많다고 해도 황당한 소리는 황당한 소리인 거지. 만약에 갑자기 눈병이 돌아서 세상이 벌겋게 보이는 증세가 사람들한테 퍼지고 있다고 해보자고. 그러면, 1000명, 1만 명이 세상이 벌겋게 보인다고 주장할 거야. 그렇다고 해서 정말로 세상이 붉은색으로 변하는지 의심해볼 필요는 없잖아."

이번에는 오 차장이 말했다.

"그래도 대표가 오늘 세상이 끝났다고 믿고 있는 것은 확실하다고. 그러니까 오늘이 지나면 세상이 끝나든 아니든 대표는 분명히 무엇인가 생각이 확 달라질 거야. 뭔가 엉뚱한 짓을 저지를지도 모르고. 예를 들어서, 갑자기 속세를 떠나서 아무도 찾지 못하는 곳으로 숨어버릴지도 모르고. 그러니까, 대표에게 무엇인가 말이 통하는 이야기를 하려면 오늘 중에 뭔가 결론을 내서 말을 하는 게 좋을 거라고."

"그렇긴 하네. 돈이 있고 뭐가 되었든 사업을 벌일 수 있는 인물은 그 대표란 말이지. 그러고 보면 오늘 이 일 때문에 우리도 어떻든 그 대표라는 사람하고 끈이 닿게 되었으니까. 사업하는 사람으로서 이 기회를 놓칠 수는 없겠지."

이인선은 무엇인가 조금 생각했다.

"그래서 브레인 연구소로 가기는 가는 건데……."

그러더니 자동차가 가는 방향을 살펴보았다. 이인선은 오 차장에게 다른 이야기를 물었다.

"브레인 연구소가 대학 소속이던데 그러면 지금 그 대학으로 가는 길인가?"

오 차장이 대답했다.

"그건 아니야. 게임 회사 대표가 알려준 주소가 그 대학 내부에 있는 건물은 아니거든."

"그러면 어디로 가는 건데?"

"모르겠어. 그냥 도심에서 외곽으로 나가는 길목 어디쯤인데. 여기에 그 대학 캠퍼스가 따로 하나 있나?"

이인선은 자동차에 연결해놓은 전화기 화면을 보았다.

"거기에 무슨 대학 캠퍼스 같은 것이 있을 것 같지는 않은데?"

"무슨 대단한 정부 시설이나 특수 연구소 같은 게 있나?"

"그럴 것 같지는 않아. 이 동네는 딱히 특별할 게 없는 동네야. 서울에서 바깥으로 나가는 고속도로 하나 지나고 있고."

한규동이 말했다.

"그럴수록 무슨 비밀 기지 같은 게 있을 수도 있잖아요? 40년 전에 지어진 낡은 학교 건물이 있는데 그 학교 지하로 들어가면 지하에 커다란 공간이 있어서 거기에서 아무도 모르는 채로 비밀 연구를 하고 있다, 뭐 그런 거요."

"무슨 비밀 연구를 하는데?"

오 차장이 끼어들었다.

"게임 회사 대표님이 말씀하신 뭐, 그런 거 아닐까?"

"뭐, 어떤 것?"

"시공간을 초월할 수 있는 외계인이 있는데, 그 외계인과 접촉할 수 있는 장비를 갖춰놓은 비밀 시설이 있다는 거지. 그래서 그 비밀 시설을 통해서 우리보다 훨씬 더 기술이 발전되어 있고 우리가 바라보는 우주에 대한 관점이 완전히 다른 외계인과 대화도 할 수 있고, 뭔가를 배울 수 있고 그런 곳이라고 해볼 수도 있잖아."

"맞아요. 그리고 대표가 거기에 찾아갔다가 자기가 직접 그런 외계인과 대화를 하면서 온 우주를 모두 다 한꺼번에 느끼고 동시에 우주가 오늘 밤에 싹 없어진다는 것까지 알게 된 거죠."

한규동이 맞장구쳤다. 그러자 이인선이 되물었다.

"그런 비밀 시설이 우리나라에 있다고?"

"한국인이 요즘에는 세계적으로 뭔가 잘하는 분위기잖아. 반도체 회사에서 이익도 많이 내고. 인터넷으로 뭐 장사하고 배달하고 하는 사업도 세계에서 굉장히 발달된 편이고. 이제 우리나라에서 세계 어디에서도 못 하는 것을 할 수도 있다는 뭐 그런 자신감을 가져도 되는 시대가 된 거 아닐까. 한국 가수가 빌보드 핫 100 차트에서 1위도 하고."

"그런 정도의 비밀 시설이 생기는 게 정말 당연할 정도로 자연스러우려면, 한국 가수가 빌보드 차트에서 1위를 하는 게 아니라, 외국 가수들이 한국 차트에서 1위 했다는 사실을 자기 나라에 놀라운 소식으로 전하는 시대 정도는 되어야 걸맞을 거라고."

이인선은 다시 한번 지도를 들여다보았다.

"여기 위치를 한번 보자고. 프랜차이즈 빵집하고 휴대전화 파는 가게 사이에 있는 건물에 우주 시공간을 초월하는 장치가 숨겨져 있다고?"

"말하자면 뭐 그럴 수도 있다는 거지. 휴대전화 파는 가게는 무슨 가게든 망하고 나면 아무 데서나 생기고, 또 생기고, 또 하나 더 생기고 그런 식으로 자꾸자꾸 생겨서 퍼져나가잖아. 아무래도 휴대전화 파는 가게를 만들어놓으면 사람들이 '휴대전화 파는 가게가 또 하나 생겼네' 하고 별 관심도 안 갖겠지. 무슨 가게가 하나 망하면 그다음에는 또 휴대전화 파는 가게가 생긴다는 게 그냥 서울의 보통 풍경이잖아. 약간 엔트로피의 원리 같은 거야. 모든 가게가 생기고 망하는 과정은 결국 휴대전화 파는 가게가 생겨나는 숫자를 증가시킨다."

"너 엔트로피의 원리가 뭔지는 정확하게 알아?"

"하여튼 휴대전화 파는 가게라면 너무 평범해 보이니까, 의심을 따돌리기가 좋다고. 그렇지만 사실은 그 뒷문으로 나간다거나 지하로 내려가면 비밀 시설이 있는 것이고."

이인선은 같은 지도를 자기 전화기로 한 번 더 검색해보았다.

"아무래도 그건 아닐 거야. 회사 이름으로 검색을 해보면, 그 위치에 브레인 연구소가 있다고 대놓고 나온다고. 그러니까 몰래 숨겨놓은 비밀 연구소에서 외계인과 연락하고 있다, 그런 건 아니겠지."

"그렇지만, 브레인 연구소라고 해서 그냥 만성 통증을 없애는 데에 도전한다거나 아니면 학생들 머리 좋아지게 해서 공부 잘하게 해준다 어쩐다 그런 연구하는 곳인 척 위장하면서 사실은 외계인과 연락하고 있는 비밀 연구소일 수도 있잖아?"

"만약에 대놓고 연구소라는 이름을 걸고 사업을 할 수 있다면, 연구소를 세우기 좋은 부지에 일단 세워놓고, 그다음에 비밀리에 뭔가 다른 일을 하겠지. 하필이면 이런 위치에 왜 연구소를 차리겠어? 무슨 엄청난 비밀이 있고 그런 곳은 아닐 거라고."

그러자 한규동이 말했다.

"그러면 대학 안에서 사무실 둘 공간이 없어져서 그냥 적당히 땅값 싼 곳에 사무실을 하나 낸 것 아닐까요. 이 지역은 그때 개발 제한 법령이 나오면서 건물을 높이 못 짓는다고 해서 땅값이 확 싸진 곳이라고 하거든요. 그러니까 적당히 사무실 두려면 괜찮은 곳이겠죠."

이인선은 그 말을 듣고 잠깐 생각에 빠지는가 싶더니 이내 고개를 끄덕였다.

"그게 쉽게 생각하면 제일 가능성 높아 보이는 이야기 같기는 한데."

오 차장이 말했다.

"그러면 정말 그거 아니야?"

"그런데, 그렇다고 하기에는 왜 대학에서 설립해서 돈도 제법 투자받은 연구소가 이런 곳으로 오게 된 거냐는 말이지."

이인선의 목소리는 점점 작아지고 있었다. 또 무엇인가를 생각하는 것 같았다. 다들 그 목소리를 따라가게 되어 잠시 자동차 안은 조용해졌다. 그러고 나니, 밤거리의 온갖 잡다한 자동차 소리와 소음이 유난히 차 안으로 들어오고 있다는 사실을 알게 되었다.

한참 그렇게 가다가 한규동이 말했다.

"하여튼 자꾸 왔다 갔다 하게 되는 건 좀 답답하네요. 세상이 오늘 끝난다면 시간도 별로 없는데, 왜 이렇게 우리 동선은 왔다 갔다 하는 거죠? 미리 어디로 가는지 알아서 아침부터 차례대로 움직였으면 이렇게 왔다 갔다 하면서 길에서 허비하는 시간 없이 차례대로 일직선으로 갈 수 있을 텐데. 우리는 여기로 갔다가 또 반대로 저기로 갔다가 다시 또 이쪽으로 갔다가."

이인선은 한규동이 말한 내용을 곰곰이 돌이켜보았다.

"그러게 말이야."

그때 오 차장이 하늘 한쪽을 가리켰다.

"저기 봐, 별이 없어지고 있어."

오 차장이 가리키는 쪽을 보니 하늘에 빛나던 밝은 별이 갑자기 서서히 사라지고 있었다. 한규동이 소리쳤다.

"예언대로네요."

"우주 저편의 별부터 사라져 없어지고 있다, 온 우주가 서서히 없어지고 있다, 뭐 그런 걸까?"

오 차장의 말에 이인선은 투덜거렸다.

214

"서울 하늘에 보이는 별이 몇 개나 되겠냐? 금성이나 목성 같은 행성이나, 아니면 밤하늘에서 제일 밝은 별 한두 개겠지. 그냥 그런 별들이 멀리 있는 구름에 슬쩍 가려지면서 지금 잠깐 안 보이게 된 것 아니겠냐고."

그러자 한규동이 따져 물었다.

"그래서 사장님은 하늘이 피를 흘린다는 것은 그냥 노을일 뿐이고, 하늘에서 별빛이 사라진다는 것은 그냥 구름에 별이 가리는 것뿐이라고 하시는 거죠? 그렇지만, 하늘이 우는 소리를 낸다는 것, 그 첫 번째 것은요?"

"그것도 그냥 무슨 소음이었겠지."

"그렇지만, 거기에 대해서는 사장님도 조금 애매하잖아요. 그렇죠?"

"그렇다고 치면?"

"그러면 첫 번째는 정말 중요하고 신비한 현상일 수도 있다는 이야기잖아요. 그걸 받아들이면 사실 셋 다 중요한 예언일 가능성도 높아지는 것 아닌가요?"

"그럴 리는 없을 텐데."

이인선은 이어서 더 설명하려고 했지만, 다시 곧 다른 생각에 빠져들었다. 차 안의 사람들은 더는 말하지 않았다.

21시에서 22시까지

세 사람은 연구소라는 곳에 도착했지만, 한참 동안 도대체 어디를 어떻게 가서 무엇을 해야 할지 알 수가 없었다. 그래서 세 사람은 주변을 서성이며 제법 오랫동안 어디로 가서 무엇을 해야 할지 헤매는 데에 시간을 소모했다.

"이게 비밀 연구 기지야?"

"비밀 연구 기지는 아니지만 또 그냥 평범한 사무실은 아니잖아?"

우선 세 사람의 눈앞에 펼쳐진 풍경부터가 그들이 생각하던 모습과는 아주 달랐다.

도착한 주소의 위치에는 새로 투자받은 신기술을 연구하기 위한 첨단 연구소 같아 보이는 건물은 전혀 없었다. 무엇인가 다른 목적의 시설로 위장하기 좋은 낡은 건물이 있다거나 한 것도 아니었다.

사실 그곳에는 그 어떤 것도 없었다. 그러니까 그 장소는 아무 건물도 세워져 있지 않은 상태였다. 문을 열고 들어가 엘리베이터를 타고 가서 연구소의 책임자를 만날 생각을 하고 있었지만 문도 없고, 엘리베이터도 없고, 연구소의 책임자가 서 있을 만한 방의 바닥도 없었다. 그 자리에는 그냥 허공과 공기가 있을 뿐이었다.

"이게 뭐야? 아무것도 없잖아."

"아무것도 없다고 하기에는 뭐가 엄청 많이 와 있는데."

건물이 세워져 있는 것은 아니라고 해도 그 위치에 자리 잡고 있는 것은 많았다. 그곳에는 많은 사람과 그 사람들이 가져온 여러 가지 중장비가 있었다. 밤이었지만 주변을 환하게 밝힐 수 있는 전등 장치도 커다랗게 마련되어 있었다. 그런 장치들은 서로 굵은 전선으로 연결되어 있었는데, 발전기가 돌아가면서 낮고 큰 소리를 내며 땅을 흔들고 있었다.

그 환하게 밝힌 불빛들이 빈 공간의 중심에 모여 있는 커다란 기계들을 비추고 있었다. 친숙한 장비들은 아니었지만, 그렇다고 해서 한 번도 본 적이 없는 신비로운 외계의 로봇처럼 생긴 것도 아니었다. 기계들은 대부분 '○○ 중공업' '○○ 기계' 같은 친숙한 이름의 상표를 달고 있었고, 이 도시에서 십수 년째 시민들과 같은 도로를 돌아다니면서 같은 먼지를 마시고 다니던 장비였다. 다만 그런 기계들이 한데 모여 끊임없이 움직이며 다들 밝은 전등 불빛을 받고 있으니, 어쩐지 생소하고 이상해 보였다.

야간작업을 위해 잔뜩 밝혀놓은 전등은 그 색깔이 낮의 태양 빛과는 달라서, 무엇인가 빛을 반사해 반짝일 때마다 묘한 파란빛을 아주 잠깐씩 내뿜는 것 같기도 했다.

요란한 소음 속에서 일하는 사람들이 기계 사이를 분주히 오가는 모습도 어딘가 달라 보였다. "안전제일". 어디에서나 볼 수 있는 문구가 적힌 안전 헬멧을 쓴 사람들이 뭐라고 고함을 지르고 작업을 하고 있었는데, 안전 헬멧의 곡선이 전등을 받을 때마다 빛을 반사하는 광경도 얼핏 보면 빛을 깜빡거려서 서로 통신을 하는 장치가 움직이는 것 같을 지경이었다.

안전제일이라고? 한규동은 사람을 더 안전하게 해준다는 헬멧을 쓰고 있으면, 오늘 밤 세상이 끝날 때에 얼마나 더 안전해질 수 있다는 건가 싶었다. 정말 갑자기 거대한 별이 폭발해서 오늘 밤 지구가 사라져버린다면, 안전제일이라는 말은 얼마나 진지하게 생각해야 할까?

"무슨 공사 하는가 본데요?"

"연구소 건물 공사를 하면서 지하에 기초 공사 하는 것 아닐까?"

한규동과 오 차장이 말했다. 그러자 이인선이 다시 말했다.

"그냥 건물 기초 공사는 아닐 거야. 그러기에는 공사장 넓이에 비해서 동원된 장비가 너무 많잖아. 굉장히 큰 공사를 하는 느낌이야. 옆으로는 얼마 안 되는데 높이만 비죽하게 높은 그런 이상한 건물을 짓는다면 혹시 몰라도. 바늘처럼 높게 짓는 건물."

"사장님, 그런 것도 아세요?"

한규동의 물음에 오 차장이 대신 대답했다.

"인선 사장은 이것저것 사기 치는 일에 대해서는 다 한 가닥씩 알잖아. 건설이나 부동산 판에서도 사기 치고 편법 사용하고 그런 거는 많이 살펴본 적 있고. 그러다 보니까 공사 현장도 좀 알기는 알지. 그런 거 조사해서 뒤집고 다니는 게 일이니까."

"우리 일은 차세대 인터넷 정보 융합 미디어 플랫폼이라니까."

"뭐 그래서 그런지 어째서 그런지, 하여튼 사기에 관한 일도 많이 알고 있는 것이고."

오 차장은 그렇게 말하며 빙그레 웃었다. 어둡기 때문이었는지 이인선은 저런 표정은 사람 좋아 보인다고 생각했다.

한규동이 이인선에게 물었다.

"그러면 브레인 연구소에서 돈을 굉장히 많이 써서 여기에 아주 좁지만 높이는 굉장히 높은 그런 탑 같은 건물을 세우려고 그러는 걸까요?"

"그건 아닐 거야. 법 때문에 이 동네에는 높은 건물을 못 세운다고 했잖아. 그러니까 그런 걸 세우려는 공사를 하려는 중은 아닐 거라고."

"그러면요?"

"가까이 가서 봐야 알겠는데."

이인선은 앞장서서 공사 현장 중앙을 향해 걸어갔다. 그러자, 출입을 담당하는 사람이 셋을 막아섰다.

"어느 업체에서 오셨습니까?"

오 차장은 신문사 이름을 댔다.

"신문사요? 왜 또 오셨습니까? 저희는 작업 현장에서도 방역 관리, 아무 문제 없이 잘하고 있습니다. 괜히 신문사에서 한마디 하면, 또 시나 구에서는 그거 신경 쓴다고 사람 보내서 방역 철저 하게 하라고 한번 휘젓고 가지, 거기서 한번 휘젓고 가서 아무것 도 안 나오면 또 반대편에서는 시랑 구에서 봐준 거 아니냐고 휘 젓고 가지. 그러면 뭐라도 하나 문제가 나와야 된다고, 잘못한 게 없어도 잘못한 척을 해야 되는 그런 판이 되는 것 아닙니까?"

출입 담당자는 무엇인가 착각한 것인지 엉뚱하게 전염병 방 역에 관한 이야기를 주절주절 늘어놓기 시작했다. 이인선이 그 것을 막았다.

"그런 게 아니고요. 여기 브레인 연구소 소장님을 뵈려고 왔거 든요."

"연구소 소장님이요? 소장님은 방역 관리 책임자는 아닌데요."

"저희가 방역 때문에 온 게 아니고요, 전혀 다른 문제로 소장님 을 좀 뵙고 싶어서 왔습니다."

그러면서 이인선은 브레인 연구소 소장에게 게임 회사 대표 의 소개로 만나러 왔다고 전해준다면, 아마 알 것이라고 이야기 했다.

"잠깐만 좀 기다리십시오."

출입 담당자는 그렇게 말하더니 옆에 있는 컨테이너 속으로 들어갔다. 방음실인 것 같았다. 그곳에서 그는 어디인가에 전화를 거는 듯했다.

잠시 후 그가 바깥으로 나왔다.

"그러면 소장님 계신 곳으로 제가 안내해드리겠습니다. 일단 장비가 없는 쪽으로 가야 안전하니까 제가 가는 방향으로 잘 따라오십시오."

그는 앞장서서 길을 나섰다. 잠시 후, 그는 플라스틱으로 만든 간이 탁자 앞으로 다가갔다.

"여기서 체온 확인하시고, 마스크 착용 확인하시고요. 그리고 다 끝나면 이 옆에 카메라에 QR 코드 찍으시면 됩니다. 진짜로, 저희들 방역 관리는 다 철저하게 하고 있습니다."

출입 담당자는 아직도 방역에 대한 트집을 잡으러 온 것이 아니라는 점을 완전히 믿지 못하고 있었다. 세 사람은 시킨 대로 체온을 재고, 마스크 쓴 모습을 사진으로 남기고, 각자 전화기를 꺼내 개인 정보를 표시하는 QR 코드를 화면에 나오게 해서 카메라 앞에 들이댔다.

"QR 코드가 별 쓸모도 크게 없어 보였지만 어디 책자나 포스터 같은 데에 QR 코드 인쇄해두면 괜히 미래 기술을 쓰고 있는 것 같으니까 멋있다고 생각해서 여기저기 막 붙여두고 그랬잖아. 나는 바이러스 유행 시작되고 나서, 이거 QR 코드로 개인 정보 저장하는 거 하면서 처음으로 이게 진짜 유용하게 쓰는 용도가 있긴 있구나 싶더라고."

오 차장의 이 말을 듣고 보니 한규동은 또 아까 했던 생각이
다시 들었다.

QR 코드로 정보를 저장해두는 것은 내가 그 자리에 왔다 간
다고 표시해두는 것이다. 그러니까 혹시 나중에 그곳에서 전염
병 감염자가 나왔을 때, 그 주변에 있던 사람들이 누구인지 알아
내기 위해 그런 자료를 남긴 것이라고 할 수 있다. 그런데, 오늘
밤 세상이 전부 멸망해서 없어진다면, 여기에 누가 왔다 갔는지
나중에 확인하기 위해 자료를 남기는 일이 과연 왜 필요한 것일
까? 아니, 아예 마스크를 쓰고 체온을 재는 일을 하는 의미는 무
엇일까? 정말로 오늘 밤에 세상이 전부 멸망해서 다 없어져버린
다면.

세 사람은 다시 출입 담당자를 따라 조금 더 걸어갔다.

출입 담당자는 조심해서 걸으라고 하면서 어느 철제 계단 위로
올라오라고 했다. 철제 계단은 높은 편이었다. 사람 키보다 조금
낮은 높이로 오를 수 있었다. 그 계단에서 한 굽이를 돌아가자, 세
사람 중 누구도 예상하지 못한 풍경이 보였다.

거기에는 지하로 깊숙이 내려가는 크고 거대한 구멍이 바닥
이 잘 보이지 않을 정도로 깊이 뚫려 있었다.

"이게 뭐예요?"

한규동은 자신이 무슨 말을 하는지 의식도 하지 못하면서 물
었다.

"저희 작업 현장입니다."

출입 담당자가 그렇게 대답했다. 한규동이 알고 싶어 했던 대답은 아니었다.

세 사람은 잠깐 그 자리에 서서 그 구멍을 바라보았다. 구멍의 크기는 어지간한 방 하나 정도는 되는 넓이였다. 깊이는 언뜻 봐선 잘 알 수 없었다. 깊기는 깊었다. 깊다고 생각하자면 끝없이 깊숙이 아래 방향으로 뚫려 있는 것 같아 보일 정도였다. 그렇지만 정말로 그런지 어떤지는 확신할 수 없었다. 밤이 깊었던 데다가 전등 빛은 중장비들이 작업을 하고 있는 가장자리 주변을 비추고 있었기 때문에 구멍의 중앙은 더 알아보기가 어려웠다.

"세상을 이루고 있는 시공간 자체가 저기에서 망가져 있는 것 아닐까요?"

한규동이 말했다. 누구에게 말한다기보다는 혼자서 중얼거리는 것 같았다.

"그게 무슨 말이야?"

"바닥에 땅을 파면 흙이 있고, 돌이 있고, 그럴 거 아니에요? 그리고 사람들이 아는 대로 그렇게 계속 파 내려가다가 보면 지구의 내부에 들어 있다는 맨틀이라는 부분도 나오고 핵이라는 부분도 나오고 그렇게 되어야겠죠."

"저 구멍이 지구의 핵까지 통해 있다는 말이야?"

"그게 아니라, 땅을 자꾸 파다가 무엇인가 우리가 건드리지 말아야 할 시공간의 어느 한 부위를 건드려서 시공간이 찢어져버린 것 비슷하게 된 것 아닐까요?"

"땅속에 건드리지 말아야 할 것이 뭔가 있었다고?"

"그 비슷한 이야기예요. 원래 온 세상이 어떤 원리대로 잘 돌아갈 수 있는 배경 혹은 틀 같은 게 있었다고 해봐요. 그런데, 거기에 갑자기 저 공사장이 구멍을 뚫어버린 거라고 해보자고요. 그래서 저기로 들어가면, 그 어디로도 통하지 않으면서 이 세상 전체의 바깥으로 영원히 이어지는 거죠. 시간도 시간이 아닌 게 되어버리고."

오 차장이 말했다.

"그러니까 그렇게 시공간 자체에 구멍을 내어버리는 그런 구멍을 저기에 뚫었기 때문에, 이제 저기부터 시작해서 온 세상이 전부 다 망가지기 시작할 거라는 뭐 그런 거…… 그런 걸까?"

이인선이 끼어들었다.

"그게 무슨 소리야? 그냥 시공간, 시공간의 구멍, 뭐 그러니까 신기하고 거창하게 들리기는 하지만, 그런 게 구체적으로 뭔지도 모르고 말하는 거 아니야? 그게 정말로 뭔데? 뭐길래 또 세상이 멸망하는 건데?"

오 차장이 대답했다.

"나는 잘은 모르지만 말이야. 풍선에 바늘로 아주 작은 구멍을 뚫으면 그 작은 구멍 때문에 풍선 전체가 빵 터져버리잖아. 그 비슷한 일이 일어날 수 있는 것 아닐까? 저기에 이 사람들이 뚫어놓은 게, 바로 온 세상에 그런 구멍을 뚫은 거라고 하면, 그러면 이제 몇 시간 후면 온 세상이 갑자기 터져서 없어져버릴 수도 있는 것 아닌가?"

"풍선은 바늘로 찌르면 바로 터지잖아. 그런데 저 구멍은 찌르면 바로 터지는 게 아니라 몇 시간 정도는 시간을 준다고? 다르잖아."

"풍선은 작잖아. 지금 터지는 것은 온 우주 전체고. 그러니까 온 우주 전체라는 크기에 비하면 몇 시간 정도 시간이 걸리는 것은 풍선이 터지는 크기에 비해서 눈 깜짝할 사이에 터지는 거랑 비슷한 것 아니겠어?"

"그렇게 치면 또 너무 짧은 거 아니야? 풍선이 커봤자 1세제곱미터나 되겠냐? 그런데 태양계 크기만 해도 그 1000억 배, 100조 배도 훨씬 더 되겠지. 그러면 풍선이 터지는 데 0.0001초밖에 안 걸린다고 해도 그 1000배 시간이 걸린다면 대충 몇 달은 걸릴 거라고."

그 말을 듣고 있던 한규동이 말했다.

"그러면 예언자가 그 예언을 한 게 몇 달 전인가 보죠. 그러면 딱 들어맞잖아요."

"그런 정도를 가지고 딱 들어맞는다고 하지 말자."

이인선의 그 말을 들었는지 말았는지 오 차장은 한규동을 보며 말했다.

"그러면 예언자라는 사람은 바로 여기에 시공간의 구멍이 뚫리는 장면을 몇 달 전에 본 걸까? 그래서 따져보니까 오늘 밤에 온 우주가 바로 빵 터지게 될 거라는 사실을 짐작한 거지."

"그러면 정말 잘 들어맞네요."

이인선은 또 고개를 저었다.

"그런 정도로 잘 들어맞는다는 말을 하지 말라니까. 아까 내가 계산한 1000억 배, 100조 배라는 것은 태양계 크기만 이야기한 거잖아. 그것도 그냥 어림잡아 아무렇게나 이야기한 거고. 실제로 우주는 그것보다 훨씬 훨씬 더 큰 거라고. 은하계만 해도 태양계 같은 게 몇백억, 몇천억 개가 있는 거고, 그런 은하계가 우주에 몇십조 개가 있을지 몇백조 개가 있을지 모르는데. 그렇게 따지면 무슨 구멍 뚫려서 우주가 터진다는 걸 알게 된다고 해도 터지는 데 걸리는 시간이 몇천 년, 몇만 년, 그 이상이 되어야 한다는 계산인 건데. 그리고 애초에 그냥 그렇게 부피의 크기 비율만큼 터질 때 걸리는 시간 비율도 길어진다는 뭐 그런 규칙이 정말로 있는 것도 아니고 그냥 적당히 짐작한 거잖아."

한규동이 이인선에게 말했다.

"정확한 원리는 모르겠지만, 하여튼 그 비슷한 느낌으로 우주가 한 번에 터져서 없어져버릴 수는 있는 거잖아요. 시공간에 구멍이 뚫린다면요."

"시공간에 구멍이 뚫린다는 게 뭔데? 그냥 얼핏 들었을 때 뭔가 비유해서 그럴듯한 느낌이 드는 것뿐이지 정확하게 어떤 힘으로 무슨 현상이 일어나는 건지 설명도 못 하겠잖아. 그냥 대충 넘겨짚는 걸 가지고, 말이 들어맞는다고 말하지 말라니까."

"그렇지만, 여기에서는 분명히 무슨 다른 사람들 몰래 하는 엄청난 일이 일어나고 있는 것 같기는 해요.”

한규동은 영문 모를 깊은 구멍을 밤늦게까지 파내고 있는 그 현장을 바라보았다. 나머지 두 사람도 한규동이 보는 방향을 따라 그 모습을 쳐다보았다.

“세상이 멸망한다면 여기서 벌어지는 일하고 상관이 있다고 해도 그럴듯해 보이잖아요.”

한규동이 말을 마치자 오 차장도 ‘나도 같은 편’이라는 표정을 지으며 이인선 쪽으로 고개를 돌렸다. 이인선의 태도는 바뀌지 않았다.

“말이 되는 건 그냥 문법만 맞으면 뭐든 말이 되게 들릴 수가 있는 거지.”

“그럴까?”

“설령 만약에 그렇다고 쳐보자고. 그렇게 해서 여기서 뭘 잘못하는 바람에 사고가 나서 우주가 다 멸망해서 없어진다고 쳐보자고. 그러면 그 시간이 하필 왜 정각 밤 12시인데. 우주 폭발이 왜 그렇게 시간을 딱 맞춰서 일어나는 거냐고. 우주가 멸망하는 게 무슨 텔레비전 뉴스야? 왜 딱 12시를 맞추는 거냐고. 우주 멸망이 부슨 부라보콘이야?”

“부라보콘이요?”

한규동이 되물었다. 오 차장이 이인선에게 말했다.

“요즘 사람들은 ‘12시에 만나요 부라보콘’ 같은 거 몰라.”

정적의 시간이 몇 초간 지나갔다. 이인선이 한규동에게 다시

227

설명했다.

"밤 12시라는 게 그냥 우리나라 시간, 한국 시간으로 오늘의 맨 끝이라는 것뿐이잖아. 하필 왜 우리나라 시간으로 밤 12시에 우주가 없어져야 되는 건데? 한국 시간이 그렇게 중요해? 왜 인구가 제일 많은 중국 시간도 아니고, 세계 표준으로 삼던 영국 그리니치 천문대 시간도 아니고 한국 시간으로 우주가 없어진다는 건데? 이상하잖아."

"이 구멍이 한국에 생겼잖아요. 그래서 한국 시간으로 우주가 멸망하는 거 아닐까요?"

"그렇더라도 이상하지. 밤 12시라는 거는 그냥 사람들끼리 적당히 정해놓은 순간이잖아. 지구인들끼리 그냥 약속해놓은 어느 순간이라고. 그런데 그걸 기준으로 온 우주에 사는 모든 외계인들이 다 멸망한다고?"

"밤 12시는 가장 깊은 밤이잖아요. 태양 빛을 받는 것과 정 반대편에 있다, 그런 것과 관련이 있을 수도 있지 않을까요?"

"그것도 아니라고. 한국 시각으로 밤 12시가 정확하게 지금 이 자리에서 가장 깊은 밤이 아니지. 해가 동쪽에서 떠서 서쪽으로 지잖아. 그러니까 한국에서 맨 동쪽 끝에 있는 독도에서부터 아침이 시작되어서 차츰차츰 서쪽으로 가면서 해가 점점 뜨는 모습이 보이게 되고 서쪽의 백령도는 아침이 가장 늦게 시작되는 거라고. 한국 시각이라는 거는 그런 차이를 다 무시하고 그냥 한국 안에 있으면 똑같이 같은 시간대를 하나만 쓰자는 거잖아.

그러니까 동쪽에 있는 독도에서 가장 깊은 밤이 되었을 때 서쪽에 있는 백령도에는 아직 가장 깊은 밤이 되려면 좀 시간이 남을 거라고. 그렇지만 그래도 시계에서 보이는 시각은 똑같은 거고."

그러자 오 차장이 슬며시 끼어들었다.

"맞아. 그러고 보니까 그런 이야기 들은 적이 있어. 우리나라는 시각 기준이 너무 동쪽으로 치우쳐 있어서 사실은 일본의 서쪽 지역에서 가장 깊은 밤이 될 순간에 우리나라 서울 지역에서 시계를 보면 그때 벌써 밤 12시가 되어버린다고 하고. 그래서 북한에서는 30분 더 늦은 시각을 쓴 적도 있다고 하고. 그랬다가 다시 바꾸기도 했고."

한규동이 말했다.

"그래도 이 구멍이 뭔가 상관있을 것 같은 느낌 아닌가요? 한 번도 건드려본 적 없는 지하의 어떤 공간을 공사를 하다가 잘못 건드렸다, 그래서 우리가 상상도 하지 못했던 일이 일어나서 온 우주를 지탱하던 원리가 깨져버렸다, 그래서 우주가 멸망해버린다. 이야기가 되잖아요?"

이인선은 말없이 잠시 한규동의 얼굴을 쳐다보았다. 그는 자기가 하는 말을 제법 진지하게 생각하고 있는 것 같았다.

"그러면 한번 물어보자고."

이인선은 그렇게 말하더니, 출입 담당자에게 질문했다. 그는 몇 발자국 앞의 난간 쪽으로 올라가서는 구멍 안쪽을 내려다보며 무엇인가를 기다리고 있었다.

"여기 깊이가 어느 정도 되는⋯⋯."

이인선이 말하는 도중에 갑자기 큰 기계 소리가 나서 말소리가 잘 들리지 않게 되었다. 그때 출입 담당자가 이인선을 돌아보면서 먼저 말했다.

"지금 연락이 조금 안 되는 것 같은데, 조금만 기다리십시오."

출입 담당자는 난간 옆쪽에 달려 있는 옛날 유선 전화기처럼 생긴 장치를 들고 거기에 대고 뭐라고 말했다. 소음 때문에 정확하지는 않았지만 대략 이런 말을 하는 것 같았다.

지금 몇 분 동안은 절대 방해하면 안 돼? 부모님이 돌아가셨다고 해도 방해하지 말라고?

출입 담당자는 좀 더 대화를 나누더니 이인선에게 돌아섰다.

"제가 직접 내려가서 소장님께 말씀드리겠습니다. 여기서 조금만 더 기다리시지요."

그는 난간을 따라 구멍 둘레를 걸어 어딘가로 걸어갔다. 아마 그렇게 걸어가다 보면 소장이 있는 곳으로 갈 수 있는 모양이었다.

이인선은 한규동과 오 차장을 쳐다보았다. 그사이에 한규동은 무엇인가 생각을 더 했는지, 이인선에게 다른 측면에서 이야기를 했다.

"운명이 정해져 있고 시간의 흐름을 누가 보아두었다면, 지금 몇 시간 남지도 않았는데 우리가 여기에 온 것도 결국은 그렇게 될 수밖에 없는 일이겠죠. 그렇게 치면 이 구멍 때문에 우주가 멸망한다는 것으로 맺어질 수도 있는 거잖아요."

"그것도 좀 이상한 생각이지. 왜 하필 이 넓고 넓은 우주에서 지구에 그런 건드리면 우주가 터지는 아주 이상한 부분이 만들어져 있겠어. 그건 우주에 있는 끝도 없이 많은 행성들 중에서 지구가 가장 중요한 곳이고, 그 지구에 사는 사람이 가장 중요한 거라고 괜히 우리가 우리 중심으로 생각하기 때문에 그런 이야기가 괜히 그럴듯하게 들리는 것 아니야. 우주에 있는 모든 행성 중에 눈 감고 아무거나 딱 골라서 그 행성에 우주 전체를 파괴할 수 있는 폭탄을 심어놓는다고 하면, 하필이면 공교롭게도 그 행성이 지구일 확률이 얼마겠어?"

오 차장이 말했다.

"한없이 0으로 수렴하겠지."

그러자 이인선은 투덜거렸다.

"또 뭘 한없이 0으로 수렴해. 그냥 아주 낮다고 하면 되지. 어디 인터넷에서 쓰이는 좀 어려운 말 같은 거 익숙해졌다고 그냥 괜히 따라 하지 마."

"나는 그냥 0인 것 같아서."

"정말로 0으로 수렴하는지 수렴 안 하고 적당한 범위에서 진동하는지 정확하게 따져본 것도 아니잖아? 어차피 맞는지 아닌지도 모르는 말을 하면서 괜히 어려운 말은 왜 쓰는데."

"이 시대에 12시에 만나요 부라보콘이라는 말을 쓰는 것보다는 낫지 않나."

오 차장도 투덜거렸다. 그러는 동안 한규동은 이인선에게 자기 생각을 말하려 했다. 그 전에 잠시 생각을 정리할 시간이 필요한지 구멍 쪽을 향해 고개를 돌리고 드문드문 고민하기도 했지만 말은 꾸준히 이어졌다.

"사장님, 이 세상이 전부 다 가상 현실이라고 해보면 어떨까요?"

"그게 무슨 소리야?"

"예를 들면, 이 세상이 전부 다 3차원 컴퓨터 게임 같은 세상인 거죠. 우리는 그 게임에 나오는 등장인물이고요. 요즘에는 게임을 배경으로 하는 소설이나 영화 같은 것도 많잖아요. 정말로 그렇다고 해보자고요. 그러면 우리는 게임에 나오는 등장인물이라서 주인공을 도와서 같이 악당하고 싸우기도 하고, 아니면 반대로 주인공을 가로막는 악당 역할을 하기도 하고 그러겠죠."

오 차장도 대화에 참여했다.

"나는 내가 게임 등장인물 같다는 느낌은 안 드는데? 그리고 악당과 싸우는 것 말고 여러 가지 해야 할 다른 일이 많이 생각나고. 예를 들어서 이 모든 일이 다 끝나면, 나는 다시 게임 회사 대표님을 만나러 갈 참인데."

"당연하겠죠. 게임 중에는 주인공을 도와주거나 주인공과 싸우는 다른 등장인물이 나오잖아요? 그런데 그 인공 지능이 잘 만들어진 좋은 게임을 보면, 그 등장인물들의 대사나 행동이 꽤 진짜 같다고요. 주인공이 그 등장인물에게 게임 속에서 잘 대해주면 점점 주인공에게 호감을 갖기도 하고, 게임 속에서 어떤 종교나 사상을 믿는 신념이 강한 등장인물이라면 거기에 따라서 행동하면서 주인공을 도울 때도 있고 배신할 때도 있고. 아주 성능이 좋은 잘 만든 게임일수록 그런 식으로 등장인물들이 그럴듯하게 움직이잖아요?"

이인선은 한규동이 무슨 이야기를 하려는지 어느 정도 짐작할 수 있었다.

"그래서?"

"그래서 만약에 그렇게 게임 속에 등장하는 인물들을 진짜 사람처럼 생동감 있게 표현하려는 기술이 정말 아주 많이 뛰어난 게임이 있다면, 게임 속 등장인물이 거의 진짜 사람이나 다름없게 게임 속에서 행동하려고 하겠죠. 그렇게 진짜 사람이나 다름없는 판단을 하는 게임 속 등장인물이라면, 그 게임 속 등장인물은 너무 진짜 사람하고 비슷하다 못해 자기 생각이나 감정도 갖고 있는 것처럼 행동할 거라고요. 나아가서 자기가 실제 인물이라는 듯이, 자기 자신이 진짜 세상에서 사는 인물이라는 의식도 있는 듯이 행동할 거 아니에요? 그러면 그 등장인물의 입장에서는 그 모든 게 다 진짜로 느껴지면서 진짜 세상 속에 산다고 느끼는 듯이 행동하게 되는 거예요."

"그러니까, 우리 자신도 그런 것일지도 모른다는 이야기야? 지금 우리 자신들도 그렇게 믿고 그런 느낌을 가진 채 누군가 만들어놓은 게임 속 세상에서 살고 있는 것뿐일 수도 있다, 그런 이야기?"

"네."

"나도, 한 팀장도, 오 차장도 전부 다 게임 속 등장인물이고, 우리가 지금까지 만난 모든 사람들도 다 게임 속 등장인물이고, 우리가 돌아다니는 세상도, 우리가 보는 풍경도 다 전부 컴퓨터 게임 속에 나온 것들이라고?"

"그렇죠."

한규동은 고개도 같이 끄덕거렸다. 그러자 오 차장이 물었다.

"잠깐만. 그런데 그렇다고 생각하기에는 우리의 생각은 너무나 복잡하고 정교하잖아요. 그런 걸 컴퓨터 게임 속에서 표현할수 있을까? 그리고 이 세상의 이 많은 물체들과 온갖 일이 벌어지는 모습을 전부 다 컴퓨터 게임으로 정말 표현할 수 있을까?"

한규동은 조금 고민하는 것 같았다. 그런데 대답하기까지 시간은 별로 오래 걸리지 않았다.

"거기에는 답이 두 가지가 있어요."

"어떻게 두 가지인데?"

"일단 첫 번째 답은 이거예요. 우리가 들어 있는 이 컴퓨터 게임을 만든 사람들이 엄청난 기술력이 있는 사람들이라면 그 모든 것을 다 해낼 수도 있을 거예요. 사람이 아니라 외계인일 수도 있고. 아까 이야기했던 것처럼 시공간을 초월한 무슨 이상한 것일 수도 있고. 하여튼 그런 게 있다면 우리보다 기술이 훨씬 훨씬 더 뛰어나서 우리가 보고 겪은 온 세상을 이렇게 정밀하게 표현하는 굉장한 컴퓨터 게임 같은 것을 만들 수 있는 기술이 있을지도 몰라요."

"아무리 그래도 온 세상을 컴퓨터 게임 속에 이렇게까지나 세세하게 표현한다는 게 과연 가능할까? 절대로 불가능한 어떤 한계 같은 게 있을 것 같은데?"

"어떤 작가가 쓴 SF 단편 중에 「읽다가 그만두면 큰일 나는 글」이라는 거, 있잖아요. 거기 보면 우리 세상의 원리 중에 양자론에서 불확정성 원리가 있다는 것하고, 상대성 이론에서 우주에서 그 어떤 것도 광속보다 빠를 수 없다는 것이 그런 어떤 한계가 있는 흔적이 아니겠냐고 하는 대목이 있거든요. 왜, 우리가 하는 컴퓨터 게임에서는 아무리 정밀하게 주인공을 조작하려고 해도 동영상이 움직이는 한 프레임 단위보다도 더 정밀하게 주인공을 조작할 수는 없잖아요. 그런 식으로 게임에서 표현하는 게 한계가 있는 거랑, 우리가 사는 세상이 움직이는 한계랑 뭔가 비슷한 느낌이 아니냐는 거죠. 우리 세상이 움직일 수 있는 그 한계라는 것이 사실은 이 세상이 컴퓨터 게임이라는 증거일지도 모른다는 이야기예요. 가상 현실일 수도 있고, 시뮬레이션일 수도 있고."

"무슨 말인지 잘 모르겠는데."

오 차장이 이인선을 바라보았다. 이인선은 눈썹을 조금 움직일 뿐, 뭐라고 더 설명해주지는 않았다. 한규동은 이어서 말했다.

"두 번째 답은 훨씬 이해하기 쉬워요."

"말해보시죠."

"이 게임 속 세상이 사실은 아주 투박하다는 거죠. 그래서 하나도 정밀하게 묘사되고 있는 게 아니에요. 그렇지만 어쨌거나 우리는 그 게임 속 등장인물이기 때문에 그 정도도 아주 정밀하고 세밀하고 진짜랑 똑같다고 느끼라는 지령을 받았다는 거예요. 이 세상이 진짜이고 자연스럽고 자연 그대로라고 믿도록 애초에 만들어져 있기 때문에. 그렇게 프로그램되어 있기 때문에."

"그게 무슨 소리지. 그러니까…… 지금 그냥 이렇게 길바닥에 아무렇게나 널려 있는 흙 알갱이 같은 것도, 사실은……."

오 차장은 자기 발 옆에 있는 흙바닥을 한번 발바닥으로 툭툭 건드려 흙먼지를 좀 일으켰다. 그리고 말을 계속해서 이어나갔다.

"확대경 같은 것을 가져와서 크게 확대해서 보면 다들 저마다 모양이 있고 저마다 구조가 있을 거라고. 화학 분석을 해보면 다채롭게 성분도 나올 거고. 생물 실험을 해서 현미경으로 살펴보면 그 흙먼지 하나하나마다 세균들도 여럿 달라붙어서 저마다 자기 삶을 산다고 애쓰고 있을 거잖아. 그런데, 그런 모든 일들이 흙먼지 하나하나마다 다 벌어지고 있는 것이 이 세상인데, 그런 세상을 컴퓨터 게임으로 표현해놓았다면 그건 엄청나게 정밀하고 세밀한 것일 수밖에 없잖아. 그렇지 않아요?"

"아니에요. 사실은 전혀 그렇지 않을 수도 있어요. 그냥 세상에서 눈에 잘 뜨이는 것 말고는 그냥 아무거나 대충 묘사되는 것일 수도 있다고요. 흙먼지 하나하나에 대한 표현이 대충되어 있는데, 우리 사고방식 자체가 원래부터 지금껏 우리가 보고 느끼고 볼 수 있는 것들은 다 굉장히 자연스럽고 세밀하다고 느낄 수밖에 없도록 만들어져 있기 때문에 그냥 정밀하고 세밀하게 느끼는 것일 수도 있다니까요."

"어떻게 온 지구에 있는, 온 우주에 있는 흙먼지 전부를 다 묘사하는 게 정밀하지 않다는 거지?"

"그렇게 묘사를 아예 안 해도 된다니까요. 원래부터 애초에 정밀하지 않은 일인데 그냥 엄청 정밀하고 자연스럽게 느껴지도록 이 게임을 만든 사람이 그렇게 해놓은 것뿐이라니까요. 이런 식으로 생각하면 우리가 사는 세상이 가상 현실이라고 할 때, 그게 굉장히 정확하고 정밀한 게임일 필요도 없어요. 그냥 그게 정밀하다고 주인공들이 느끼고 있는 단순한 게임이나 시뮬레이션이라도 상관없는 거죠. 심지어 게임이 아니라 그냥 영화 같은 것일 수도 있고, 소설이나 글귀일 수도 있는 거고요."

"난 두 번째 답은 더 모르겠어."

오 차장은 그렇게 말하며 이인선을 다시 쳐다보았다. 이인선은 이번에도 그냥 눈썹을 조금 움직일 뿐이었다.

"하여튼 어느 쪽이든 우리가 있는 이 세상이 전부 다 가상 현실이나 컴퓨터 게임 같은 거라고 생각해보자고요. 그런데, 그러면 이 세상을 사실 전부 다 세세하게 만들어놓을 필요가 없잖아요."

"그건 또 무슨 말이죠?"

"그러니까 흙먼지에 붙어 있는 작은 세균 같은 게 정말로 그러고 있다고 항상 컴퓨터가 계산하고 움직이고 있을 필요는 없다고 요. 이게 게임이라면 그 흙먼지를 누가 현미경으로 들여다보려고 할 때만 세균에 대해서는 뭔가 보여주면 되는 거죠."

"그렇긴 하네."

"세균 입장에서는 너무 무시당하는 느낌일 것 같은데."

이인선이 한마디 덧붙였다. 한규동은 아랑곳하지 않고 말을 이어갔다.

"왜, 컴퓨터 게임에서는 괴물들 붙잡으러 가기 전에 무기 파는 상점에 들러서 무기 같은 거 사서 가는 게 많잖아요? 그런데 그 무기 상점에 들어가기 전에 무기 상점 주인이 일상생활에서 어떻게 사는지, 평소 어떤 대인 관계를 맺고 살아가는지 그런 것까지는 세세하게 컴퓨터 한편에 묘사되어 있지 않는 경우가 많아요. 밤이 되어서 무기 상점이 문을 닫았다고 하면, 그날 밤에 무기 상점 주인은 뭐 하면서 쉬는지, 잠잘 때 어떻게 뒤척이는지, 그런 걸 묘사하지는 않죠. 그냥 밤에는 무기 상점에 들어갈 수가 없고, 보이지도 않고 알 수도 없지만 그 안에서 무기 상점 주인이 잘 쉬고 있겠지, 그렇게 처리되고 마는 거죠. 그것 비슷하게 우리가 사는 세상도 사실은 모든 게 다 정말로 그 위치에서 세세하게 움직이고 있지는 않을 수도 있다는 거죠."

"그러면 〈트루먼 쇼〉 같은 영화에 나오는 것처럼, 사실은 우리가 아주 좁은 공간 속에 갇혀 있는 건데 그게 전체 바깥세상과 연결되어 있는 거라고 생각하고 있다, 뭐 그런 말을 하는 거야?"

이인선이 물었다. 한규동은 빠르게 고개를 끄덕거렸다.

"바로 그런 거죠. 예를 들어서 우리는 지금 우주에 수없이 많은 별이 먼 곳에 펼쳐져 있고, 저 멀리 날아가면 다른 은하계도 몇조 개가 있고, 몇십조 개, 몇백조 개가 있다고 하지만, 사실 그런 것은 하나도 없을 수도 있다는 거예요. 그냥 지구만 하나 만들어놓은 것이고, 지구 사람들에게 그런 풍경이 보이도록 적당히 별빛 모양의 여러 가지 불빛만 비춰주고 있는 거죠. 어차피 그렇게 멀리까지 사람이 가서 알아볼 수도 없으니까."

"그렇지만 컴퓨터가 달린 자동 우주선을 멀리 목성이나 토성 같은 행성까지도 보내고 그랬다고 알고 있는데."

오 차장이 물었다. 한규동이 바로 대답했다.

"만약에 그런 일이 생길 것 같으면, 바로 그 전에만 목성이나 토성은 어떻게 보여야 하는지 만들어서 보여주면 되는 거라고요. 그래도 전혀 알 방법이 없잖아요."

"그 이야기야말로 너무 지구 중심적이고 사람 중심적인 이야기 같은데. 심지어 세상에 실제로 있다고 확실히 아는 것은 나 자신밖에 없다는 생각, 그러니까 유아론 같은 것하고도 엄청 가까운 것 같고."

한규동은 그 말에 대답하지 않고 자기가 하려던 이야기를 이어나갔다.

"우주에 암흑 물질이 있고, 암흑 에너지가 있고, 이런 이야기 들어보셨죠? 그게 뭔가 굉장히 알아내기 어렵지만 엄청나게 많은 양의 무엇인기가 우주에 더 있다는 이야기잖아요?"

"그런 비슷한 거지."

"그러면 그런 게 있다는 게, 사실은 우리가 컴퓨터 게임 속에 들어 있는데 컴퓨터 게임 속에서 우리가 만들어져 있지도 않은 너무도 머나먼 우주 저편에 대해서 관찰하고 살펴보려고 하니까, 컴퓨터 게임 프로그램에서 적당히 대충 '그냥 우주 멀리에는 이런 것도 있고 저런 것도 있다고 하자'라면서 만들어서 보여주려고 하다가 뭔가 적당히 넘어간 흔적 같지 않아요? 정확하게 잘 안 따져놓고 대충 우주를 꾸며서 뭔가 아귀가 잘 안 맞게 된 흔적이 암흑 물질이나 암흑 에너지 같은 것일 수도 있지 않느냐, 그런 거죠."

"암흑 에너지가 그런 건가?"

"암흑 에너지가 아니라면, 이런 건 어때요?"

"어떤 거?"

한규동은 잠깐 고민하더니 빠른 말투로 고민한 결과를 설명했다.

"사람이 잠을 왜 꼭 자야만 하는 것인지 아직까지도 정확히 모른다고 하잖아요? 그게 사실은 컴퓨터 게임에서 수많은 등장인물들을 한꺼번에 등장시켜서 움직이려면 힘들기 때문이라고 하면 어때요? 옛날 컴퓨터 게임에서는 한꺼번에 여러 등장인물이 등장하면 컴퓨터가 너무 느려지는 그런 문제가 있었잖아요? 그런 문제 때문에 이 세상을 돌리고 있는 컴퓨터도 한꺼번에 너무 많은 사람의 생각을 인공 지능으로 계산하기가 힘들어서 사람들이 가끔씩 아무 생각도 안 하고 잠을 자도록 하는 거죠. 사람이 하루의 절반쯤 잠을 잔다고 하면, 두 배의 등장인물을 등장시킬 수 있으니까요."

"그, 잘은 모르겠는데 1980년대에 나왔던 MSX 방식 컴퓨터에서는 한꺼번에 서른세 개 이상의 등장인물을 표현하는 것이 거의 불가능하다, 뭐 그런 이야기도 있었던 것 같아."

오 차장이 중얼거렸다. 그러자 이인선이 물었다.

"한 팀장은 점점 오늘 만난 다른 사람들하고 비슷한 이야기를 하는 것 같다. 진지하게 하는 말이야?"

한규동이 대답했다.

"아니요. 잠자는 이야기까지 진지하게 생각하는 건 아닌데, 제 말은 이 세상이 누가 만들어놓은 게임이나 영화 같은 거라면 우리가 생각하고 있는 것과는 다르게 어떤 이상한 한계가 있을 수 있다는 이야기를 하는 거예요."

"컴퓨터 게임을 하다 보면 넓은 산과 들이 끝없이 펼쳐져 있는 것 같지만 계속 가다 보면 보이지 않는 벽 같은 데에 부딪혀서 더 이상 나아갈 수 없는 한계까지 도달하는 경우가 왕왕 있으니까, 그런 걸 말하는 거 같은데."

오 차장이 말했다. 한규동이 또 빠르게 고개를 끄덕거렸다.

"오 차장님 말씀이 맞아요. 바로 그 비슷한 거예요. 바로 그런 거. 그런 게 이쪽 지역 땅속 깊은 곳에 있었다고 해보자고요. 보통 사람들이 땅속으로 막 갑자기 들어가고 그러지는 않으니까, 이 세상을 돌리고 있는 컴퓨터 게임이 이 땅속을 세밀하게 표현 하고 있지는 않을 거라고요. 게임에서 아주 먼 땅끝 너머 지역이 표현되어 있지 않은 것처럼. 그런데, 갑자기 브레인 연구소라는 이 회사가 엄청난 속도로 땅을 파는 바람에 그 표현되어 있지 않은 지점, 게임에서 정해놓은 영역 바깥의 땅속에 들어가버린 거 라고 해보자고요.”

“컴퓨터 게임을 하다가 너무 빨리 움직여서 화면 바깥으로 튀 어 나가버리는 그런 일이 벌어졌다는 건가?”

“그렇죠. 어떤 컴퓨터 게임에서 산봉우리 너머 세계는 표현을 해놓지 않았기 때문에 산봉우리 위로는 못 올라가게 막아놓았 는데, 우연히 무슨 실수 같은 일 때문에 그 위로 가버리게 된 거 예요. 보통 게임에서 그런 일이 벌어지면 어떻게 되죠?”

한규동은 오 차장과 이인선을 쳐다보았다. 오 차장이 천천히 대답했다.

“그러면, 게임이 오류를 일으키지. 정지하기도 하고, 그냥 꺼 져버리기도 하고.”

“바로 그런 거예요. 온 세상이 사실은 컴퓨터 게임인데, 게임 화면 밖으로 튀어 나가버리는 것 같은 상황이 지금 이 구멍을 파 는 공사 현장에서 벌어졌다고 해보자고요. 그러면 세상이 그냥 꺼져버릴 수도 있는 거겠죠. 이 모든 게 그냥 다 끝나버리는 거 예요.”

갑자기 커다란 기계 소음이 터져 나오듯이 들려왔다. 한규동의 말에 박수라도 치는 것 같았다. 그 소리는 한참 구멍 속을 감도는 것처럼 주위에 울려 퍼졌다. 세 사람은 대화를 하지 않고 그 소음이 잦아들 때까지 잠시 그 자리에 서 있었다.

소리가 잦아들자 오 차장이 한규동에게 물었다.

"그런데 한 팀장님, 다 그럴듯한 이야기 같은데 제일 처음 시작하는 부분, 그러니까 세상이 그냥 다 가상 현실일 수도 있다는 이야기, 세상이 전부 다 컴퓨터 게임일 수도 있다는 이야기, 그 제일 출발 부분이 너무 증거가 없는 이야기 아니에요?"

"그런데 세상이 이렇게 어떤 규칙에 의해서 일정하게 움직이고 있다는 자체가 너무 게임 같지 않아요? 힘을 주면 힘을 준 만큼 가속도가 생기고, 중력은 거리가 멀수록 줄어들고, 전기의 세기도 거리가 멀수록 줄어들고, 그런 일정한 규칙이 있고 그게 정확하게 비율을 지키면서 세상 모든 것을 움직이고 있다는 그 모든 게, 너무 딱 짜놓은 것 같잖아요. 세상의 모든 현상이 어떤 특정한 규칙과 계산식에 따라서 계산이 될 수가 있다는 게, 너무 뭔가 누가 짜놓은 것 같잖아요."

"그게 그렇게 되나? 그냥 머리 좋은 사람들이 세상을 보는 방식이 수학을 이용해서 따져보면 명쾌해 보이는 것 같으니까 그런 식으로 계산이 잘 되는 것처럼 보일 뿐인 것 아닐까?"

그러자 이인선이 한규동이 대답하기 전에 먼저 말했다.

"사람들이 사용하는 계산 방식은 사람들이 만든 것일 뿐이지만, 하여튼 세상의 물체들과 그 물체를 움직이는 힘들이 어떤 규칙에 따라서 계속 움직이고 있는 것 같기는 하잖아. 그러면 도대체 누가 왜 그런 규칙을 그렇게 만들어놓고 계속 유지하고 있느냐, 하는 것까지는 생각해볼 수 있겠지. 그렇게 치면, 이 세상 전체가 규칙이 만들어져 있고 규칙대로 무엇인가가 움직이고 있고, 그걸 관찰할 수 있는 아주 커다란 장치라고는 할 수 있을 테니까."

"컴퓨터 게임이고 시뮬레이션이죠."

한규동이 끼어들어 말했다. 이인선이 말했다.

"그렇지만 그게 곧 컴퓨터를 이용해서 사람들이 만드는 프로그램 같은 것으로 움직이고 있는 컴퓨터 게임이랑 이 세상이 똑같다는 이야기가 되는 것은 전혀 아니잖아."

"그렇기는 하죠. 이 우주 전체를 돌리는 컴퓨터 게임을 만든 그 우주 바깥의 외계인들은 우리하고는 전혀 다른 세상에서 살고 있을 것이고, 심지어 사람이 보기에는 전혀 사람 같아 보이지 않을 수도 있겠죠. 생각하는 방식도 완전히 우리와는 다르겠죠. 우리 입장에서 보면 무슨 선악이나 취향조차 없을 수도 있을 거예요. 우리가 보기에는 아예 생각이라는 걸 안 하는 것처럼 보일지도 모르고. 그렇다면 이 세상이라는 게임을 만든 그 외계인들은 사람처럼 의식을 갖고 있는 것이 아니라 그냥 또 다른 자연 현상 같은 느낌처럼 보이는 그런 것일 수도 있겠죠. 우리가 경험하는 것과는 전혀 다른 세상 밖의 세상에서."

"그러면 그 세상 밖의 세상은 또 누가 왜 만들었지? 그것도 컴퓨터 게임인가?"

오 차장이 물었다. 그러더니 그 말에 스스로 대답하기 시작했다.

"그것도 컴퓨터 게임이라고 치면, 그 컴퓨터 게임을 만든 사람들이 있을 것이고, 그 사람들도 사실 다른 컴퓨터 게임 속의 등장인물들일 뿐이라고 하면 그 컴퓨터 게임을 만든 사람들도 있을 것이고. 그러면 그 컴퓨터 게임을 만든 사람들도 또 다른 컴퓨터 게임 속의 등장인물들일 수도 있고. 그런 식으로 가다 보면, 언제인가는 아무 규칙도 없고 전혀 컴퓨터 게임 같지 않은 그런 세상이 하나는 있어야 하는 것 아니야. 아무 규칙도 원리도 없이 그냥 뭐든 아무렇게나 벌어지는 세상, 전혀 게임이나 시뮬레이션이라고 할 수 없는 세상."

그러자 이인선이 말했다.

"그런 건 지금 우리가 사는 세상이 끝난다는 이야기를 조사하고 있는 우리가 당장 알 바는 아닌 것 같고. 하여튼 이게 게임이라고 치면, 게임치고는 너무 재미없는 게임 아니야? 이런 걸 누가 왜 하고 있는데?"

한규동은 그 질문을 기다렸던 것 같았다. 바로 대답이 나왔다.

"우리는 그냥 주변 인물일 뿐이라서 재미없는 것 아닐까요? 우리 같은 사람들이 세상에 잔뜩 있어야지 이 세상의 주인공이 되어서 재미있게 살 수 있는 무슨 정치인이나 장군이나 재벌이나, 왕자, 공주 같은 사람들이 있는 거겠죠. 왜, 컴퓨터 게임에 보면 마을에서 그냥 길 걸어 다니는 주민이면서 말 걸면 '요즘 숲 속에 산

적들이 너무 많아저서 긱정입니다' 뭐 그런 정보 한마디를 주인
공에게 전해주는 역할이 전부인 등장인물들이 있잖아요. 우리들
은 그냥 그 정도 인물인 거죠."

오 차장이 그 말을 들으며 곰곰이 생각하더니 이렇게 말했다.

"그러면, 이 세상에서 가장 재미있게 살고 있는 사람을 찾으면
바로 그 사람이 이 세상 전체라는 컴퓨터 게임의 주인공이라는
뜻이야? 재미있게 긍정적으로 살아야 삶의 주인공이 될 수 있다
는 말이 그런 뜻인가."

한규동은 오 차장의 마지막 말은 전혀 듣지 않고 있었다. 그렇
지만 그 앞의 말을 들으면서 얼굴이 밝아졌다.

"잠깐만요. 그러면, 바로 그 사람은 주인공이니까 이 세상 바
깥에서 이 세상이라는 게임을 즐기고 있는 사람이 직접 조종하
는 사람이겠죠. 그러면 바로 그 주인공이 이 게임 전체의 정체와
설계와 목적을 아는 외계인과 연결되어 있고 그 외계인의 뜻대
로 조종되면서 움직이고 있는 사람일 거라고요."

"그렇네. 그러니까 이 세상에서 가장 재미있게 살고 있는 사
람이 사실은 이 세상 전체라는 게임의 주인이라는 거네. 이 세상
전체를 처음 시작시킨 사람이라는 뜻도 되고."

"그렇지만 한편으로는 그 사람은 그 삶의 모든 것이 다 세상
바깥에서 조종하는 대로 움직인 것뿐이니까 한평생을 꼭두각시
로 살아온 것뿐이기도 하고요."

"그래도 바로 그 사람이 이 세상 바깥에서 이 세상 전체를 지

켜보고, 움직이고 있는 거라고. 그러니까 그 사람이 예언자겠지.”

“세상에서 제일 재미있게 살고 있는 사람을 찾아내면, 바로 그 사람이 이 세상의 모든 운명을 알고 있는 예언자!”

오 차장은 그렇게 감탄했다. 이인선은 살짝 한숨을 쉬었다.

“조종하는 외계인이 꼭 한 사람을 조종하고 있을 이유는 없겠지. 이 사람도 조금 조종하면서 놀다가 또 다른 사람도 조금 조종하면서 놀다가 그럴 수도 있는 것 아니겠어. 꼭 사람을 조종하라는 법도 없잖아. 고래나 코끼리 같은 동물을 조종하며 놀 수도 있는 것이고. 아무도 조종하지 않고 그냥 주변 조건만 조종하면서 노는 사람일 수도 있다고. 1990년대 후반에 나온 〈던전 키퍼〉라는 게임 기억나잖아?”

한규동은 대답 대신에 이렇게 말했다.

“12시에 만나요 부라보콘.”

이인선은 말을 이어나갔다.

“〈던전 키퍼〉를 보면 게임하는 사람은 보물이 숨겨져 있는 동굴을 운영하면서 그 동굴에 들어오는 모험가들이 살아 나가지 못하게 동굴을 위험하게 꾸며야 한다고. 그게 게임 내용이고 목적이란 말이야. 그러니까, 한 팀장 말대로 온 세상이 전부 다 게임이라면 이 게임을 하는 세상 바깥의 그 외계인 같은 게 세상을 함정이 가득한 곳으로 꾸며놓고 이 세상 사람들 전부가 거기서 어떻게 아등바등 버티고 있는지 구경하고 있는 것 아니냐고.”

한규동은 뭐라고 대답을 하려고 했지만 할 말을 찾지 못해서 잠시 머뭇거렸다. 그러는 사이에 이인선이 다시 이야기했다.

"게다가 이 세상 바깥에서 온 세상 전체를 지켜보고 있는 시간과 공간 바깥에 있다는 그 외계인이 도대체 무엇을 재미있어하고 무엇에 관심이 있어 하는지 우리가 어떻게 상상이라도 하겠어? 우리가 재미있게 산다고 생각하는 사람이 그 우주를 조종하고 있는 외계인 생각에도 관심이 가는 사람일까?"

그러자 오 차장이 말했다.

"그러면 세상을 가장 선량하게 살고 있는 사람이라든가, 아니면 가장 지식이 깊고 생각이 깊은 사람이 이 세상의 주인공이 되는 걸까?"

"아, 그러면, 그러면……."

한규동은 갑자기 떠오르는 것이 있는지 다급하게 말했다.

"옛날부터 내려오는 전설이나 신화 같은 것 보면 무슨 깨우침을 얻은 사람이 '인생을 착하게 살아라' '일찍 자고 일찍 일어나라' '마을 앞에 세워져 있는 당산나무는 절대 건드리지 마라' '그렇게 살아야 너도 깨우침을 얻을 수 있다' 그런 가르침을 주었다는 뭐 그런 이야기들 있잖아요. 그것도 바로 그게 바깥세상에서 이 세상을 조종하고 있는 사람이 재미있다고 생각하는 취향이기 때문에 그런 것 아닐까요? 그런 가르침을 따르면서 살면, 바로 이 세상을 조종하고 있는 외계인이 그런 사람은 재미있다고 생각해서 그 사람을 게임 주인공으로 삼아서 조종하려고 하는 거죠. 그러면 이 세상을 조종하고 있는 외계인과 직통하게 되는 것이고. 그게 깨달음이고 이 세상의 주인이 되는 거고."

한규동의 말에 이인선이 바로 대답했다.

"무슨 깨우침을 얻은 결과가 조종당하는 삶이 되는 건데?"

"그래도 온 우주를 만들고 조종하고 있는 그 사람과 직통해서 조종받는 거잖아요."

"그러면 뭐가 달라지나?"

"하여튼 우리도 착하게 살고 예로부터 내려오는 가르침 같은 것을 잘 따르면 주인공이 될 수 있다는 이야기잖아요."

"그것도 장담 못 하지. 이 모든 게 무슨 교훈적인 옛날이야기 같은 거라면 그런 식으로 결론을 낼 수도 있겠지만, 우리 사는 세상이 꼭 그런 모습인 것만도 아니잖아. 당장 오늘 하루만 봐도 우리가 여기저기 다니면서 이 사람 저 사람 만난 것 속에서 무슨 선하다는 것의 본질을 깨닫는다거나, 심오한 지식의 근본을 깨우친다거나 그런 데 대한 일이라는 느낌은 별로 없잖아."

그러자 한규동이 말했다.

"하여튼 누구인지는 모르지만, 이 세상이 컴퓨터 게임이나 가상 현실 같은 것이라면 그 주인공이 바로 그 예언자일 거라고요. 그리고 세상이 컴퓨터 게임 같은 거라면 그 게임을 그냥 끝내거나 지워버리면 한순간에 다 끝내버릴 수 있는 거예요. 그러면 정말 딱 정해진 시간에 모든 게 다 바로 끝날 수 있죠. 그래서 예언자가 그렇게 말한 거라고 해보면 그렇게 될 수 있잖아요. 그러면 한순간에 다 끝날 수가 있어요. 오늘 이 게임 속의 시간으로 밤

12시가 되면 이 세상이 전부 다 끝나버린다고요. 바로 그 순간에 가상 현실, 이 세상이라는 게임을 끝낼 생각인 거죠."

이인선은 한규동을 잠시 바라보았다. 한규동은 진지한 표정이었다. 문득 오 차장이 제법 진지한 목소리로 이렇게 말했다.

"음…… 부모님이랑 그 시간까지만 게임을 하기로 한 건가."

얼마 후 난간 너머 계단 반대편에서 한 사람이 걸어왔다.

걸어오는 방향으로 보아, 끝이 없어 보이던 그 구멍 속 맨 아래에서 이곳으로 올라온 것 같았다.

발소리가 들릴 때 고개를 돌려보았지만 그 뒤편에서 온갖 기계들의 불빛이 한꺼번에 쏟아지고 있어서 얼굴은 잘 보이지 않았다. 오 차장은 그의 얼굴이 무섭게 화난 표정일 거라고 생각했고, 한규동은 절망한 슬픈 표정일 거라고 생각했다. 이인선은 왜인지 짜증에 찬 지친 얼굴을 한 사람이 걸어오고 있다고 생각했다.

"대표님께서 소개해주셔서 오셨다고요?"

목소리가 들릴 정도로 가까이에 다가와서야 얼굴이 드러났다.

얼굴 표정은 세 사람 중 어느 누가 기대했던 것보다도 훨씬 더 온화하고 따뜻해 보였다. 그 사람은 자신이 브레인 연구소의 소장이라고 소개했다. 오늘 본 누구보다 날카로운 정장 차림을 하고 있었다. 어떻게 이런 공사판에서 그것도 가장 깊은 밑바닥에서 일하다 온 사람인데 저렇게 옷이 흐트러짐이 없을까 싶었다. 그러고 보니 온화한 얼굴도 흐트러짐이라고는 조금도 없었다.

자신감이 가득하면서도 전혀 들뜬 느낌 없이 대단히 침착한 인상이었다.

이인선은 소장을 보면서 증권 회사 광고나 보험 회사 광고에서 보면 너무나 어울릴 것 같다는 생각을 했다.

"밤늦게까지 바쁘게 일하고 계신데 괜히 저희가 실례한 것 아닌가 모르겠습니다."

"아니에요. 방금 제일 급한 일은 마쳤어요. 한숨 돌리고 이제 저도 퇴근할 참이거든요."

"그러면 저희 때문에 퇴근이 더 늦어지게 되겠네요. 죄송하게 되었습니다."

오 차장이 기자다운 말투로 그렇게 대화를 거들었다. 소장은 밝은 미소로 답해주었다.

"대표님 소개로 오셨다면, 아마 어쩔 수 없는 사정이 있으셨겠죠."

"알고 계신 건가요?"

이인선이 소장에게 물었다. 소장은 대답하지 않고 아까와 같은 미소를 한 번 더 지을 뿐이었다. 이인선이 다시 말했다.

"아마 어느 정도는 알고 계신 것 같네요. 저희는 오늘 밤 12시가 되면 이 세상이 모두 끝난다는 이야기에 대해 알아보고 있습니다. 대표님께서는 그 이야기를 굉장히 진지하게 생각하고 계시고요. 그래서 저희도 일단은 오늘 밤 전에 최대한 조사할 수 있는 데까지는 조사해보려고 생각하고 있어요. 그래서 밤늦은

251

시간인데도 죄송스럽게 이렇게 찾아오게 되었습니다."

"네, 이해합니다. 앉아서 이야기하시죠?"

소장은 세 사람을 공사 현장에 밀착해 있는 사무실로 안내했다. 그 걷는 걸음조차도 한 걸음 한 걸음이 착착 무엇에 맞아떨어지는 느낌이었다.

사무실이 있는 곳은 바닥에 뚫어놓은 커다란 구멍의 바로 바깥쪽이었다. 마치 벼랑 끝에 아슬아슬하게 서 있는 모양으로 작은 사무실 건물이 구멍 곁에 서 있었다. 어두워서 정확하게 알 수는 없었지만 조립식 건물 같은 형태로 간단하게 만들어놓은 듯했다.

사무실로 걸어가면서 자세히 보니, 바닥에 뚫어놓은 구멍이 생각만큼 그렇게 끝도 없이 깊어 보이지는 않았다. 한규동이 소장에게 물었다.

"이 구멍은 깊이가 얼마 정도 되는 건지 혹시 아십니까?"

"깊기는 깊죠?"

소장은 역시 웃으면서 반문했다. 그 말을 듣더니 오 차장은 약간 겁이 난 것 같았다.

"혹시 바닥에는 뭐가 있나요? 이 구멍 바닥에 도착한 사람이 있기는 있나요?"

그렇게 말하고 오 차장은 어둠 속에서 한규동의 얼굴을 넘겨다보았다. 한규동의 눈이 보였다. 두 사람은 같은 생각을 하고 있다는 사실을 느낄 수 있었다.

혹시 이 밑바닥은 시공간이 잘못 엉켜 있는 지점과 통해 있어서 끝없이 영원히 뚫려 있는 공간으로 연결되어버리고, 그것이 이 세상을 움직이는 원리에 오류를 일으켜서 전 세계가 모두 깨져버리는 상상. 그런 상상이 두 사람의 두뇌를 하나로 연결된 끈처럼 휘감고 있었다.

곧 이어진 소장의 대답은 두 사람의 생각과는 거리가 있었다.

"42미터, 43미터, 그 정도 될 거예요."

오 차장이 물었다.

"그러면 바닥에는 뭐가 있는데요?"

"온천이라도 터지면 좋겠는데, 그렇지는 않고요."

또 미소를 지었다.

"땅을 팠으니 흙이 있어요. 돈을 많이 벌 운명은 아닌가 봐요. 그냥 질척질척한 흙구덩이가 있어요. 이제 그 위에 간단하게 천막 같은 것을 하나 쳐놓았고요. 뭐 다른 게 나와야 되는 건가요?"

"아닙니다. 뭐 그렇지는 않습니다만."

오 차장은 실망 비슷한 감정을 느꼈다. 한규동은 이제 더 알수 없게 되었다는 궁금증에 빠져들었다. 이인선은 계속 골똘히 생각하는 모습이었다.

그러는 사이에 세 사람은 사무실 안으로 들어왔다.

겉에서 보기에는 사무실도 공사장의 현장 사무실과 비슷한 모양일 성싶었다. 그러나 막상 안으로 들어가보니 짐작했던 모습과는 전혀 달랐다. 사무실 안에는 칸을 질러놓은 선반들이 촘촘히 마련되어 있었고 그 선반 위에는 여러 가지 전자 장비들이 깔끔하게 자리 잡고 있었다. 그 전자 장비들 중 절반 정도는 서로 복잡하게 전선으로 연결되어 있었다. 사무실 한편에는 비슷한 장비들이 연결되어 쌓여 있었고, 거기에는 안마 의자 같은 것이 붙어 있었다.

방문객용 의자는 한쪽 구석에 몰려 있었다. 네 사람은 서로 어깨가 닿을 정도로 가까이에 앉아야 했다.

"정말 뇌에 대해 온갖 것을 다 연구할 수 있는 장치들이 있는 느낌이네요."

"지금 하고 계신 공사도 이런 장비를 사용하는 연구 때문에 진행하시는 것인가요?"

이인선이 물었다. 소장이 대답했다.

"정확하게 알아보셨습니다. 저희가 정밀 연구를 수행하려고 하다 보니까 아무래도 지하 연구실을 하나 갖고 있어야 할 것 같아서 이렇게 지하 깊은 곳에 새 실험실을 하나 만들려고 하고 있어요. 그런데 이런 공사라는 것이 직접 옆에서 다그치지를 않으면 기한이 계속 늘어지기만 하더라고요. 그래서 제가 이렇게 옆에 붙어서 하루라도 더 빨리 공사를 끝내려고 하고 있어요. 이제 필요한 깊이까지 다 파기는 했으니까 한 고비는 넘은 거죠."

한규동이 질문했다.

"연구하시는 분야가 사람의 뇌, 아니었나요?"

"맞아요. 그래서 BRA人 연구소라고 하죠."

소장이 대답했을 때, 말은 안 했지만 이인선, 한규동, 오 차장 세 사람은 동시에 같은 이유로 감탄했다. 그저 '브레인 연구소'라고 내뱉기만 했던 이 연구소의 이름을 소장은 상당히 특이하게 발음하고 있었다. 그 발음대로라면 과연 'BRA人 연구소'라고 써 놓은 말에 어울릴 것 같은 소리였다. 'BRA人 연구소'라는 말을 저렇게 입으로도 잘 구분되게 발음하는 수가 있구나 싶었다.

한규동이 다시 질문했다.

"그래서 더 모르겠습니다. 이렇게 지하로 깊숙이 구멍을 만드는 일이 뇌 연구와 어떻게 연결되는지를 모르겠습니다."

"지하에 깊숙하게 들어가면 아무래도 바깥에서 나오는 여러 가지 다른 빛이나 전파나 잡다한 신호들이 땅에 다 막히게 되지요. 그래서 외부의 온갖 다른 영향을 받지 않는 정밀한 실험을 할 수가 있어요."

그 말을 듣고 이인선이 말했다.

"암흑 물질에 관련된 실험을 하는 사람들이 깊은 땅속에 실험 장치를 만든다는 이야기를 들어본 적이 있는데요, 그 비슷한 건가요?"

"맞아요. 우주에 있는 이상한 물질들 중에 암흑 물질이라는 것은 정체를 모르는 잘 관찰이 안 되는 물질이라고 하잖아요? 그래서 아주아주 섬세한 감지 장치로 감지를 해도 잡힐까 말까 한다고 하죠."

255

암흑 물질이라는 말이 나오자, 한규동과 오 차장은 놀라서 서로 쳐다보았다. 둘은 "아까 우리도 암흑, 그런 거 이야기했잖아요"라면서 빠르게 속삭였다. 그러나 잠깐 생각해보니 두 사람이 이야기한 것과 아직까지 무슨 관계가 있는 내용 같지는 않았다.

"보통 그냥 땅 위에 기계를 놔두면 태양에서 오는 온갖 빛에, 전파에, 별이 내뿜는 온갖 빛, 방사선, 우주에서 날아오는 갖가지 방사선, 우주 입자 같은 것들이 계속 쏟아질 거거든요. 우리는 잘 모르지만, 지금도 우주에서 별의별 그런 이상한 광선 같은 것들이 약하지만 계속 우리한테 쏟아지고 있다고 해요. 그런데 아주 정밀한 실험 장치로 측정을 하면 그렇게 하늘에서 날아오는 온갖 것들이 방해를 일으키죠. 그래서 감지 실험 장치를 그런 것들이 못 들어오는 깊은 구덩이에 넣어두고 실험을 하는 거예요."

소장의 말투는 점차 강의를 하는 것처럼 변해갔다. 마치 원고를 읽는 것처럼 조금도 막힘이 없었다. 온갖 대하기 어려운 사람들 앞에서 이전에 같은 이야기를 몇 번이고 설명해본 적이 있었던 것 아닌가 싶었다.

오 차장이 소장에게 질문했다.

"그런데 소장님, 뇌에 대해 실험을 하는 것 중에도 그런 우주의 영향을 따져야 하는 실험이 있는 겁니까? 그런 줄은 몰랐는데요."

"저도 몰랐어요."

소장은 또 얼굴에 아까와 같은 미소를 지었다. 오 차장은 이해

256

할 수 없었다.

"네?"

"저희도 대표님이 저희 회사에 오셔서 시제품을 시험해보시고 가실 때까지는 그런 쪽으로 실험을 해야 하는지는 알 수가 없었어요. 그 전까지만 해도 저희가 일상적으로 개발하던 장비들하고, 그중에서 조금 새롭게 응용 분야를 탐색하던 장비들, 뭐 그런 것을 대표님께 시연하는 정도로 준비하고 있었거든요. 그런데, 그날."

소장은 세 사람을 차례로 바라보았다.

"대표님께서 갑자기 굉장히 엄청난 것을 알게 되었다고 하시더라고요."

한규동이 물었다.

"우주 전체가 한꺼번에 온몸으로 다 느껴지는 느낌?"

"네, 바로 그 비슷한 이야기였습니다. 얼마 전에 있었던 일이죠. 그때 대표님은 굉장히 충격을 받기도 하셨던 것 같아요. 아마 사람으로서 그런 엄청난 경험을 견디기 어려우셨던 것 아닌가 싶기도 하고요. 그래서 그때 겪었던 느낌을 저에게도 상세하게 말씀해주셨어요."

"어떤 이야기를 더 해주셨습니까?"

이인선이 물었다. 소장은 장비들 쪽으로 눈길을 옮겼다. 이인선은 그런 모습이 분명 소장이 눈을 피하는 것이라고 생각했다. 그렇지만 소장은 전혀 그런 기색을 내비치지도 않았고, 자신감과 침착함으로 몇 겹을 친 것 같은 그 태도노 전혀 흔들리지 않아 보였다.

"너무 기술적인 이야기라서 좀 그렇기는 한데, 그날 대표님하고 이런저런 이야기를 해보고 나서, 조금 더 조사를 해보고 나서, 저희는 뭔가 좀 다른 방향으로 연구를 해볼 수 있는 계기가 거기에 있다는 결론을 내게 되었거든요. 결국 그쪽으로 연구를 더 진행하기로 했고 대표님도 거기에 아주 흔쾌히 동의해주셔서 필요한 돈도 한결 더 많이 투자받아서 색다른 방향으로 과감하게 연구를 밀고 나가게 된 거죠."

이번에는 한규동이 물었다.

"색다른 방향이라는 것은 뇌가 우주 전체를 느끼는 뭐 그런 것에 대한 연구를 말하는 건가요?"

"그렇게까지 말할 수 있는 단계는 아니에요. 그냥 지금까지 전혀 측정하지 못했던 새로운 곳에서 새롭게 나타나는 신호를 측정할 수 있는 어떤 수신기 역할, 안테나 역할을 뇌가 할 수 있을지도 모르겠다고 생각해본 거예요."

소장의 이야기가 진행될수록 오 차장은 점점 멍한 표정이 되었다. 더 멍해지기 전에, 오 차장은 자기가 더욱 알 수 없는 이야기로 변하기 전에 알고 싶은 것을 묻고 싶었다.

"그러면 사람 뇌가 외계인의 신호를 듣는 수신기가 될 수 있다는 건가요? 아니면 외계인 정도가 아니라 아예 우리 우주 바깥에 있는 우주 전체를 조종하는 사람이 보내는 신호를 들을 수 있는 건가?"

"그런데 아까 우리 이야기에서는 우주 전체를 조종하는 사람
이 보내는 신호를 들으려면, 옛날 전해 내려오는 전설대로 착한
일을 하고 규칙을 잘 지키면서 살면, 그때 저절로 우주 전체를
조종하는 사람이 접속해온다는 것 아니었어요? 말을 걸 수도 있
을 것이고, 게임 속 주인공처럼 나 자신을 조종할 수도 있는 것
이고."

그러자 이번에는 소장이 처음으로 이해하지 못하는 표정을 지
었다. 그렇지만 여전히 예의와 함께 침착함은 정확하게 지키는 모
습이었다. 이인선이 중간에서 내용을 정리해주었다.

"뇌가 수신기가 된다는 점을 저희들이 좀 못 알아듣고 있습니
다. 거기에 대해서 조금만 더 설명해주실 수 있을까요?"

소장은 고개를 끄덕거렸다. 역시 자주 하고 다니던 이야기를
또 하는 것인지, 이어지는 설명도 유창했다.

"아주아주 미약한 전기 신호에 대해서 측정하면서 연구하다
보면 부딪히게 되는 한계가 있는데요, 이런 거예요. 전자 회로
속에 있는 전자 한 개도 전기를 갖고 있는데, 이 전자 하나의 위
치가 어디 있는지 알아보려고 하면 그 위치를 정하는 데 한계가
있다고 하거든요. 예를 들어서 1조분의 1센티 정도 되는 통 속에
전자 하나를 넣고 뚜껑을 닫아놓았다고 하면, 그 전자가 그 통
속에서 왼쪽에 가까이 있는지 오른쪽에 가까이 있는지를 절대
로 절대로 알 수가 없다는 거예요. 절대 정할 수가 없다고 해야

될 수도 있고."

오 차장이 물었다.

"어째서 그렇습니까?"

"양자론의 원리가 원래 그렇다고 해요. 그런데 그래도 통에 구멍을 뚫어보면 왼쪽이든 오른쪽이든 어느 한쪽으로 전자 하나가 나오기는 나온다고 하거든요. 그런데 이때 전자가 왼쪽으로 나오는 거나, 오른쪽으로 나오는 게 무슨 이유가 있어서 그 방향으로 나오는 게 아니에요. 그냥 완전히 확률에 따라 아무도 모르는 와중에 아무 이유도 없이 그렇게 둘 중에 하나로 정해져서 전자가 튀어나온다는 거예요."

"그건 좀 이상한데요. 하다못해 동전 던지기를 해도, 동전을 던지는 힘이나 동전이 바닥에 맞는 각도, 동전의 무게에 따라 튀어 오르는 힘 때문에 동전이 앞면이 나올지 뒷면이 나올지가 정해지는 거 아닌가요? 그런데 어떤 아무 이유도 없이 그냥 우연으로 정해지는 게 있다고요?"

"양자론에 따르면 실제로 그렇다는 거예요. 그냥 완벽한 우연으로 전자가 어디로 튀어 나갈지가 정해진다는 거죠. 그런데 우리의 뇌 속에서도 그런 비슷한 일이 일어날 거거든요. 뇌세포에서 우리가 생각을 할 때도 전기 신호가 이리저리 오가면서 생각이 이루어지는 거니까요."

소장은 오 차장의 눈을 들여다보고 있었다. 오 차장은 소장의 말에 빠져 있었다. 소장이 말을 이어갔다.

"그런데 만약에 내가 가위바위보를 한다고 하자고요."

"가위바위보요?"

"내가 가위를 낼지, 바위를 낼지, 보를 낼지, 뭘 낼지 몰라서 그냥 아무거나 내려고 하고 있어요. 그러면 머릿속에서 어지럽게 전기 신호가 왔다 갔다 하면서 가위, 바위, 보 중에 뭘 낼지 결론을 내려고 들겠죠. 그러는 와중에 전자 하나가 왼쪽으로 가느냐, 오른쪽으로 가느냐에 따라 전기 신호가 달라져서, 결국 가위를 낼지, 보를 낼지 결론을 내게 될 거라고요. 그리고 굉장히 중요한 가위바위보였다면 그게 인생을 바꿀 수도 있겠죠."

"어떻게 인생을 바꾼다는 거죠?"

한규동이 묻자 오 차장이 대신 말했다.

"학교에서 누구와 같이 자리에 앉을지 정하기 위해 가위바위보를 하는데, 그때 가위바위보에서 이겼기 때문에 나는 그 아이 옆에 앉게 되었고, 그래서 그 아이와 친해졌고, 가장 순수하고 뜨거운 사랑을 하게 되었고, 그러나 결국 현실의 벽 앞에 그 사랑이 깨어지는데, 너무 순수하고 뜨거운 사랑이었기 때문에 나는 마음속에 깊이 한이 맺히고, 그 때문에 세상에 원한을 풀기 위해 잘못된 세상을 고치고자 거대한 혁명을 일으킬 결심을 하고, 그래서 역사가 바뀌고."

"그 정도로 그만하시고."

이인선이 오 차장을 말렸다. 소장은 미소를 짓고는 다시 말했다.

"그런 식으로. 그 누구도 알 수 없는 완벽한 우연에 의해서 정

261

해지는 작은 전기 신호의 차이가 결국은 사람의 생각을 바꾸고, 삶을 바꾸고, 세상을 바꾸게 되거든요. 그런데 한번 생각을 해보자고요."

오 차장은 소장의 말을 그대로 따르려고 했다. 그런데 뭘 생각해야 할지 알 수가 없어서 멈칫했다. 소장이 말했다.

"만약에 그렇게 정해지는 일이 이 세상 누구도 알 수 없는 완벽한 우연에 의해서 이루어지는 것이라면, 이 세상 바깥의 누구인가는 혹시 알 수도 있는 일 아닐까요? 우리가 알고 있는 이 세상이 움직이는 방식과 원리에서 벗어난 전혀 다른 곳에서 무엇인가를 할 수 있는 누군가가 있다면, 그 사람은 그렇게 완벽하게 우연 때문에 정해지는 일들을 모두 자기 마음대로 조종할 수도 있는 것 아닐까요?"

"그렇게 생각하시고 계신가요?"

"그렇게까지 강하게 믿고 있는 것은 아니고요. 그런데 이런 생각은 해봤죠."

"어떤 생각?"

"양자론에 따라 어떠한 이유도 없이 우연에 의해 정해지는 것들이 이 세상에 있다면, 우리가 아는 원리 바깥에 있는 누구인가는 바로 그 우연을 항상 자기 마음대로 조절하면서 우리 세상을 뒤에서 마음대로 조종할 수도 있다는 거죠. 그런 식으로 아주 놀라운 일을 할 수도 있는 것이고."

그 말을 듣고 오 차장과 한규동은 조금 심각해진 표정으로 서로를 쳐다보았다. 이인선이 소장에게 질문했다.

"그러면, 말씀하신 내용하고 지금 하고 계신 연구는 어떻게 연결되는 거지요?"

"아, 그거요."

소장은 다시 미소 지었다. 이인선은 소장이 자신에게 보이는 웃음이 한규동이나 오 차장을 향해 짓는 웃음과 아주 조금 다른 것 같다는 느낌을 받았다.

"저는 연구 방향을 바꾸기 전부터도, 뇌에서 일어나는 온갖 작용들이 이성과 감성을 만들고 사람의 의식과 마음을 만들어내는 과정이 굉장히 미묘하고 복잡하다고 느꼈습니다. 아까 말씀 드린 미약한 전기 신호가 아무도 알 수 없는 우연에 의해서 이런저런 일을 일으키는 현상이 수없이 자주 계속해서 끊임없이 일어나고 있는 것이 사람의 뇌라는 생각도 들었고요."

소장은 이인선에게서 고개를 돌려 한규동과 오 차장 쪽을 바라보았다.

"그리고 그 결과로 피어나는 것이 사람의 정신인데, 또 사람의 정신은 정말로 아주 미묘하고 이상해서, 그 끝을 알 수 없는 신비하고 이상한 우주만큼 넓고 넓은 세계라고 믿고 있거든요."

소장은 선반에 있는 장비 중에 하나를 가리켰다.

"그런데 대표님이 저 장비로 실험을 하시고 가신 뒤에 그런 생각이 들더라고요. 사람의 정신이라는 그 복잡한 것이 그렇게나 작은 신호들의 우연에 의해 탄생한다면, 그 많은 우연들을 조종하는 알 수 없는 원리와 사람의 정신이 통할 수도 있겠다는 생각을 하게 된 거예요. 바로 그때 대표님이 경험하셨던 것처럼."

"가장 알 수 없는 원리가 사람 정신 깊은 곳과 통한다, 뭐 그런 건가요?"

"조금 꿈같은 이야기지만 그냥 말씀드려보죠."

소장은 다시 한규동과 오 차장을 보았다.

"지금까지 우리가 알고 있었던 우주를 초월하는 것에서부터 오는 결과가 바로 사람의 뇌 속에서 벌어지는 전기 신호고 그것 때문에 사람의 마음이 나타난다면, 반대로 사람의 마음을 탐구해서 우주를 초월해 오는 신호를 잡아낼 수 있을 거라고 생각한 거예요."

한규동은 천천히 고개를 끄덕였다.

"바로 그래서 사람의 뇌가 이 세상의 바깥에서부터 전해오는 신호를 듣는 안테나가 될 수가 있다는 거네요."

그러자 소장은 같이 고개를 끄덕여주면서 말했다.

"저희는 그런 일이 일어날 때, 도대체 어떤 신호가 어떤 형태로 뇌에 전달되는지 감지해보려고 하고 있거든요. 그런데 그런 신호는 감지하기가 쉽지 않은 세밀한 신호겠죠. 그렇다 보니, 땅 속 아래에 장치를 만들어서 여러 가지 방해 전파라든가 다른 방사선이 도달하지 않는 깊숙한 곳에서 실험 장치를 만들어두고 어떤 신호가 우주 저편에서 오는지, 심지어 우주 너머에서 오는지 살펴보려고 합니다."

소장이 이야기를 하는 동안 오 차장은 잠깐 스마트폰으로 검색해보았다.

"찾아보니까, IBS라는 연구소가 우리나라에 있는데 거기에서도 비슷하게 지하 깊은 곳에 실험 장치를 만들어놓고 연구를 한다고 하는데?"

"거기서도 이 세상 바깥에서 오는 신호를 찾고 있다고?"

"그런 것은 아니고. 그쪽에서 연구하는 것은 그냥 암흑 물질 관련 연구인 것 같기는 한데. 강원도에 있는 광산 속이라든가 지하 깊숙한 곳의 발전 설비 같은 데에 실험 장치를 설치해놓고 연구한다는데? 비슷한 원리인 것 같아."

소장은 오 차장에게 미소를 지어 보였다. 이인선은 이제 가장 중요한 질문 몇 가지를 해야 할 때라고 생각했다.

"소장님께서는 이 세상이 이제 몇 시간 후면 모두 사라져버린다는 사실을 믿으시나요?"

"설마요."

소장은 또 한 번 미소를 지었다.

"그런데 그런 엄청난 일이라면 제가 믿는다고 하든 아니라고 하든, 상관없는 것 아닌가요. 그런 일은 너무 엄청나잖아요. 어떻게 보면 상상할 수 있는 일 중에서 가장 큰 일이지요. 그런 일에 대해서 제가 어떻다, 저떻다, 말을 할 수는 없겠죠."

"말씀을 들어보니 그 게임 회사 대표님과 소장님은 입장이 다르신 것 같네요."

이인선이 그렇게 말하자, 한규동이 말했다.

"오늘 밤에 모든 게 다 끝난다는 게 그렇게 확실하다면, 이런 공사를 굳이 밤늦게까지 할 필요는 없기도 하겠고요."

그 말에 소장은 설명을 보탰다. 설명의 내용 때문인지 오히려 더 자신감을 실으려고 하는 것처럼 들렸다.

"그렇다고 해서 대표님 주장이 터무니없다고 생각하지는 않아요. 우주 바깥에서 뇌로 직접 신호를 보내주는 사람이 있다면, 우주 전체의 바깥이라는 것이 있다는 이야기고, 그렇다면 우리가 있는 이 우주 전체도 우주 바깥에서 보면 작은 한 부분일 수도 있겠지요. 우리가 알고 있는 모든 시간과 공간이 그 우주 바깥에서 보면 보글보글 끓고 있는 작은 시험관 속에 든 실험 결과 같은 것일 수도 있겠죠."

"어쩌면 가상 현실일 수도 있고, 게임일 수도 있고요."

한규동이 말했다.

"결국은 비슷한 말 아닐까요? 가상 현실이나 게임이라면 컴퓨터의 반도체 속에서 어지럽게 전기 신호가 이리저리 흘러 다니면서 그 가상 현실과 게임을 표현하는 거잖아요. 그러면 온 우주를 표현하고 있는 실험 기구의 모양이 반도체와 전자라는 이야기죠. 그런데 꼭 반도체와 전자로 그걸 표현하지 않아도 되는 것 아닌가요. 우주 전체가 유리 시험관 속의 보글거리는 액체 같은 것으로 표현될 수도 있고, 톱니바퀴와 나무 지렛대로 복잡하게 연결된 시험 장치일 수도 있고. 어차피 우리 우주 바깥의 이야기를 하고 있는 거니까, 그 모양은 우리가 상상하기 정말 어려운 환상적인 형태겠죠. 정말로 시험관이나 반도체와 비슷하다는 이야기는 아니고.”

“그럴까요?”

“그렇다고 하면, 대표님의 주장이 아주 이상한 이야기는 아니라고 생각해요. 만약에 우리가 있는 이 세상 전부가 세상 바깥에서 누가 하고 있는 작은 실험이라면, 그게 어느 순간 갑자기 아무 이유도 없이 중단된다고 해도 안 될 이유는 없으니까요. 그리고 그걸 대표님이 어떻게든 미리 아실 수도 있기는 하니까.”

이인선은 잠시 생각에 빠졌다. 그러자 소장은 조금 다른 이야기를 꺼냈다.

“시뮬레이션 논변이라고 들어보셨어요?”

“한번 들어보기는 했습니다. 정확하게는 잘 기억 못 하겠습니다.”

한규동이 대답했다. 소장이 말했다.

“이런 거죠. 우리가 사는 세상이 진짜라면 그런 우주 전체는 우주 전체 그 자체 하나밖에 없겠죠. 그런데 누가 컴퓨터 게임이나 시뮬레이션을 만들었고 그 안에 나오는 등장인물들에게 그 게임 속 세상이 온 세상이라고 믿게 했다고 해봐요. 그러면 그런 프로그램을 두 개, 세 개를 만들어서 동시에 돌릴 수도 있는 거잖아요? 예를 들어서, 지구의 과학 기술로는 그런 프로그램을 너무 만들기 어려워서 지구 전체에서 겨우겨우 딱 하나만 프로그램을 돌릴 수 있다고 해도, 온 우주의 수많은 행성 중에서 지구 정도 과학 기술이 있는 행성마다 그런 프로그램을 운영한다면 몇 개나 되겠어요?"

"몇백 개, 몇만 개가 될지도 모르죠."

"그러면 이런 거예요. 세상에 진짜 우주 전체는 하나밖에 없지만, 누가 운영하고 있는 가짜 가상 현실 세상은 수백 개, 수만 개가 있을 수가 있다는 거죠. 그러면 확률상 우리가 지금 살고 있다고 느끼고 있는 이 세상이 진짜 우주일 가능성이 높을까요, 그 많은 컴퓨터 게임 중에 하나일 가능성이 높을까요?"

"진짜는 귀하고, 가짜는 여럿 만들 수 있으니, 확률상 우리가 사는 세상은 가짜 컴퓨터 게임일 수밖에 없다는, 그런 이야기인가요?"

소장은 고개를 끄덕거렸다.

"그런 식으로 생각한다면, 대표님이 우리가 사는 세상의 그 바깥세상을 경험했고, 우주 바깥과 통했다는 식으로 말씀하시는 것도, 뭐 그럴 수도 있겠다 싶은 이야기 아닐까요?"

공사장의 무슨 기계 하나가 돌아가는 소리가 크게 들렸다. 소리가 끝날 때까지 네 사람은 대화를 멈추고 앉아 있어야 했다. 기계 진동이 굉장히 강해서 컨테이너 벽면이 빠르게 떨리는 것이 눈에 보일 정도였다. 짧은 시간 동안 한규동과 오 차장의 머릿속에서는 오늘 하루 종일 이어진 갖가지 생각이 여러 갈래로 엉켜 지나갔다. 이인선 역시 비슷한 생각을 하는 것처럼 보였다.

기계 소리가 멈춘 후에도 귓가는 멍멍하여 무엇인가 아직 끝나지 않은 소리가 남아 있는 것 같았다. 그래서 말을 지금 더 꺼내도 되나 어쩌나 망설이는데, 이인선이 먼저 입을 열었다. 소장에게 하는 질문이었다.

"대표님과는 이전부터 관계가 있으셨던 건가요?"

오늘의 궁금증은 모두 여기서 끝내겠다는 투였다.

"그렇죠. 저희 연구소 처음 시작할 때부터 투자에 나서주셨으니까요."

"이렇게까지 큰 공사를 벌일 정도로까지 투자해주신 거라면, 원래부터 대표님께서 이 분야에 관심이 굉장히 많으셨던 건가요?"

"아니요. 그 정도는 아니셨고 그날 그 경험 이후로."

소장은 잠깐 생각에 잠겼다. 그리고 말을 이어갔다.

"상황이 변했죠. 변할 수밖에 없는 상황이었고. 변하게 해야 하는 상황이었고."

잠시 분위기가 가라앉았다. 오 차장이 다시 말을 꺼낼 때까지는 멀리서 기계들이 내는 소리만 들려왔다.

"소장님, 그러면 소장님은 세상이 정말 가상 현실이나, 게임이건 아니면 진짜건 간에 그런 것은 중요하지 않다, 어디까지가 가상이고 어디까지가 현실인지는 어차피 구분되지 않는다, 그 속에서 성실하게 사는 게 중요하다, 그런 태도를 갖고 계시는 것입니까?"

"보통 이런 이야기들이 나 그렇게 끝나지 않나요? 그 외에 무슨 방법이 있겠어요?"

"그렇지만, 그래도 우리가 살고 있는 이 세상이 그냥 가상 현실일 수도 있다면, 저는 아무리 생각해봐도 그래도 그렇거나 말거나 쉽게 넘길 수 있는 문제인가 싶은데요."

오 차장은 잠깐 말을 멈추었다. 그리고 이렇게 말했다.

"예를 들어서, 지금 서로 보고 있는 우리들이 그냥 다 누가 지어낸 이야기 속의 등장인물들일 뿐이고, 우리가 나누고 있는 이 이야기가 모두 누가 써놓은 대로 펼쳐지는 대사일 뿐이고, 우리 모든 생각도 이 세상을 만든 누군가의 조작대로 움직이고 있는 것뿐이라면, 정말 그렇다면, 그게 정말 그런지 어떤지 알 필요가 없는 문제인가요?"

소장은 조금 생각을 하면서 시간을 보냈다. 그러고는 새로운 이야기를 꺼냈다.

"이렇게 생각해보시면 어때요? 우리가 사는 우주는 사실 굉장히 거대한 컴퓨터와 같은 것이라고 해보자고요. 이 우주 전체를 담고 있는 컴퓨터가 어떤 우주 바깥의 텅 빈 아무것도 없는 세상에 혼자 덩그러니 놓여 있어요. 그리고 우리 모두는 그 컴퓨터 속에서 실행되는 게임 같은 것 속의 등장인물인 거죠."

"저, 정말 그 비슷한 생각을 방금 했었습니다."

한규동이 상기된 목소리로 말했다. 소장이 계속해서 이야기했다.

"우주 바깥의 그 아무것도 없는 허공 속에 우리 우주 전체를 담고 있는 컴퓨터만 한 대가 딱 있는 세상이에요. 그리고 그 컴퓨터에 배터리가 하나 연결되어 있어서 배터리가 다 소모되면 갑자기 컴퓨터가 꺼져버리는 거예요."

"그러면, 그 배터리가 다 닳는 순간이 온 세상이 없어지는 때겠네요."

"그렇게 상상해볼 수도 있다는 거죠. 그런데, 만약 그런 세상이라면 비록 온 우주가 컴퓨터 속에 들어 있고, 그 컴퓨터는 배터리가 다 닳아버리면 꺼져버리기는 하겠지만, 그렇다고 해서 그게 우주의 정체를 완전히 숨긴 무슨 굉장한 속임수라든가, 우리가 실체를 모르고 꿈을 꾸고 사는 것에 불과해서 모든 게 무의미하다는 느낌은 아니잖아요. 어차피 온 세상에 있는 게 컴퓨터 한 대와 배터리 하나뿐인데."

소장은 또 미소를 지어 보였다. 몇 차례 미소가 반복되자 이번에는 마치 같이 따라 웃으라는 것 같았다.

"그런 느낌도 드네요."

"그런 배터리가 있어서 중요하다는 것을 모른 채로 세상이 끝나버린다면 우리가 알면 좋았을 것을 모르고 지나간다는 정도의 느낌은 있습니다."

오 차장과 한규동이 차례대로 말했다. 소장의 설명은 계속되었다.

"그리고, 어차피 이것은 우리가 사는 우주의 한계를 초월한 그 바깥에 대한 이야기니까, 그 온 우주를 담고 있는 컴퓨터가 꼭 우리가 쓰는 그런 컴퓨터 같은 모양이라는 법은 없는 거예요."

소장의 미소는 파도처럼 서서히 자리 잡았다가 다시 서서히 사라졌다.

"상상할 수 있는 아주 이상한 모양일 수도 있고. 우리는 도저히 상상도 못 할 모습일 수도 있겠죠."

"우리가 생각하는 우주의 시작과 끝을 넘어선 곳에 있는 거니까 완전히 상상 밖의 모습일 수도 있겠죠."

"우주를 담고 있는 그 컴퓨터 역할을 하는 물체가 둥그렇고 빛나는 형태일 수도 있고, 배터리라는 것도 그 빛을 감돌고 흐르고 있는 뜨거운 물 같은 모양일 수도 있고. 혹시 그 전체가 알록달록한 색깔의 거대한 구슬 같은 형태일 수도 있고. 소용돌이 같은 바람이 엉켜서 계속 빙빙 돌고 있는 모양일지도 모르고. 수십 군데가 번쩍거리며 계속 오가고 있는 번개 같은 모양일 수도 있고. 무슨 모양일지 누가 알겠어요? 하다못해 무슨 신화에 나오는 것처럼 코끼리가 떠받치고 있는 거북이 모양일 수도 있지요."

"그러니까 소장님 말씀은 결국 그런 우주 바깥의 구조에 대해서 더 알면 좋기는 좋겠지만, 아직 그걸 모른다고 해서 모든 것이 허망한 꿈일 뿐이고 가상 현실 속에서 속고 있는 느낌인 것은 아니라는 거죠?"

한규동이 말했다. 소장은 그렇다고 하면서 이런 이야기를 덧붙였다.

"인도 신화에 나오는 이 이야기 들어보신 적 있으세요? 온 세상의 모든 장소, 시간, 사람, 그 모든 일은 사실은 어떤 커다란 거인 같은 존재가 머릿속에서 꾸는 꿈일 뿐이라는 이야기요. 이 거인이 어떤 향기를 맡고 있는 동안에는 편안하게 잠을 자면서 꿈을 꾸는데, 향기가 옅어지면 꿈에서 깨어나면서 모든 것이 사라져버리는 거예요."

"그러면 꿈을 꾸는 거인이 컴퓨터인 것이고 잠을 자면서 꿈을 계속 꾸게 하는 향기는 배터리가 되는 거네요."

소장은 그렇다고 말했다. 그러는 중에 오 차장이 한참 고민하더니 다시 말을 꺼냈다.

"아무리 그래도 저는 잘 모르겠습니다. 우주 바깥의 모습이 어떤 모습일 수도 있다면, 말씀하신 대로 아무것도 없는 허공에 컴퓨터와 배터리만 있는 곳일 수도 있지만, 또 한편으로 생각해보면 반대로 진짜 누가 장난삼아 돌리는 컴퓨터 게임일 수도 있는 것이고, 누군가 실험으로 괜히 움직여보는 시뮬레이션 프로그램일 수도 있는 것 아닌가요? 아니면 재미있으라고 만들어서 보여주는 영화같이 꾸며낸 이야기일 수도 있고, 심지어 그냥 누가 지어낸 글, 소설일 수도 있다는 이야기 아닌가요?"

"그런 가능성도 있는 거지."

이인선이 대신 대답했다. 오 차장은 질문을 계속했다.

"만약 그렇다면, 우리가 사는 세상 전체가 그냥 누가 재미로 갖고 노는 컴퓨터 게임이고, 그 컴퓨터 게임을 우리 우주 밖에서

273

작동시키고 있는 사람은 성격 나쁜 어린아이 같아서 두 시간 후
면 컴퓨터 게임을 확 꺼버리려 한다고 하면, 그게 그냥 아무래도
좋은 문제는 아니지 않습니까? 만약 그게 우리 상황이라면, 저
는 이 세상의 정체나, 이 세상을 만들고 움직이는 사람에 대해서
많이 따져봐야 할 것 같다는 생각이 듭니다."

　그러자 한규동이 혼잣말하듯이 이렇게 말했다.

　"우리 우주 바깥에서 우리 우주를 만든 것이 그냥 배터리에 연
결된 컴퓨터나, 뜨거운 물이 흘러가면서 빛을 내게 하는 무생물
현상 같은 것이라면 우주 바깥의 세상이라는 것도 그냥 또 다른
한계 너머의 자연 현상일 뿐이겠죠. 그런데 그게 아니라서 우리
우주 바깥의 세상도 우리 세상하고 비슷해서 거기에도 사람 같
은 것이 있고 그 사람이 성격이 있고 의도가 있어서 우리 우주를
만들고 관찰하고 갖고 놀고 있다면 우리가 사는 온 세상은 가짜
장난감이라는 느낌이 되어버리는 거예요."

　한규동이 뭐라고 결론을 지어야 할지 몰라서 머뭇거리고 있
을 때, 이인선이 이렇게 말을 거들었다.

　"우리 우주를 만든 것이 무생물 같은 것이라면 우리 우주는 진
짜 같아지는데, 우리 우주를 만들어준 것이 우리 사람하고 비슷
한 것일수록 우리 우주는 가짜 같아진다는 이야기네. 우리 우주
를 만든 우주 바깥의 세상이 우리 세상하고 아주 비슷하게 생겼
다면 우리 우주는 그만큼 허망한 지어낸 이야기일 뿐이 되는 것
이고."

한규동과 오 차장은 이인선의 마지막 말에 소장이 뭐라고 대답할 것인가 싶어서, 고개를 돌려 쳐다보았다. 소장은 말없이 몇 번이나 지어 보였던 그 예의 바른 표정을 다시 짓고 있을 뿐이었다.

작가의 말

작가의 말은 보통 책의 맨 처음이나 맨 마지막에 나오는데, 이 책에서는 내용의 구성 때문에 어쩔 수 없이 중간에 넣게 되었다. 혹시 혼란을 느낀 독자가 계시다면 이런 것도 색다른 맛의 재미려니 하고 너그러이 이해해주시기를 부탁드린다.

지금까지 내가 쓴 소설 중에 가장 많은 사람에게 소개된 것은 공교롭게도 가능한 한 가장 짧은 소설들을 모아본 『140자 소설』이다. 몇 년 전부터 나는 140자 안에서 내용이 모두 끝나는 아주 짧은 이야기들을 써보려고 가끔 도전했고 그 결과들을 SNS 계정에 그때그때 올리곤 했다. 그중 몇 가지를 엮어서 『140자 소설』이라는 제목의 단행본으로 출간하기도 했는데, 우연히도 그중 한 편이 특이한 문학의 사례로 고등학교 문학 교과서에 수록되었다. 내가 소설을 본격적으로 쓰기 시작한 지도 어느덧 시간이 좀 지났는데 그동안에 대단한 베스트셀러를 낸 적도 없고 딱히 높은 평가를 받아본 적도 없다. 그렇다 보니 문학 교과서에 글이 실린다는 것은 그야말로 꿈같은 일이었다. 이런 엉뚱한 기회에 그런 꿈도 현실이 되는구나 싶었다.

단행본을 내고 『140자 소설』이 알려진 뒤, 지금까지도 나는 꾸준히 적당한 이야깃거리가 있을 때마다 140자 소설을 써오고 있다. 이 책에 실린 이야기도 원래는 바로 140자 소설로 썼던 이야기 하나를 단초로 해서 장편 소설로 내용을 꾸며본 것이다. 또 나는 예전부터 소설을 구성하는 글의 단위가 일정한 시간 간격으로 맞아 드는 글을 써보면 재미있겠다는 생각을 했는데, 마침 이 소설의 이야기가 그 구상에 잘 들어맞는 것 같아서 그런 형식도 같이 써먹어보았다.

원래 내 야심은 문장 하나하나가 꼭 10초 또는 1분 정도의 아주 짧은 시간을 나타내는 소설을 써본다는 것이었다. 예를 들어, 총 120문장으로 소설을 쓰면서 정확히 두 시간 동안 벌어지는 일을 다루고, 독자가 한 문장을 읽을 때마다 극중 시간도 1분씩이 흐르는 이야기를 상상했다. 그러나 마감은 정해져 있고 사람의 재주에는 한계가 있는지라, 나는 결국 그렇게까지 시간과 글이 정확히 맞아떨어지는 소설을 쓰지는 못했다. 대신에 소설을 구성하는 한 도막이 60분이란 시간을 나타내도록 하는 정도로 이야기를 짜 넣어보았다.

그러므로, 나는 이 소설을 읽는 가장 좋은 방법은 하루를 정해서 아침 9시부터 정확히 한 시간에 한 도막씩 읽어나가는 것이라고 생각한다. 그렇게 소설을 읽으면 소설을 읽는 시간의 흐름과 극중의 인물들이 움직이는 흐름이 같은 속도로 흘러가게 된다. 그렇다면 그동안 소설 속 인물들이 겪는 사건이 소설 속 시간에 어떻게 묘사되어 있는지, 소설 속에 글로 드러나 있지 않은 부분에서 인물과 사건이 어떻게 펼쳐질지 직접 느끼기에 좋을 것이다. 한편으로 나는 한 도막의 글을 쓰는 데 이틀 정도 작업을 했는데, 글을 쓰는 사람 입장에서 이야기를 지어내는 동안 흐르던 시간의 차이와 글 속에서 벌어지는 사건의 시간 차이, 그리고 글을 읽을 때 시간의 차이를 느껴보는 것도 재미있으리라 생각한다. 예를 들어, 만약 그 방법대로 책을 읽었다면 지금 이 순간을 읽을 때는 밤 10시경이 될 텐데, 지금 나는 어느 가을날 낮에 지금 이 대목을 쓰고 있다.

내가 썼던 다른 책인 『가장 무서운 이야기 사건』처럼, 이 책도 내용을 문제편, 풀이편, 해답편의 3부로 나누어보았다. 지금 이 글이 있는 지점은 풀이편이 끝나는 곳이고, 해답편을 앞두고 있는 대목이다. 여기까지 글을 읽어보신 독자께서는, 내가 지어내어 붙일 해답편을 읽기 전에 도대체 어떻게 돌아가고 있는 사건이고 결말은 어떻게 나게 될지 직접 한번 예상을 해보셔도 재미있을 것이다. 어차피 읽기 좋으라고 꾸며내는 이야기인 만큼 정확히 내가 꾸며내는 이야기와 독자께서 하신 예상이 맞아떨어지기란 애초부터 어려울 것이다. 하지만 그렇다고는 해도, 지금까지 이야기가 여러분의 마음속에 자리 잡은 것이 자연스럽게 흘러간다면 어떻게 흘러야 한다고 생각하는지, 그것이 내가 꾸민 것과 얼마나 맞는지 따져볼 만하다고 생각한다.

나는 긴 소설을 쓸 때 보통 결말까지 어떤 내용으로 채울지 어느 정도 정해놓는 편이다. 다만 중간에 더 좋은 생각이 나거나 뭔가 아니라는 생각이 들면 그 계획을 바꾸는 일이 잦기는 하다.

이 소설의 경우에는 세 가지 정도 생각해놓은 결말이 있지만, 그중에 어떤 것으로 결론을 내야 할지 아직도 확신하지 못하고 있다. 남은 부분을 써나가면서 가장 좋은 결말이라는 생각이 드는 쪽으로 결국 결정을 내리려 한다. 그리고 결정을 내리고 나면, 그 결말과 이야기가 맞아떨어지도록 지금까지 내가 앞에 써놓았던 이야기도 이리저리 뜯어고쳐서 바꿀 것이다. 그러므로, 지금 이 순간까지 과거에 벌어진 이야기라고 내가 써놓은 이야기와 여러분이 지금껏 읽은 이야기는 달라질 것이다. 나는 이런 방식으로 글을 쓰고, 이런 사실을 밝히는 것이 시간 여행이나 예언을 다루는 이 소설과 잘 어울린다고 생각한다.

다시 말해서, 이 책의 전체 내용과 결말은 지금 나에게도 미래의 일이며, 나는 도대체 그게 어떤 이야기일지 현재 정확히 알지 못한다. 그렇지만 이 책을 집어 들고 있는 여러분 입장에서는 그 내용이 이다음 페이지부터 이어지는 남은 부분에 이미 완성되어 붙어 있을 것이다. 그런 점은 지금부터 열심히 남은 글을 써서 마무리 지어야만 하는 내 입장에서는 무척 부럽다.

2020년, 양재동에서

해답편

3부

세 사람이 차 안으로 돌아와 자리에 앉았다. 다들 지쳐 있었다. 이인선은 의자를 뒤로 젖히고 잠이라도 잘 듯이 몸에 힘을 빼고 있었고, 한규동은 허리를 숙여 몸을 엎드리듯이 하고 있었다. 오 차장은 한국의 아저씨들이 유독 자주 취하는 동작 그대로 허리를 풀기 위해 몸통을 좌우로 돌리는 체조 같은 몸짓을 하고 있었는데, 그조차 보고 있으면 무척 지쳐 보였다. 그 모습을 보고 있는 사람은 없었지만.

다들 오늘 하루 동안 도대체 어떤 일들이 일어났는지 각자 한 번 정리해보려고 했는데, 그게 잘 되지가 않았다. 특히 소장과 이야기하러 가면서 한참 들뜬 기분이었던 한규동은 이제 유독 혼란스러운 상태가 되었다. 돌아보니, 오늘 사람들을 만나며 점점 괴상해지는 이야기를 들었다는 것만은 확실했다.

그러고 보니 이런 게 도대체 회사 일에 무슨 도움이 되는 건가 싶었다. 그게 아니라면, 다른 일거리가 없어서 새로운 이야깃거리만 찾았다는 사람들이 이 사람 저 사람 만나면서 점점 더 이상한 이야기를 듣고 다니는 사이에 이제 다들 세상이 멸망하는 일을 슬며시 믿게 되어버려서 진이 빠지고 있는 건가 싶기도 했다.

그에 비해 이인선은 두 시간 전과 별다를 바 없는 목소리로 말하기 시작했다.

"인터넷에 나오는 이야기 중에 '140자 소설'이라는 거 읽어본 적 있어?"

"들어본 적은 있는 것 같기도 하고요."

"잘 모르겠는데."

한규동과 오 차장이 차례로 대답했다. 이인선이 말했다.

"거기에 나오는 이야기 중에 어떤 게 있냐면, 추리 소설에 관한 게 있어."

"추리?"

"추리 소설이나 탐정 소설 같은 것을 보면 작은 단서로도 주변 정황을 차근차근 따져서 아주 복잡한 사건의 진상을 짐작할 수 있는 주인공이 자주 나오잖아."

"셜록 홈스가 어떤 사람이 갖고 있는 시계만 보고도 그 사람의 친구나 친척이 누구인지, 그 사람이 어떤 삶을 살았고 어떤 성격인지 다 척척 맞혀버리는 그런 것 말씀하시는 건가요?"

"맞아. 딱 그런 것."

한규동의 말에 이인선은 긍정했다.

"그런데 한 가지 이상한 게 있는데, 추리 소설에서 추리를 하는 주인공이 그렇게 추리를 잘한다면 왜 자기 자신에 대한 가장 중요한 사실은 정확하게 추리를 못하는 거지?"

"그게 무슨 말씀이시죠? 자기 자신은 자기가 이미 잘 알고 있을 텐데 뭘 추리해서 짐작한다는 건가요?"

"그게 무슨 말이냐면, 이런 거야."

이인선은 잠깐 말을 멈추었다. 그리고 한규동과 오 차장의 얼굴을 차례로 살펴보고는 하려던 말을 했다.

"추리 소설에서 모든 상황을 차근차근 추리해서 짐작할 수 있는 뛰어난 실력을 갖고 있는 주인공이 있다면, 그 주인공은 자기 자신이 현실의 인물이 아니라 바로 추리 소설 속 등장인물일 뿐이라는 사실도 알아낼 수 있어야 하는 것 아니냐고."

한규동은 표정을 살짝 찌푸렸다.

"그런 게, 그런 게 가능해요?"

"따지고 보면 그렇잖아. 사람을 잠깐 한번 척 보고도 그 사람의 배경과 정체에 대해서 온갖 알기 어려운 일을 다 미루어 짐작하는 그런 주인공이 있다면, 그 주인공은 자신이 겪고 있는 그 모든 일들이 추리 소설 작가가 써놓은 소설 속에서 꾸며놓은 일일 뿐이라는 굉장히 중요한 사실도 눈치챌 수 있어야 하지 않을까? 그렇게 추리를 잘하는 주인공이라면서 자기 자신의 처지에 대한 아주 중요한 사실만은 추리하지 못할 이유가 있냐는 말이지."

오 차장은 고개를 창 바깥쪽을 향해 돌리고 깊이 생각하는 모습이었다. 그러더니 이렇게 말했다.

"중이 제 머리 못 깎는다는 뭐 그런 걸까?"

"그게 이 상황에 맞는 속담이야?"

이인선의 이야기를 알아들은 한규동은 바로 따져 묻기 시작했다.

"그러면 사장님도 우리가 사는 이 세상이 전부 누가 그냥 꾸며낸 가상 현실일 뿐이라는 데에 동의하시는 거예요? 그중에서도 이 세상이 그저 누가 그냥 지어낸 소설일 뿐이라는 거예요?"

오 차장은 한규동의 이야기를 듣고서야 무슨 이야기를 하고 있는지 이해가 간 눈치였다. 이인선이 답하기 전에 오 차장이 먼저 말했다.

"뭐라고? 그러면 이 사장도, 나도, 한규동 팀장도 전부 다 그냥 소설 속의 등장인물일 뿐이란 거야? 내가 지금 이렇게 말하는 것도 사실은 이 소설을 쓰고 있는 작가가 이런 말을 지금 이 순간 소설 원고로 쓰고 있기 때문일 뿐이고?"

"지금 사장님이 그런 말씀 하고 계시는 것 맞죠? 우리가 사는 세상은 누가 지어낸 것이다, 이 모든 일들은 소설이나 영화나 게임 속에서 벌어지는 이야기일 뿐인 거다."

한규동이 이인선에게 다시 물었다. 이인선이 대답했다.

"그렇게 이야기를 몰고 가보면 이야기가 어떻게 되냐, 한번 생각해볼 수도 있다는 거지."

한규동은 뭔가 안절부절못하는 표정이 되었다. 오 차장은 한규동에게 물었다.

"한 팀장이 아까 말하던 그 게임 속 등장인물 이야기랑 비슷한 것 아닌가? 왜 놀라요?"

한규동은 "그래도 막상 그렇다고 치자면" "그렇게까지 말하면"이라고 하면서 더듬더니 말을 이어갔다.

"그러면 그냥 너무 아무렇게나 가는 말이 되잖아요. 인공 지능 컴퓨터 게임 속 등장인물과 그냥 일방적으로 소설이나 영화나 꾸민 이야기 속에 나오는 인물은 좀 다른 것 같기도 하고요."

"뭐가 그렇게 다를까. 결국 비슷한 거야. 인공 지능 컴퓨터 게임은 컴퓨터 프로그램과 그 프로그램을 돌리는 반도체의 회로 속에서 전기 신호가 움직인 결과로 컴퓨터의 액정 화면에 표현되는 것이고, 작가가 쓴 소설은 사람의 뇌세포 속에서 오고 가는 신호의 결과가 글자로 표현된 것이라고. 별 차이가 있나?"

"그래도 이게 그냥 소설 속에서 벌어지는 일이라면 이 모든 것은 그냥 단순한 글자의 나열일 뿐이잖아요. 아무리 그래도 그게 어떻게 이렇게까지 생생하게 살아 숨 쉬면서 온갖 감정을 갖고, 느낌을 갖고, 생각을 하고, 고민을 하고, 이 세상의 갖가지 다채로운 모습을 보고 듣는 이 모든 세상과 똑같겠어요."

한규동은 그렇게 말하면서 최대한 지금 순간에 느낄 수 있는 주변의 모든 것을 생생하게 느껴보려고 했다. 대화를 나누고 있는 이인선의 얼굴, 열린 창문 틈으로 스며드는 미세한 바람, 약간은 시원해진 공기의 온도, 아직도 가끔 울려 퍼지는 기계 소음. 그 모든 것을 아주 다채롭고 생생하게 느낄 수 있었다.

"그냥 글자로 표현되는 사실과 실제로 느끼는 온갖 다채로운 느낌과 경험은 분명히 다르기는 다르겠지. 그런데 만약 우리가 지어낸 이야기 속 등장인물일 뿐이라면, 이야기를 지어내면서 그냥 그 모든 것을 아주 다채롭고 생생하게 느낄 수 있었다고 써 버리기만 하면 그냥 그런 느낌이 들어버리는 거잖아."

"네?"

한규동은 다시 주변 모든 것을 느껴보려고 했다. 역시 그 모든 것을 아주 다채롭고 생생하게 느낄 수 있었다. 그런 그를 보면서 이인선이 이야기했다.

"내가 경험하는 것이 진짜든 가짜든 간에, 그 느낌이 진짜랑 똑같았다고 이야기를 지어내고 있는 사람이 그렇게 한마디로 지어내서 그대로 느끼게 하면 그 진짜 같은 다채로운 느낌이 들었다고 우리는 생각하게 될 수밖에 없잖아. 지어낸 이야기 속의 인물 신세라는 것은 그런 거라고."

오 차장은 한규동과 이인선이 나누는 대화를 정확히 이해하지는 못했다. 그런데 그 대화를 듣는 사이에 다른 질문이 떠올랐다. 오 차장이 이인선에게 물었다.

"그런데 말이지. 그렇다면 반대로, 이 세상이 전부 그냥 누가 지어낸 이야기일 뿐이고, 우리가 그 이야기 속 등장인물일 뿐이라는 주장에도 딱히 증거는 없잖아. 그것도 그냥 알 수 없는 것 아니야? 아까 이 사장이 뭐든 잘 추리하는 소설 속 주인공이라면 자기가 소설 속 인물일 뿐이라는 것도 추리해야 하지 않냐고 했는데, 그런 추리를 하려면 무슨 단서나 근거가 있어야 하는 것 아니냐고."

그러자 이인선은 지체 없이 바로 설명했다.

"일단 첫 번째 단서."

"뭐? 그러면 두 번째, 세 번째 단서도 있어?"

"나는 우리가 오늘 겪은 일과 만난 사람을 시간 순서로 하나하나 차근차근 따져봤어. 그런데 한 가지 이상한 게 있더라고."

"오늘 이상한 사람들을 여기저기 다니면서 많이 만나기는 했지."

"많은 사람들을 만났다는 것도 일단 이상한 일이지만, 만난 시간, 만난 시점이 더 이상하더라고. 항상 사람들을 만나면서 다닌 일이 매 시간 정각 단위로 나뉘어지는 것 같았어."

"그랬나?"

"그랬잖아. 내가 오 차장, 너를 만난 게 11시쯤이었다고. 그때부터 본격적으로 뭔가 이상하게 돌아가는 일이 있는 것 같다고 느끼기 시작했지. 그리고 최후연구회라는 외계인 같은 것 연구하는 모임 사람을 만난 것은 오후 4시쯤이었어. 게임 회사 대표를 만난 것은 딱 오후 7시쯤이었고, 그리고 여기 브레인 연구소에 도착한 것은 오후 9시였다고. 너무 모든 일이 어떤 시각 정각 전후에 맞아떨어지고 있어."

"그렇지만 아주 정확하게 11시 00분 00초에 나를 딱 만난 것은 아니잖아. 그리고 여기 연구소에 도착한 것은 9시 즈음이겠지만 소장을 만난 것이 정확하게 9시 00분 00초였던 것도 아니고. 그런 식으로 대체로 조금씩은 여유가 있었던 것 같은데."

"그렇지만 그렇다고 확 애매하게 8시 30분에 누구를 만났다던가, 아주 어중간하게 7시 40분 즈음에 다른 장소로 우리가 옮겨 갔다든가 그렇게 되지는 않았다고. 항상 모든 일이 매시 정각의 단위에 맞게 돌아갔어. 이런 걸 보면 누가 일부러 시간을 맞춰서 꾸며낸 이야기를 보여주는 것 같은 느낌 들지 않아?"

"누가 왜 그런 식으로 이야기를 꾸며서 보여준다는 건데?"

말을 가만히 듣고만 있던 한규동이 대신 대답했다.

"만약에 어떤 사랑싸움하는 연극을 TV에서 보여주는데 그 TV 프로그램 방영 시간이 딱 한 시간이라면 정확히 한 시간에 맞춰서 길이를 편집해 연극을 보여줘야겠죠. 그러니까 그렇게 인위적으로 한 시간 단위, 정각 기준으로 맞아떨어지는 것도 그 비슷한 상황이라면 할 이유가 있지 않을까요?"

이인선은 한규동의 이야기에 동의했다. 그리고 자신의 설명도 덧붙였다.

"예를 들어서 일정한 시간 흐름에 따라 진행되는 이야기 속에 우리가 등장한다고 해봐. 그러면 한 도막, 한 도막씩 나눠 이야기를 펼치면서 그 한 도막이 한 시간이라는 시간을 다룬다고 하면 그 이야기를 보는 사람이 시간 흐름을 느끼기가 쉽겠지. 그러니까 하필이면 매 시간 정각 단위로 일이 벌어지는 까닭은 그것은 이야기를 지어내면서 시간 흐름을 이해하기 쉽도록 일부러 시간 단위로 이야기를 나누어 꾸몄기 때문에 그렇게 되었다고 볼 수도 있다는 거지."

"반드시 그래야 할 이유는 없잖아. 누가 이야기를 지어내고 있는데 1장은 8시 45분부터 9시 32분까지의 사건을 다루고, 2장은 9시 32분부터 10시 55분까지의 사건을 다룬다는 식으로 써도 안 될 것은 없는 것 같은데?"

"맞아, 그래도 안 될 것은 없지. 만약 그랬다면 이런 이상한 규칙을 우리가 찾지도 못했을 거고. 그런데 말이야, 우리가 경험하고 있는 게 누가 지어낸 이야기라면, 아무래도 한 시간 단위로 딱딱 떨어지게 이야기를 나눠놓았을 때 이야기를 보는 입장에서 훨씬 시간의 흐름을 이해하기도 쉽고 보기가 좋잖아."

오 차장은 이인선에게 맞는다고 해야 할지 아니라고 해야 할지 스스로도 알 수 없었다.

"그렇지만 그냥 우연히 그렇게 될 수도 있는 것 아니야. 우리가 365일을 매일 그렇게 매 시간 정각마다 뭔가 딱딱 상황이 바뀌어가는 삶을 산 것도 아니고 하루 정도는 그냥 그렇게 될 수도 있잖아?"

"그래서 두 번째 단서에 대해서도 생각을 해보자고."

"두 번째 단서는 뭔데요?"

한규동이 물었다. 이인선이 대답했다.

"우리가 세상이 멸망하는 징조라고 보았던 깃이 세 가지가 있었어. 하늘이 울고, 하늘이 피를 흘리고, 하늘에서 별이 사라진다, 기억나?"

"그런데 사장님은 그게 다 그냥 평범하게 일어날 수 있는 일이라고 했잖아요. 하늘이 운 것은 그냥 멀리서 뭐가 크게 폭발하는 소리 같은 게 울려 퍼져 들려온 소리일 뿐이고, 하늘이 피를 흘린 것은 유난히 저녁노을이 붉게 물든 장면을 본 것뿐이고, 하늘에서 별이 사라지는 것도 그냥 별을 구름이 가리는 바람에 별빛이 안 보이게 되는 순간을 우리가 본 것뿐이라고. 그렇게 말씀하셨잖아요."

"맞아."

"그렇죠."

한규동은 이인선이 더 설명해주기를 안달하며 기다렸다. 이인선은 그게 재미있는지 괜히 조금 뜸을 들였다.

"그런데 그 세 가지와 비슷한 상황을 우리가 모두 보게 되었는데, 다 이럴 수도 있고 저럴 수도 있는 이야기라는 점이 좀 공교롭지 않아? 한 팀장이나 오 차장은 놀라고, 나는 별것 아니라 했잖아. 우리가 관점이 딱 갈리도록 생각하는 일이, 하필이면 세 건이나 하루에, 그것도 온 세상의 멸망이라는 일에 엮여서 차례대로 일어난다는 게, 이상하잖아."

"저는 사장님은 그냥 세상이 멸망할 징조 세 가지에 대해서는 다 쓸데없는 호들갑이라고 생각하시는 줄 알았는데요."

"그런데 좀 공교롭긴 하잖아. 확실히 예언이 맞든지, 아니면 아주 확실하게 틀려버리든지. 만약에 오늘 날씨 때문에 노을이 아예 지지 않았다든가, 우리가 노을이 지는 동안 하필 실내에만 있어서 노을 지는 모습을 못 보았다면 그냥 징조가 하나도 안 들어맞았을 거고 그러면 그냥 그때부터 예언은 완전히 헛소리가 되는 것 아니야? 그런데 그렇게는 안 됐거든."

"그렇죠."

"반대로 하늘이 피를 흘린다고 했는데, 하늘에서 정말로 헤모글로빈이 섞인 빨갛고 끈적한 액체가 비 내리듯이 죽죽 떨어졌다면 도저히 일어날 수 없는 이상한 일을 정확히 예언한 게 되는 거잖아. 그러면 그때부터는 예언을 의심하기 어렵고 뭔가가 있기는 있겠다고 어느 정도까지는 믿는 수밖에 없었겠지."

오 차장이 물었다.

"그러면 예언이 어중간했기 때문에 더 중요해졌다는 거야? 예언이 정확이 안 맞았기 때문에 더 가치가 생겼다는 이야기는 좀 억지 같은데."

"예언이 맞느냐 아니냐만 놓고 보면 그렇지. 그렇지만, 그렇게 어중간한 예언이 지어낸 이야기를 끌고 가기에는 더 좋잖아. 맞냐 아니냐 따질 일도 많이 생기고, 과연 정체가 뭘까 궁금해지는 일도 생기고, 도대체 이야기가 어떻게 끝나려고 이러나 하는 생각도 들고. 이야기 속에서 갈등을 만들기에는 좋다고. 그래서, 이렇게 세 가지나 되는 징조가 다들 적당히 그럴듯하고 적당히 의

293

심스러운 상황이라는 것은 누가 재미있게 지켜보라고 꾸민 이야기에나 나올 법한 상황이라는 거지."

그러자 한규동이 다른 의견을 이야기했다.

"그렇지만, 그냥 우리가 하루 종일 예언, 징조 그런 생각만 해서 그렇게 보인 것일 뿐일 수도 있잖아요. 애초에 별로 맞을 가능성이 없는 예언들이었는데 우리가 워낙 혹시 예언이 정말로 맞으면 어쩌나 생각을 하면서 세상 온갖 것들을 보다 보니까."

"우리가 그렇게 본 게 아니라 한 팀장이 그렇게 본 것 아니야?"

"하여튼요. 예언이 맞으면 어쩌나 하는 생각을 하면서 세상 온갖 것들을 보다 보니까 그중에 꼭 예언과 맞는 것이 있는 게 눈에 뜨였고, 사장님은 그게 아닐 수도 있다고 반박을 하고, 그러니까 다들 어중간해 보인 것 아닌가요?"

이인선은 한규동 쪽으로 고개를 돌렸다.

"그러면 세 번째 단서도 따져보자고."

오 차장이 말했다.

"도대체 단서가 몇 개야."

"우리가 이야기를 할 때 너무 지나치게 정확하게 할 말만 하고 있다는 생각이 들지 않아?"

"그럼 사람이 할 말을 하지 안 할 말을 하나?"

"보통 말을 할 때는 말이 중간에 막히는 일도 많고, 앞뒤 말이 안 맞거나, 문장의 호응이 안 맞는 말을 할 때도 많잖아. 그게, 저기, 그 뭐냐, 거시기, 그니까, 뭐랄까, 있잖아, 그런 말을 쓰면서 말을 머뭇거리는 경우도 많고. 그런데 오늘 우리가 한 말을 돌아보면, 이상하게 그런 말을 너무 안 쓴 것 같다고."

"뭐? 그런 게…… 거시기 뭐냐, 단서가 될 수가 있어?"

"그렇잖아? 일상생활에서 사람들이 하는 말은 대부분 쓸데없이 응, 음, 저기, 그거, 그 뭐냐, 이런 말을 많이 쓰고 문법에 틀린 말도 많이 쓰잖아. 그런데 우리는 그런 말들을 이상하게 너무 안 쓰고 있다고. 딱딱 맞아떨어지는 말만 사용하면서 이렇게 필요한 대화만 하고 있다고. 이런 것은 지금 우리가 하는 대사를 소설이나 영화 각본 같은 것을 쓰고 있는 작가가 쓰고 있기 때문 아닐까? 그렇게 해야 글로 이 말을 지금 읽고 있는 사람은 더 이해하기 쉬우니까."

"그러고 보면, 이렇게 우리끼리 아주 긴긴 이야기를 주고받으면서 대화를 길게 계속 나누고 있다는 것도 일부러 이야기를 보는 사람에게 상황을 알려주려고 설명하기 위해서인 것 같기도 하네. 어지간하면 이야기 좀 하다가, '너무 골치 아픈 이야기 그만하고, 맥주나 한잔하러 가자' 뭐 그런 식으로 빠질 법도 한데."

"그렇지. 영화 같은 데서 보면, 맨 마지막에 끝날 즈음 되면 악당 두목이 나와서 꼭 주인공한테 '하하하, 너는 내가 꾸민 음모에 걸렸다. 나는 이러저러한 음모를 꾸미고 있었는데, 거기에 딱 맞게 걸려들다니, 꼴좋구나. 나의 이런 음모에 걸렸다는 것을 네가 깨닫고 괴로워하면서 세상을 하직하는 모습을 보고 싶어서 이렇게 설명을 해준다.' 이런 식으로 장황하게 자기 사연에 대해서 길게 설명해주는 경우가 많잖아. 악당 입장에서는 그냥 재빨리 주인공을 없애버리는 게 더 좋을 텐데. 그렇지만 영화를 보는 관객 입장에서는 그렇게 누가 설명을 해줘야 영화 속에서 일어났던 일이 무슨 사연이었는지 알 수가 있고 정리할 수가 있으니까, 그런 게 필요하거든. 그러니까 어쩔 수 없이 그렇게 영화에서는 괜히 악당 두목이 길게 설명을 해주기 마련이라고."

한규동이 말했다.

"그러니까, 지금 사장님이 영화 속에 나오는 악당 두목 같은 역할을 하고 있다는 거죠?"

"그렇다기보다도 우리가 나누는 말투가 현실의 말투라기보다는 지어낸 이야기의 표현에 너무 가깝다는 거지."

"그건 그냥 네 말투가 그런 것 아냐? 좀 재미없는 말투."

오 차장이 말했다. 한규동 역시 잠깐 생각하더니 다른 이야기를 꺼냈다.

"그런데 반대로 만약에 우리가 지어낸 이야기의 극중 인물에 불과하다면 그런 말투의 차이를 정확하게 구분하기란 어렵지 않을까요? 원래부터 글로 표현하는 말은 사람 말소리 그대로라기보다는 그걸 어느 정도 생략하고 가공해서 뜻만 표현하는 것이잖아요. 제가 지금 하는 말을 만약에 글자로 소설에 써놓았다고 하면, 아무리 상세하게 썼다고 해도, 제가 어떤 단어를 발음할 때 어느 단어는 느리게 발음하는지, 어느 부분을 조금 높은 목소리로 발음하는지, 어느 부분은 조금 낮은 목소리로 말하는지, 어느 단어는 빠르게 말하는지, 이런 것들은 다 생략된 채로 그냥 글자로 표현될 수 있는 내용만 글씨로 적히는 거잖아요."

한규동은 유독 빠른 속도로 말했다.

"그렇긴 하지."

"그러니까, 우리가 말을 하면서 '음, 저기, 그, 뭐냐, 거시기, 있잖아' 같은 말을 많이 쓰고 문법도 틀리게 말을 하지만, 작가가 그 내용을 글로 표현할 때는 그런 것들을 있는 그대로 전부 다 옮기는 게 아니라 읽기 좋게 생략하고 어느 정도 글자로 표현하기 좋은 것만을 골라서 글씨로 적는 거라고 볼 수도 있는 거잖아요. 그렇다고 치면 실제 말투와 소설 속 등장인물의 말투를 그렇게 구분할 수 있을까요?"

"그래서 우리가 소설 속 등장인물이라는 거야, 아니라는 거야? 더 헷갈리는데."

오 차장이 고개를 좌우로 기울였다. 이인선은 오 차장 쪽을 보았다.

"그러면, 네 번째 단서를 한번 들어보라고. 네 번째 단서는 어떻게 우리 같은 회사가 먹고살 수 있느냐 하는 거야."

"그게 무슨 소리야?"

"그건 제가 정말 궁금한 문제인데요."

한규동이 말했다. 이인선이 계속 이야기했다.

"우리 회사는 무엇인가 이야깃거리가 될 만한 일을 찾아다니고, 그걸 조사하고 파헤치면서 기삿거리도 만들고, 방송이나 무슨 동영상 프로그램 재료도 찾고 그런 일 했다고. 그런데 과연 그런 일만 전문으로 하는 사람들이 현실에서 꾸준히 먹고살 수 있을까?"

"먹고살 수 없는 거예요? 지금 우리가 곧 망한다는 말씀을 하시는 거예요?"

"보통 아무리 아슬아슬한 이야깃거리를 자주 경험하면서 사는 형사나 첩보원이나 특수 요원이나 뭐 그런 사람들이라고 해도 항상 재미있는 사건만 경험하면서 꼬박꼬박 일상생활도 잘 해나가기는 어렵잖아. 그렇게 살아서 어떻게 주택 대출금 갚고 카드값 갚으면서 살 수가 있겠어? 아무래도 현실이 아니라 지어낸 이야기니까 수상쩍은 무슨 일이든 다 해주는 사무실 같은 것 차려놓고 이런저런 재미있는 일 겪으면서 지낸다, 그런 게 있을 수 있는 것 아니냐고?"

"그게, 사장님이 하실 말씀……이신가요?"

"아니, 일단 모든 것을 다 펼쳐놓고 한번 따져보자는 거지. 도 대체 재미있으라고 그냥 꾸며놓은 이야기 속의 일이 아니라면 우리 같은 회사가 어떻게 유지가 될 수 있는 건데?"

한규동은 고개를 돌리며 한숨을 길게 쉬었다. 그러고는 이렇게 말했다.

"우리는 차세대 인터넷 정보 융합 미디어 플랫폼 스타트업 일을 하니까 유지가 될 수 있나 보죠."

"한 팀장, 그 말을 처음으로 완벽하게 제대로 말한 거 아니야?"

"그리고 오늘 일처럼 계속 정신없이 펼쳐지는 일도 있지만, 보통은 재미없고 지겹고 회사 수익을 조금이라도 더 내기 위해서 잡다한 일을 할 때도 많잖아요."

"바로 그것 때문에 다섯 번째 단서가 나오는데 말이지."

오 차장과 한규동은 이인선에게 시선을 돌렸다.

"다섯 번째 단서는 오늘 있었던 일이 신기하고 관심을 끄는 소재를 다루고 있다는 거야. 이런 신기한 일은 소설이나 영화의 지어낸 이야기의 소재라고. 현실에서 일상생활을 사는 이야기에 어울리는 게 아니지. 심지어 오늘은 하루 종일 그 비슷한 이야기로 가득 차 있었잖아."

"그건 그냥 우리가 그런 이야기를 따라다녔기 때문이라고 할 수도 있잖아요. 게다가 소설 중에는 현실을 덤덤하게 옮긴 사실주의 소설도 있고 그냥 일상의 소소함을 다룬 이야기도 있잖아요. 그런 소설에서는 꼭 신기하고 관심을 끄는 소재를 다루지도 않는 거고요."

"그렇긴 해. 그렇지만 그렇다고 해도 일단 특이하고 고민스럽고 갈등이 많은 상황을 다루는 내용이 지어낸 이야기의 소재가 될 가능성이 더 높기는 높잖아."

오 차장이 말했다.

"그러면 세상 살면서 골치 아픈 일 때문에 갈등하고, 갑자기 불행이 닥치거나 너무 슬퍼서 고민하고, 갑작스러운 일 때문에 당황하고, 그럴수록 나는 소설이나 영화나 게임이나 가상 현실에서 보는 사람들이 재미있으라고 지어낸 등장인물일 가능성이 높아진다는 그런 뜻인가?"

"그런 비슷한 이야기지."

"그런데, 그렇지는 않잖아. 만약 오늘 있었던 일이 누가 지어낸 소설 속의 이야기나 게임 속의 상황이라고 치자고. 그렇지만 나는 어제 있었던 일, 어릴 때 있었던 일, 모든 과거의 일을 다 겪었고 그걸 기억하는데? 오늘 있었던 일이 지어낸 이야기라면 그런 과거의 지루하고 평범한 일상의 일까지 왜 다 일어났던 건데?"

오 차장은 자신의 어린 시절과 과거의 일을 잠깐 돌이켜보았다. 이인선이 말했다.

"그렇지 않아. 어제 일이나, 과거의 일 같은 것은 하나도 일어나지 않았을 수도 있다고. 그냥 그런 일이 일어났다고 믿고 있는 그 기억을 갖고 있다고 이야기를 짜놓은 사람이 써버리면 그런 일이 다 일어났다고 너는 생각하게 되는 거야. 작가가 '오 차장은 자신의 어린 시절과 과거의 일을 잠깐 돌이켜보았다'라고 한 줄만 쓰면, 너는 이야기 속에 담겨 있지 않은 어제 일, 그제 일, 어릴 적 일을 모두 다 겪었다고 생각하게 되는 거잖아."

오 차장은 말을 멈추고 생각에 빠졌다. 이번에는 한규동이 물었다.

"그렇지만, 이야기를 지어낸 사람이 정말 우리와 똑같은 이유로 이야기를 지어내는지 어떤지는 모르잖아요. 우리가 재미있다고 생각하는 것을 우주를 만들어낸 우주 바깥의 사람은 재미없다고 생각할 수도 있는 것이고. 누가 가상 현실 장치를 만들어서 실험을 하고 있는 거라면 그 실험에서는 굳이 특이하고 이상하고 신기한 사건보다는 그냥 가장 평범하고 일상적인 일이 어떻게 일어나는지를 보려고 할 수도 있을 건데요. 하다못해 작가는 정말 재미있는 이야기라고 열심히 만들었지만 독자들은 그냥 그저 그렇게 생각해서 별로 잘 안 팔리는 경우도 많잖아요. 그렇다면 굳이 재미있고 자극적인 이야기 속에서 우리를 출연시킨다고 확신할 수는 없잖아요."

"맞아. 그건 그래. 그런데 그럴 수도 있고 아닐 수도 있잖아. 그렇다면 그냥 이야기를 지어내는 사람도 우리하고 비슷하다고 가정을 해보자고. 일단 아무것도 모르니까. 그러면 누군가 우리하고 비슷한 재미있고 신기한 것을 원하는 사람이 신기해 보이는 이야기를 지어내려고 하고 있다고 쳐보자고. 그러면 우리는 그 이야기의 등장인물이기 때문에 신기해 보이는 일을 자꾸 겪고 있다고 할 수 있잖아."

오 차장이 다시 말했다.

"이 사장이 말해준 단서는 말이지. 그러니까. 그…… 이해가 가기도 하고 안 가기도 해."

오 차장은 "음" "저기" "그게" "으응" 같은 소리를 내면서 말을 좀 머뭇거렸다. 그러더니 다시 물었다.

"뭔가 확실하게 확인할 방법은 없을까?"

이인선이 대답했다.

"지어낸 이야기에는 대체로 한 가지 공통된 문제가 있어. 허구 역설, 뭐 그 비슷한 이름으로 부르는 건데."

"허구 역설?"

"허구연은 옛날 야구 해설하시던 분 아니에요?"

"소설이나 지어낸 이야기라는 것은 그것을 보는 사람이 저런 일이 일어났다는 느낌을 생생하게 받으면서 감동과 재미를 느끼라고 만든 것이란 말이지. 등장인물들에게 공감도 하면서."

"그렇지."

"그렇기 때문에 지어낸 이야기 속에서는 그 이야기가 모두 사실이라고 하면서 이야기를 진행해야 한다고. 아무리 사실적으로 상황을 묘사하고 있는 지어낸 이야기라고 하더라도 그 이야기가 가짜라는 가장 중요한 사실만은 사실이 아닌 척해야 된다는 거야."

"무슨 말이야? 예시로 설명해줄 수 없나?"

"주인공이 아이슬란드에 가서 인생의 위기를 겪는 내용의 소설을 지어냈다고 해보자고. 그런데 그 소설을 정말 사실적으로 써서 실제 아이슬란드의 풍경과 문화와 아이슬란드 거리의 건물과 그곳 사람들의 관습과 행동과 말투까지 전부 아주 세세하게 진짜처럼 다 표현했어. 어지간한 아이슬란드 다큐멘터리보다도 훨씬 더 정확하게. 그런데 그렇다고 해도 그 소설 속에서 주인공과 그 주인공의 인생은 가짜거든. 그런데 그 대목, 그러니까 주인공은 지어낸 가짜라는 사실을 극중에서 가짜라고 대놓고 말할 수는 없다고."

그러자 한규동과 오 차장이 차례로 말했다.

"포스트모더니즘, 그런 거나, 그 왜 옛날에 메릴 스트리프랑 제러미 아이언스 나왔던 영화 같은 것도 있기는 있잖아요?"

"그리고 그런 게 무슨 문제가 되나?"

이인선이 대답했다.

"〈스타 트렉〉 같은 텔레비전 시리즈를 생각해보자고. 〈스타 트렉〉은 원래 1960년대에 나와서 유행한 SF TV 시리즈거든. 거기 보면 23세기의 우주선으로 '엔터프라이즈'호라는 게 나온 다고. 그런데 그게 엄청 유행을 해서 미국에서 실제로 1974년에 최초로 우주 왕복선을 만들 때 〈스타 트렉〉에 나오는 이름을 따 서 시제품 우주 왕복선 이름을 '엔터프라이즈'호라고 붙였어. 그 래서 그게 현실의 우주 개발 역사에서 굉장히 중요한 우주선이 되었고."

"그게 무슨 문제야?"

"자, 그런데 생각을 해보자고. 〈스타 트렉〉은 23세기가 무대 라고. 당연히 20세기 중반인 1974년에 일어난 일을 〈스타 트 렉〉 이야기 속의 등장인물들은 다 알고 있고 역사 시간에 배우 겠지. 그러면서 20세기의 중요한 우주선 중에 '엔터프라이즈'호 라는 게 있다는 걸 배울 텐데, 그러면 '엔터프라이즈'호라는 이 름이 〈스타 트렉〉이라는 TV 시리즈에 나왔다는 것을 알게 된 다고. 그러면 〈스타 트렉〉 등장인물들은 자기들이 23세기 시대에서 활동하는 사람이 아닌 게 되고 그냥 TV 시리즈 속에서 누가 지어낸 이야기 속 인물이 되어버리는 거야. 그러면 〈스타 트렉〉이 진짜 23세기가 무대인 것은 아닌 이야기가 되잖아?"

한규동이 말했다.

"허구가 현실과 연결되면서 스스로 충돌을 일으켜서 이루어질 수 없게 되었다, 뭐 그런 말씀을 하시는 건가요?"

"맞아. 이런 것은 극복할 수 없는 한계잖아. 지어낸 이야기는 아무리 사실적으로 쓴다고 해도 지어낸 이야기라는 것, 가짜라는 것 자체를 어떻게 할 수는 없는 거거든."

"가짜라는 것 자체를 어떻게 할 수는 없다?"

"제임스 본드 시리즈는 첩보원 이야기로는 세상에서 제일 유명하잖아. 전 세계의 모든 첩보 기관 직원들, 정보 기관 직원들이 가끔씩은 우쭐해하면서 '내가 영화에 나오는 제임스 본드 같은데'라고 생각할 거라고. 그리고 그 제임스 본드 소설과 영화가 우리 문화에도 많은 영향을 끼쳤잖아. 우리나라에서는 아직도 각진 딱딱한 서류 가방 같은 것 있으면 '007 가방'이라고 부르고, 몰래 급하게 여러 사람이 처리하는 일이 있으면 '007 작전을 방불케 한다'는 말도 쓰잖아? 그런데 제임스 본드 영화 속 세상에서는 세상에 제임스 본드 소설이 없다는 것처럼 행세해야 돼."

"제임스 본드 영화 속 제임스 본드는 제임스 본드가 지어낸 이야기라는 것을 알 수 없다는 거지?"

"제임스 본드 소설 시리즈하고 20편도 더 넘게 나온 제임스 본드 영화를 모르는 사람이 없는 게 우리가 사는 세계인데, 정작 제임스 본드 영화 속에서는 그런 게 이 세상에 없는 것처럼 행동해야 된다고. 지어낸 이야기인 제임스 본드 영화 속에서는 제임스 본드 이야기는 지어낸 가짜 이야기이고 돈을 많이 번 문화 상품이라서 시리즈가 많이 나왔다고 해버릴 수는 없는 거니까."

오 차장이 이인선에게 물었다.

"그러면, 그런 모순되는 점을 우리가 찾아낼 수 있다면 우리는 우리가 이야기 속 등장인물일 뿐인지 아닌지를 알 수 있다는 말이야?"

이인선이 대답하기 전에 한규동이 말했다.

"잠깐만요. 그러면 지금 우리가 있는 곳이 실제 서울인지 아닌지 확인하면서 뭐가 들어맞지 않는지 찾아보면 어때요?"

"그래, 지금, 지금 여기는 어때?"

오 차장이 바로 대답했다.

"지금 우리 앞에 있는 거대한 구멍 같은 것을 파서 공사를 하고 있는 이 현장을 보자고."

세 사람은 앞을 바라보았다.

"오늘 우리가 겪은 일이 지어낸 이야기라면 이런 곳은 특이하고 중요한 배경이 되는 곳이잖아. 이상한 곳이기도 하고. 그러면, 이런 주요 배경이 될 만한 장소는 소설에서 지어낸 곳일 거라고."

오 차장은 눈앞의 광경을 보았다.

"지금 내 눈앞에 보이는 공사 현장이 지어낸 이야기의 결과라고?"

"여기가 소설 속 세상이라면 실제 서울에는 이 비슷한 곳은 있겠지만 이런 거대한 구멍 같은 곳은 없겠지. 당연히 그 구멍을 파라고 작업하고 있는 소장도 없을 것이고. 아무래도 밤에 이렇게 혼자 공사를 하는 것은 너무 지어낸 이야기 속 장면 같으니까."

"아마 이야기를 지어내고 있는 작가가 지금 그 비슷한 위치에 앉아서 글을 쓰면서 주위 거리 풍경을 보면서 여기에 구멍을 파는 공사 현장이 있다면 어떨까 상상하면서 이야기를 지어내고 있는 거 아닐까요?"

"그렇지만 그런지 아닌지를 확인할 방법이 있나?"

한규동은 생각에 빠지더니 꿈을 꾸는 듯한 얼굴로 점점 바뀌어갔다.

"길 건너 저쪽을 보면 소설 쓰는 사람이 글 쓸 만한 커피 가게 같은 곳이 두어 군데 보이거든요. 만약에 작가가 이 이야기를 지금 쓰고 있다면, 바로 저기에서 쓰고 있지 않을까요? 우리가 그쪽을 보면 작가에게 우리가 보이게 될까요?"

한규동과 오 차장은 차에서 내려 잠시 앞쪽으로 몇 발짝 걸어갔다. 길 건너편에 분명히 커피 가게가 보였고, 그곳에서 검정색 휴대용 컴퓨터를 펼쳐놓고 소설이라도 쓰고 있는지 부지런히 타자를 하고 있는 좀 뚱뚱한 남자도 한 명 보였다. 그때 길에 파란색 버스 한 대와 경기도에서부터 온 붉은색과 흰색을 칠한 버스 한

대가 나타나 중앙 차로 정류장에 머물렀다. 그 때문에 잠시 시야를 가렸다. 트렌치코트를 입고 유난히 큰 흰 마스크를 한 사람이 그 사이를 뛰어가는 것이 보였다.

"만약에 지금 이 부분을 쓰고 있는 작가의 눈앞에 정말 우리가 보인다면, 그건 그 작가도 사실은 누가 일부러 지어낸 가상 현실 속에 있다는 거 아닌가?"

오 차장이 중얼거렸다.

차에 앉아 있던 이인선이 곧 뒤따라왔다.

"이런 방법은 어때?"

두 사람은 뒤를 돌아보았다.

"우리가 이야기 속 등장인물이라면 우리가 등장하는 소설이나 영화나 게임 같은 게 세상에 나와 있겠지. 그러면 우리가 등장하는 소설이 있는지 인터넷에서 검색을 해보면 뭐가 나올까?"

"잠깐만요. 지금 이 순간에 이 부분의 이야기를 작가가 지어내고 있는 중이라면 아직까지는 소설이 완성된 게 아니잖아요. 그러면 아직 내용이 공개가 안 되었을 수도 있고요."

"그렇지만, 시리즈물이라면 전편이 있을 수도 있는 거잖아?"

"그러면 우리가 등장하는 소설이 나와 있는지 찾아보는데, 만약 그런 소설이 정말로 있다고 검색이 되면, 우리가 전부 소설 속 등장인물이라는 증거가 되는 건가요?"

한규동의 질문에 이인선이 대답을 하기 전에 오 차장이 다시 물었다.

"만약에 그런 소설이 없다면 그건 무슨 뜻이지? 우리가 소설 속 등장인물이 아니고 여기가 현실이라는 뜻인가?"

한규동이 대신 대답했다.

"그건 아니지. 그냥 작가가 소설 속 세상은 현실과 그 점에서 다르다고 해버리면 되는 거니까. 〈스타 트렉〉 주인공들은 집에 가서 쉬면서 옛날 TV 시리즈 다시 보기에 들어가도 〈스타 트렉〉은 볼 수 없게 되는 것처럼. 예를 들어서 우리가 등장인물로 등장하는 소설 시리즈가 두세 개가 있어서 현실에서는 뻔히 검색이 되는데, 우리가 있는 이 소설 속 세상은 현실과는 다르게 그런 것만 달랑 검색이 안 되는 현실과 다른 가짜 세상이라고 하면 우리가 알 방법은 없는 거니까."

"그러면, 만약에 우리가 등장하는 소설이 있다고 검색이 되면 그건 우리가 확실히 소설 속 등장인물이라는 증거가 되는 거지?"

이인선은 전화기를 꺼내서 검색을 하기 시작했다. 한규동도 전화기를 꺼냈다. 그런데 한규동은 다른 것을 먼저 검색했다.

"그런데 꼭 그런 것은 아닌데요. 가끔 실제 인물을 그대로 소설 속에 등장시켜서 이야기를 일부러 꼬이게 꾸미는 작가들도 있거든요."

"그 메릴 스트리프 나오는 영화라는 거?"

오 차장이 물었다.

"다른 것들도 많이 있어요. 지금 여기 검색해보면 나오는 곽재식이라는 작가가 쓴 소설이 2008년에 『한국 환상 문학 단편선』이라는 책에 실린 게 있는데 제목이 「콘도르 날개 완결편」이거든요."

"콘도르 날개?"

"완결편이요."

"그 소설 내용이 뭐냐면 주인공이 '콘도르 날개'라는 지어낸 이야기 속 줄거리가 현실로 모두 다 이루어진다는 것을 알고 깜짝 놀라는 거예요. 그런데 그 내용 속편을 보면 미래의 일이 예언되어 있는데 주인공에게 너무 불행한 일들이거든요. 그래서 주인공은 걱정하고 괴로워해요. 그러다가 그 묘수를 떠올리는데, 사실은 이 모든 게 그저 소설 속에서 무의미하게 지어낸 이야기일 뿐이라고 밝히는 내용으로 이어지는 완결편을 만들어내서 덧붙일 계획을 세워요. 그래서 합법적으로 완결편을 만들 권리가 있는 곽재식이라는 작가를 찾아가서 결국 그런 소설을 써서 출간하게 하거든요. 그리고 그렇게 쓰는 소설이 바로 이 소설 자체인 실제 곽재식 작가가 쓴 「콘도르 날개 완결편」이라는 거예요."

설명을 유심히 들었지만 오 차장은 혼란스러워했다. 그는 중얼거렸다.

"소설 속 등장인물들이 인터넷에서 자기 자신을 검색했는데 검색 결과에 자기들이 출연하는 소설들이 등장하면서 이 모든 게 소설이라는 것을 깨닫는다는 내용은 규칙 위반이라는 느낌인데."

두 사람이 대화를 하는 동안 이인선은 전화기 화면을 들여다

보고 있었다. 그리고 무엇인가를 생각하더니 갑자기 고개를 돌리고 하, 하고 웃음소리를 한번 냈다. 그러고는 둘을 보면서 말했다.

"이거 한번 알아봐야 되겠네. 지금 빨리 가야 돼."

"예? 뭘 알아봐요?"

"어디로 간다고?"

한규동은 시간을 확인했다. 공교롭게도 10시 정각이 되기 직전이었다.

22시에서 23시까지

오 차장의 차는 오늘 처음 찾아갔던 깊은 지하철역의 숨겨진 방을 향하고 있었다. 밤 시간이 꽤 깊어진 까닭에 교통량은 줄어 있었다. 낮보다는 훨씬 더 빠른 속도로 움직일 수 있었다.

"여보세요? 이 사장, 통화할 수 있어?"

오 차장은 이인선과 통화하려고 노력하고 있었다. 일단 빨리 급하게 움직여야 한다는 이인선의 말에 따라 일행은 뿔뿔이 흩어지는 중이었지만, 오 차장은 무슨 영문인지는 제대로 이해하지 못하고 있었다. 공사장에 남아 있으면서 이동하는 두 사람을 지원해주기로 한 한규동 역시 이인선이 무슨 생각을 하는지 알 수 없었다.

이인선의 목소리가 전화기 저편에서 들려왔다.

"어, 괜찮아. 그런데 오 차장, 그 지하철역 지하실 방으로 가고 있어?"

"벌써 많이 왔어. 그런데 너는 어디로 가는데?"

"나는 최후연구회가 있던 빌딩으로 가고 있고. 한 팀장은 지금 브레인 연구소 소장 있는 거기에 남아 있고."

"그래."

거기까지는 오 차장도 알고 있었다. 하지만 여전히 그 목적은 알 수가 없었다.

"이 사장, 이게 뭐 하러 가는 길인지를 설명을 좀 해줘라. 가서 뭘 어떻게 해야 하는지는 알아야지."

"그래 맞아. 너는 좀 제대로 알고 있어야겠다. 생각해보고 어지간하면 경찰이나 119에 전화도 좀 하고."

오 차장은 놀랐다.

"경찰? 119? 누가 다쳤어? 무슨 사건이라도 생긴 거야?"

"아니면 다행인데, 내가 보기에는 그럴 가능성이 있어. 뭐 허탕 치면 할 수 없는 거지만. 오늘은 기왕에 밤늦게까지 움직이는 날이니까 오늘 전부 다 끝내보자고."

그쯤에서 오 차장은 이인선의 말을 멈추고 물었다.

"잠깐만 이 사장. 인선이. 잠깐만. 무슨 가능성이 높아서 뭘 하자는 건데? 설명 좀 해주라니까."

"그래, 그래. 네가 가는 쪽이 제일 중요할 것 같으니까."

"왜? 뭐가? 왜 제일 중요한데?"

이인선은 잠시 말을 멈추었다. 오 차장은 전화가 끊겼나 싶어 "여보세요?" 하고 중간에 한번 묻기까지 했다. 그러나 곧 이인선의 말이 다시 전화기에서 들려왔다.

"우리가 사는 세상이 전부 가짜고 가상 현실이다, 알고 보니 다 이게 꿈이었다, 이런 것은 언제나 어디서나 이상한 이야기에서는 항상 써먹을 수 있는 소재라고. 그만큼 허무하기도 하고. 대신에 일단 갖다 붙여놓고 보면 말이 아주 안 되지는 않고. 모든 게 가상 현실이다라는 것은 그게 진짜냐, 가짜냐 하는 것을 따지기가 굉장히 어려워지거든. 그런 부류의 이야기들이 다 그래."

"그런가?"

"사실은 세상에 사람은 아무도 없고 내 뇌만 통 속에 들어 있는 채로 세상이 있는 것처럼 환상을 느끼고 있는 것이다, 이런 이야기는 터무니없다고 할 수는 있지만, 그렇다고 절대 아니라고 완벽하게 반박하기는 어렵거든. 그래서 아무 때나 아무렇게나 할 수 있는 말이고."

"우리가 통 속의 뇌라면? 이런 말은 누구나, 언제나 해볼 수 있다는 거지?"

"그래서 사실 그걸 두고 이야기를 길게 할 수는 있겠지만 그런 이야기만 가지고 우리가 세상이 어떻게 된다 어쩐다 따져내기란 쉽지가 않다고. 어찌 보면 하나 마나 한 그냥 농담 같은 이야기니까."

"그렇지만, 인선이 너는 아까 무슨 단서가 몇 개가 있고 그런 이야기를 했잖아?"

313

"그래도 우리가 정말로 이야기 속의 등장인물이라면 그 이야기를 어떻게 쓰느냐에 따라 결국 결론이 달라질 수밖에 없을 거야. 아무리 단서가 있고 그거에 따른 어떤 결론이 나온다고 하더라도, 작가가 그냥 '나는 내가 소설 속 등장인물이 아니라는 결론을 내렸다'고 쓰기만 하면 어쨌거나 우리는 그렇게 결론을 내리게 되는 거잖아."

"그래도 소설이 자연스럽게 연결되는 흐름이 있는 거라면, 아무리 이야기를 작가 마음대로 쓰는 거라도 억지를 쓸 수는 없지 않을까?"

"아주 얼토당토않은 억지를 쓸 수야 없겠지만, 어느 쪽이든 이야기를 몰아갈 수는 있지 않겠어?"

"그래도 말이지……."

오 차장은 뭔가 더 말하려고 했다. 머뭇거리는 동안 이인선이 말했다.

"그런데 가만 보면서 따져보니까, 생각나는 게 있더라고."

"뭐가 생각나는데?"

"아무 때나 아무렇게나 할 수 있는 가상 현실 이야기 같은 것을 왜 이렇게 괜히 길게 했을까, 왜 그런 이야기에 화제를 두고 그렇게 길게 이야기를 했나, 그런 생각."

"쓸데없는 이야기를 길게 한 것 같아서 후회된다는 거야?"

"그게 아니라 그런 쓸데없는 이야기를 한다면, 거기에 이유가 있다는 거야."

"쓸데없는 이야기를 길게 한 게, 쓸데없지가 않고 사실은 이유가 있다고?"

오 차장은 잠시 이인선의 다음 이야기가 들리지 않아 뭐라고 반복해 물었다. 잠깐 통신이 잘 연결되지 않는 지역을 지나가고 있는 것 같았다. 다시 전화가 잘 들리기 시작했을 때 이인선이 말했다.

"수수께끼를 풀이하는 이야기에서는 붉은 청어라고 하는 게 있잖아. 괜히 관심을 딴 데로 끌어서 결말을 눈치채지 못하게 하는 거."

"무슨 저택에서 살인 사건이 벌어졌는데, 앞부분만 보면 집사가 살인 사건을 꼭 저질렀을 것 같아서 제일 범인일 가능성이 높아 보이는데 사실 집사는 범인이 아니다, 그런 것 말이지?"

"맞아. 그리고 우리가 오늘 겪은 일에서 가상 현실 이야기가 그 집사 역할인 거야."

오 차장은 말을 멈추었다. 그때 최후연구회로 가고 있던 이인선은 오 차장과 멀리 떨어져 있었지만 혼란스러워하는 표정을 떠올려볼 수 있었다. 이인선이 머릿속에서 떠올린 오 차장의 표정과 실제 오 차장이 짓고 있는 표정은 똑같았다.

오 차장이 말했다.

"잠깐만. 그러니까 사실 우리는 소설 속 등장인물일 뿐이고, 앞에서 우리가 길게 했던 이야기는 그냥 속임수일 뿐이었다는 거야? 원래 소설 속의 수수께끼라는 것은 중간에 독자들을 속이기 위해 그럴듯하지만 진상은 아닌 미끼 같은 이야기가 길게 나와야 되는 거니까. 바로 그게 가상 현실 이야기인 것이고. 그게 인선이 결론이야?"

"그럴 수도 있는데, 일단 그건 아무래도 좋으니까, 그것보다 앞서서 그런 이야기로 끌고 나가서 우리를 속이려고 하는 사람이 또 있다고."

"작가 말이야?"

"작가 말고. 우리를 이 세상 속에서 속이려고 하는 사람이 있다면 그 범인은 마치 작가처럼 다른 이야기에 관심을 갖게 하려고 꾸민 거라고. 그러면 생각해보자고. 누가 애초에 우리가 하는 이야기를 누가 자꾸 가상 현실 이야기 쪽으로 끌고 갔는데?"

이인선의 말에 오 차장은 오늘 만난 사람들과 무슨 이야기를 했는지를 빠르게 되돌아보았다.

"브레인 연구소 소장 말이야?"

"나는 그렇게 생각해. 브레인 연구소 소장이 가상 현실 이야기를 자꾸 꺼내면서 우리가 그런 생각을 하게 만들었어. 세상이 모두 누가 가짜로 지어낸 것이라면, 정말로 오늘 밤 12시에 세상이 단숨에 모두 없어질 수도 있다고. 그런 이야기를 자꾸 생각하게 했거든. 그런 거 다 별 의미 없는 이야기인데."

"그러면 뭐가 의미 있는 이야기인데?"

"가상 현실이니, 외계인이니, 우주니, 예언이니, 멸망이니, 이런 것은 이상한 이야기이고 현실적이지 않아. 우리가 하루 종일 그런 이야기만 하는 사람들을 만나기는 했지만, 여러 사람이 연속으로 계속 헛소리를 한 것뿐이거든."

"뭐라고?"

"그게 제일 가능성이 높기는 하잖아. 예언, 외계인, 우주 멸망, 가상 현실과 양자 어쩌고저쩌고 하는 사기 같은 말, 다 현실적인 이야기가 아닐 가능성이 높은 이야기라고."

"따지고 보면 그렇기는 그렇지."

"그래서 그런 소리들을 전부 다 그냥 사기라고 치면, 결국 그런데도 사람이 움직이는 동기가 어디 있는지를 봐야 돼. 그렇게 치면, 오늘 우리가 겪은 이야기 속에서 돈이 나올 구멍은 결국 한 군데밖에 없거든."

"대표. 게임 회사 대표."

오 차장은 그렇게 대답했다. 그러고 나니 대표의 얼굴이 새삼 떠올랐다. 이인선은 "맞아"라고 답하더니 이어서 말했다.

"세상이 정말로 멸망하고 그걸 예언한다는 것은 일단 헛소리라고 보는 게 정상이야. 세상이 다 가상 현실이고 우리가 통 속의 뇌라고 하면 안 될 일도 없겠지만 그런 건 아까도 말했듯이 언제나 아무렇게나 할 수 있는 이야기니까, 일단 기본은 그런 건 그냥 다 헛소리라고 봐야 된다는 거라고. 그렇게 치면, 결국 그런 헛소리를 열심히 하고 있는 사람은 예언자, 최후연구회 회장, 브레인 연구소 소장 세 사람이고, 돈을 뜯길 수 있는 사람은 게임 회사 대표지. 그러니 그 예언자, 회장, 소장 세 사람이 작당해서 돈이 많은 게임 회사 대표를 속여서 어떻게든 돈을 뜯어내려고 한 사건일 가능성이 있다고."

오 차장은 "햐아" 하는 소리를 내더니 고개를 흔들었다. 정신을 바짝 차리려고 노력하는 것 같았다. 오 차장이 물었다.

"그 셋이 어떻게 대표 돈을 뜯어내는데?"

"그게 조금 애매하기는 한데. 나는 오늘 밤 12시가 멸망할 시점으로 딱 정해져 있다는 게, 뭔가 상관이 있을 것 같기는 하거든."

"밤 12시하고 상관이 있는 사기를 친다는 거야?"

"그 비슷한 거지. 그런데 앞에서도 이야기했지만, 한국 시각으로 정확히 밤 12시 기준으로 이루어져야 하는 일이 별로 많이는 없을 것 같거든. 자연 현상과 관련된 일이라든가, 뭘 실제로 만들거나 없애거나 하는 일이라면 딱 그렇게 초 단위까지 맞춰서 정확하게 밤 12시에 무슨 일이 일어나기는 어려울 것 같고."

"사람이 인위적으로 정해놓은 무슨 시한이나 법적으로 정해놓은 날짜하고 관련 있는 일, 같은 게 딱 밤 12시에 맞아떨어질 텐데."

"맞아. 그래서 나는 그게 법이나 관공서에서 정해놓은 시한하고 상관이 있는 일이라고 생각했어."

"그러면, 오늘 밤까지 시한이 걸려 있는 게 뭐가 있는지 다 검색해보면 좀 알 수 있겠네."

"맞아. 그런데 검색을 해보기 전에도 짐작 가는 게 하나 있더라고."

"뭔데?"

"한 팀장이 그 말 한 것 기억나? 그냥 한 번에 차례대로 갈 수
도 있었을 텐데 오늘은 자꾸 왔다 갔다 하면서 움직이게 된다고,
했던 것?"

"아."

거기까지 말하자 오 차장은 떠오르는 것이 있었다. 이인선이
하고 있는 생각과 같았다.

"지하철역하고 브레인 연구소하고 최후연구회는 그 위치가 일
직선 위에 있어. 그 셋을 통과하는 일직선이 있어. 그렇게 보면 셋
다 공통점이 있다고. 지하철역의 방은 유독 깊은 곳에서 옆으로
빠지는 위치에 있었고, 최후연구회는 건물에서 지하 주차장 맨
아래층을 사서 보유하고 있었지."

"그리고 브레인 연구소는 연구 시설을 짓는다면서 지하로 파
내려가는 공사를 하고 있었어."

"그래서, 지하철역의 그 방이랑, 최후연구회 지하 주차장이랑,
브레인 연구소에서 판 구멍 바닥이 지하에서 한 줄로 관통되고
있는 것 같아. 그 자리로 바로 대심도 급행 철도가 지나간다는
계획이 오늘을 지나면 확정된다고."

"대심도 급행 철도?"

"보통 지하 더 깊은 땅속에서 도시를 관통해서 빠르게 달리는
철도 말이야. 교통 문제 해소를 위해서 건설한다고 하잖아. 그거

건설할 때 오늘 밤 12시까지 거기에 대해서 불만이 있으면 정식으로 접수를 해야 하고, 또 오늘 밤 12시가 될 때까지 대심도 급행 철도가 지나가는 지하 깊숙한 위치에 땅이나 시설을 갖고 있는 사람은 보상을 받을 수 있게 되는 거야. 예언자, 최후연구회 회장, 브레인 연구소 소장, 세 사람들은 게임 회사 대표에게 투자를 받아서 그 돈으로 대심도 급행 철도가 지나갈 길 지하를 차지한 거야. 그러면 대심도 급행 철도 공사를 하는 당국으로부터 돈을 받을 수 있을 거고, 그러면 땅값, 집값을 올려 받을 수 있으니까."

"그러면 연구소 소장이 정밀한 뇌 실험을 한다고 그 깊은 구멍을 뚫는 공사를 한 건?"

"그냥 둘러댄 소리지. 지하 깊은 곳 조용한 곳에서 실험을 그렇게나 하고 싶으면 어디 광산이나 산속 깊은 곳에 구멍을 뚫겠지. 다른 지하 실험 연구들이 다 그렇잖아. 뭐 하러 안 그래도 복잡한 서울 한복판에 깊이도 겨우 몇십 미터밖에 안 되는 구멍을 왜 뚫겠어. 그냥 대심도 급행 철도가 지나가는 깊이까지 구멍을 파야지 보상을 받을 수가 있으니까 괜히 적당한 명목으로 구멍을 뚫은 걸 거라고."

"잠깐만, 잠깐만, 결국 게임 회사 대표를 속여서 뜯어낸 돈으로 전철 지나가는 위치에 땅 투기를 하려고 했다는 거야?"

"대한민국 서울이라면, 시공간을 초월한 외계인과 연결되어서 우주의 미래를 보았다는 것보다야 그게 훨씬 더 확률이 높은 것 아니겠어?"

오 차장은 아침에 들렀던 지하철역이 가까워오고 있는 것을 확인했다. 오 차장은 이인선에게 다시 물었다.

"그러면 내가 여기서 뭘 찾아야 되는데?"

"다시 처음으로 돌아가보면, 하필 오늘 아침에 우리가 거기서 예언자의 예언을 들었다는 게 이상하잖아. 그것도 무슨 하늘에서 내려온 계시도 아니고, 귓가에 들리는 신비의 속삭임도 아니고 그냥 쪽지에 예언이 적혀 있었거든."

"맞아. 그랬어."

"나는 그게 예언자 본인이나 예언자의 측근이 거기에 와 있었다는 뜻이었을 가능성이 높다고 생각해. 그리고 무슨 이유가 있어서 그 쪽지를 던진 거야."

"무슨 쪽지를? 왜 던져?"

"브레인 연구소 소장이랑, 최후연구회 회장이랑, 예언자랑, 세 사람이 서로 다툼이 일어나서 일이 좀 꼬인 것 아닐까? 애초에 예언자는 그냥 스팸 메일 많이 보내서 사람 속이려 드는 재주만 좋은 사람이었을 가능성이 크다고. 그런 사람이 어떻게 우연히 게임 회사 대표를 속이는 데 성공했던 것 같은데……."

"어떻게 그런 사람이 그래도 회사의 대표까지 한 사람을 쉽게 속일 수가 있는 건데?"

오 차장은 반쯤 믿고 반쯤 믿지 않고 있었다. 이인선은 설명을 계속했다.

"누가 갑자기 지나가는 사람 붙잡고 '나는 어제 돌아가신 당신

할아버지가 우는 소리를 들었소'라고 말하면 그냥 정신 나간 사람이라고 생각하겠지? 지나가는 사람 100명, 1000명을 붙잡고 그렇게 하면 백이면 백, 천이면 천, 그렇게 반응할 거라고."

"그런데?"

"그런데 요즘은 전 세계가 인터넷으로 연결되어서 클릭 한 번이면 이메일을 무한으로 뿌릴 수 있는 시대잖아. 만약에 '나는 어제 돌아가신 당신 할아버지가 우는 소리를 들었소'라는 말을 번역기 프로그램까지 써서 전 세계 사람 10억 명에게 보낸다면, 그중에 두세 명은 마침 간밤에 돌아가신 할아버지가 꿈에 나와서 울었던 사람도 있을 거라고. 그러면 그 사람은 그 이야기를 솔깃하게 여겨서 빠져들게 될 것이고. 아마 그런 수법이 먹혔을 거야. 게임 회사 대표가 외계인이나 우주 종말이나 그 비슷한 것에 대해서 생각을 하고 있을 때, 하필 우연히 그 예언자가 우주 종말에 대해서 뿌린 수천만 건의 메시지 중에 하나를 받았을 거라고."

"아무리 그래도 사람이 어떻게 그렇게까지 이상한 생각에 빠진 건데."

오 차장은 다시 대표의 모습을 떠올렸다. 이인선은 대표의 모습을 떠올리고 있는 오 차장을 떠올리며 계속해서 말했다.

"그러다가 브레인 연구소 소장이랑 최후연구회 회장이 나중에 한패로 달라붙은 것 아니겠어? 그렇게 셋이서 땅 투기를 해 먹으려고 하다가 무슨 갈등이 생겼겠지. 다시 들어가서 잘 찾아

보면 분명히 무슨 흔적이 있을 거야."

얼마 후, 오 차장은 밤이 깊어 폐쇄 직전인 한적한 역에 도착했다. 늦은 시간이라 역에는 사람이 아무도 보이지 않았다. 그저 스산한 공기만 감돌고 있는 것 같았다. 대신 그 때문에 어느 곳으로 가건 전처럼 앞을 막아서는 사람은 없었다.

오 차장은 예언자의 방이 있었던 곳을 찾아 지하 통로로 들어섰다. 여전히 음침하고 무서운 곳이었다. 더군다나 이번에는 아무도 없는 지하철역 저편에서 뭔가 마귀가 신음하는 소리나 흐느끼는 소리 같은 것이 들리는 듯싶었다.

오 차장은 두려워서 괜히 빠른 걸음으로 움직였다. 그런데 원래 들어가려고 했던 이상한 무늬가 있던 방으로 들어가기 직전, 바로 옆의 잠긴 문 너머에서 그 신음 소리가 나는 것을 알 수 있었다. 마귀 소리 같다고 생각한 신음 소리가 선명히 들려왔다.

오 차장은 도망치려고 하다가 그 앞에 멈춰 섰다. 누군가가 옆에 있어주기만 해도 조금 덜 무서울 텐데.

"인선이. 제발."

무서운 마음에 이인선에게 전화를 걸면서, 오 차장은 살며시 잠긴 문을 열었다.

방에는 초췌하고 덥수룩한 모습의 안경을 쓴 남자 한 사람이 기운이 너무 없는지 제 몸도 가누지 못하여 나자빠져 있었다.

예언자였다.

23시에서 00시까지

 이인선은 최후연구회가 있는 건물에 도착한 후 바로 주차장 쪽으로 들어갔다. 최후연구회가 주차장 맨 아래층을 소유하고 있으니 그곳에서 무엇인가가 발견될 수 있을 거라고 생각했다. 건물 지하층에서 어두운 곳들을 여기저기 들추고 다니다 보니, 불쑥 암흑 속에서 외계인 형체라도 언뜻 보이는 것 아닌가 싶기도 했다.

 그런데 얼마간 주변을 걸어 다녔을 때, 오 차장으로부터 전화가 걸려왔다.

 "이 사장, 인선이, 괜찮아?"

 오 차장은 다급한 목소리였다.

 "왜 그래? 뭐 때문에 그러는데?"

 "얼른 거기서 나와. 그 건물에서 지금 나와서 최대한 빨리 그 건물에서 먼 방향으로 도망치라고."

마침 얼마 지나지 않아 건물 전체에 화재 경보기의 따르릉거리는 소리가 들리기 시작했다. 그리고 건물 이곳저곳의 스피커에서 안내 방송이 나왔다. 깔끔하게 녹음된 아나운서의 목소리가 아니라 더듬거리며 당황하여 외치는 중년 경비 담당자의 말투였다.

"긴급 대피, 긴급 대피 안내입니다."

이인선은 건물 바깥 방향을 향해 걸었다. 오 차장의 목소리가 전화기 너머에서 계속해서 들려왔다. 이인선의 걸음은 점점 빨라졌다. 오 차장이 소리쳤다.

"이 사장! 거기 있으면 큰일 나. 위험하대."

"무슨 일이길래 그래?"

"예언자라는 그 사람이 왜 소장이랑 회장이랑 싸웠냐면, 당장 땅 투기고 뭐고 그만둬야 한다고 했다는 거야. 대신에 그 거기에 문제가 있다는 걸 알리자고 했대."

"뭘 알리는데?"

"예언자는 그 지하철역에 있는 지하실 빈방에서 계속 머무르면서 방에 무늬도 그리고 다른 사기도 궁리하고 그랬잖아? 그러면서, 그 지하실 옆으로 배관이 잘못 뚫려서 지하로 물이 계속 새는 곳이 있다는 걸 알아냈다는 거야. 그래서 지하에 물길이 생겼대. 물이 새기 시작한 지 30년이 되어가지만 어차피 지하에서 그냥 물이 새고 어디로 흘러가버리는 거니까 굳이 그 지하철 빈방에 들어와 있는 사람이 아니면 그런 낌새를 몰랐을 건데 예언자라는 사람은 알아낸 거야."

"그게 이 건물하고 무슨 상관인데?"

"예언자는 사기 치려고 다 망한다, 다 죽는다, 그런 예언을 허구한날 스팸 메일로 보내고 다녔잖아. 그러다 보니까 아무래도 자기도 괜히 불길해서 자기가 자주 드나드는 그 방에 물이 새는 게 문제가 없는지, 땅속 조사하는 장비를 가진 검사 회사 사람을 고용해서 조사를 했대. 그러니까, 그 30년 동안 물이 샌 게 땅속에서 계속 흙을 녹이고 돌을 녹이면서 흘러서 지하 깊은 곳에서 구멍을 뚫고 계속 흘러갔다는 걸 알게 됐대. 마침 대심도 급행철도 노선하고 비슷한 방향으로 땅속의 물이 흘러갔다고 생각했다는 거야."

"땅속에서 땅을 녹이면서 물이 흐르는 물길이 있다는 이야기야?"

"그렇대. 예언자는 자기가 몇 군데를 더 조사해봤더니 지금 인선이가 있는 건물 바닥에도 그래서 물이 흘러가는 큰 구멍이 뚫려 있는 것 같대. 그 건물이 최근에 안전진단 통과 결과가 나온 이유도 결국에는 그것 때문이라고 생각하고 있고."

"그래서 물 흐르는 구멍이 뚫려 있으면 어떻게 되는 건데?"

"구멍이 무너지면 그 위에 있는 건물도 기울어지거나 쓰러지는 거야. 그래서 빨리 나오라고 하는 거고. 예언자가 있던 지하철역 지하실 빈방도 위험하다고 해서 아까 다 출입 금지시키고 정밀 검사를 하려고 했던 거고."

"그거 믿을 만한 거야?"

이인선은 의심스러워했다. 오 차장의 목소리는 더 다급해졌다.

"예언자는 확실히 그렇게 생각하고 있어. 그래서 예언자는 일단 인선이가 있는 그 건물도 지반 조사부터 해야 한다고 했고 그걸 알려야 된다고 생각했대. 대심도 급행 철도를 뚫는 땅이 튼튼한지 알아봐야 하는 거니까. 그런데 최후연구회 회장하고 연구소 소장은 오늘까지만, 그러니까 대심도 급행 철도 계획 마감일까지만 아무 소리 하지 말고 넘어가자고 한 거야. 그래야 자기네들 땅 투기가 성공할 수 있으니까."

"예언자는 그러면 안 된다고 했고?"

"혹시라도 큰 사고가 나서 사람이 다 죽으면 어쩌나 겁이 난거지. 예언자는 정말로 자기가 예언한 내용 중에 사실도 있지 않을까 하는 생각이 들었던 것 같아. 그래서 혼자서라도 그런 이야기를 밝히려고 하니까, 결국 오늘 아침에 최후연구회 회장이랑 연구소 소장이 딱 하루 동안만 예언자를 가둬두려고 한 거야."

"그래서 갇혀 있던 예언자가 쪽지를 써서 던졌고?"

"맞아. 예언자가 쪽지를 써서 던진 것은 누구에게 예언을 하려고 그런 게 아니라 지나가는 사람이 있으면 좀 보고 꺼내달라고 말하려고 갖고 있던 인쇄되어 있던 쪽지에 무슨 말을 써서 던지려고 한 거야. 그런데 쪽지에 구해달라는 말을 미처 다 쓰기 전에 들키는 바람에 다 쓰지 못해서 우리는 별 내용 없이 그냥 멸망한다는 말만 나와 있는 쪽지를 본 것이고."

그 말을 듣고 이인선은 자신이 서 있는 건물 안의 넓은 공간을 한번 둘러보았다. 어둠 때문에 전등이 있는 곳 주위 조금을 빼고는 낡고 바랜 시멘트 벽들이 그저 검게 보이기만 했다.

"그런데 아무리 그렇다고 해도 지금 당장 이 건물이 무너지기야 하겠어?"

"예언자 말로는 이미 어제 무너져서 돌 더미로 변해 있어도 이상할 게 없대. 어서 나와. 지금 한 팀장에게도 다시 연락해서 같이 그쪽으로 가고 있거든. 많이 왔어. 일단 건물 밖으로 나오고 그러고 나면 어느 방향이든 최대한 멀리 떨어지자고."

그때 갑자기 낮에 들었던 무엇인가 알 수 없는 커다란 소리가 다시 들려왔다. 하늘이 우는 소리. 세상이 통째로 울리는 것 같은 소리, 그때 그 느낌 그대로였다.

"낮에 이 건물에서 들었던 그 소리가, 바닥이 무너지는 소리였어. 지하 몇십 미터 깊은 곳이 내려앉으면서 이 건물 전체가, 이 주변 전체가 바닥을 찍으면서 내는 소리였어."

이인선은 이제 건물 밖을 향해 달리고 있었다. 문득 겁이 났다. 그러자 더 힘을 내서 달리게 되었다. 출구 쪽에는 불빛이 별로 없어서, 정말로 온 세상의 빛이 사라져가고 있는 것 아닌가 하는 생각이 들 정도였다.

전화기에서 오 차장의 목소리가 다시 들렸다.

"예언자는 외계인이 시간을 초월한 지식을 알려준다는 정도로 스팸 메일을 써서 여기저기에 다 뿌렸나 봐. 거기에 걸려드는 사람이 있으면 적당히 속여서 돈을 뜯어내려고. 그런데 그 스팸 메일을 받은 게임 회사 대표가 마침 그때 브레인 연구소에 가서 실험을 했다고 하거든."

"그 우주 전체의 모든 시공간을 한순간에 느꼈다는 실험?"

"그런데 예언자가 말하기로 그런 체험을 하게 해주는 기술은 없대. 그냥 세상에 대한 객관적인 판단, 의심, 비판적인 생각 능력을 갖고 있는 뇌의 기능을 잠시 떨어뜨릴 수 있는 정도의 기능만 있었다고 하거든."

"그러면 그냥 뇌를 지져서 멍청하고 기분 좋게 해주는 장치가 있었다는 거야?"

"그런 것 같아. 그냥 사람을 슬쩍 느슨하게 취하게 하는 장치만 만들었던 거야. 브레인 연구소에서는 게임 회사 대표에게 투자를 더 받고 싶어 했으니까 머리를 맑게 해주는 좋은 체험을 시켜준다고 해놓고 그렇게 게임 회사 대표의 뇌 기능을 좀 떨어지게 한 거래. 그래야 게임 회사 대표를 설득하기에 유리해지니까."

"그런데, 그때, 하필이면 게임 회사 대표가 시공간을 초월하게 된다는 스팸 메일을 본 거네. 그래서 뭐든지 다 믿게 된 뇌 기능이 떨어진 대표는 자기가 정말로 우주 전체를 초월하는 경험을 했다고 생각하게 된 것이고."

마침내 이인선은 건물 바깥으로 나왔다. 건물 근처에는 그 시간까지 야근에 매여 있던 여러 불행한 직장인들이 방송을 듣고 뛰쳐나와 있었다. 그만하면 건물에 있는 사람은 모두 바깥으로 나온 것처럼 보였다.

잠시 후, 정말로 그 거대한 건물이 천천히 기울어지기 시작했다.

오늘 두 번 들었던 그 커다란 소리가 연달아서 몇 번 더 이어졌다. 곧 바닥에서부터 먼지와 연기가 피어올랐다. 소음은 점점 더 커졌다. 근처에 서 있던 사람들은 뒷걸음질을 쳤다. 어떤 사람들은 소리를 지르며 건물에서 먼 방향으로 달리기 시작했다. 건물이 뒤틀리는 소리와 함께 창문들이 하나하나 깨져나가는 소리가 연달아 들렸다. 깨진 창문의 파편이 떨어져 내리고, 시멘트 부스러기가 날리자 사람들은 머리를 감쌌다. 멍하니 건물 방향을 보던 사람들도 뒤돌아 도망쳤다. 사람들이 지르는 소리와 다 같이 도망치는 운동이 격렬한 감정을 자아내며 주변을 공포로 휘감았다. 땅이 몇 번 튀듯이 움직였다. 뛰던 사람들 중 몇몇은 나자빠졌다. 넘어진 사람들도 겁에 질려 기어가듯이 하면서 조금이라도 더 움직이려고 했다. 건물의 외벽에 커다란 균열이 생기는 것이 보였다. 건물이 두 토막으로 나뉘어 크게 기우뚱거리는가 싶더니, 그에 앞서 한쪽 바닥이 푹 꺼지는 것 같았다. 아랫부분이 산산조각이 나면서 벽이 부서져 가루와 돌멩이를 사방에 튀어냈다.

이후, 차례로 건물이 무너져 내렸다. 건물은 서서히 휘감기는 듯이 마치 녹아내리는 것처럼 움직이는가 싶더니 모든 방향으로 뒤

틀려서 깨지고는 연기가 가득한 밤 속으로 사라졌다.

이인선이 정신을 차렸을 즈음, 오 차장과 한규동이 보였다. 둘은 주변을 급히 뛰어다니며 넘어진 사람들을 일으켜 확인하고 있었다. 둘은 이인선을 보고 그쪽으로 달려왔다.

"사장님, 괜찮으세요?"

"이 사장, 인선이, 안 다쳤어?"

이인선은 고개를 끄덕였다. 오 차장이 말했다.

"정말 오늘 중으로 이렇게 큰 사고가 다 생기네."

"그래도 다행이에요. 차장님하고 그 예언자라는 양반이 빨리 사방에 신고하고 알리고 해서, 사람들은 다 그 전에 대피했잖아요."

"예언자 말로는 연구회 사무실이 있던 곳에 증거 자료들이 다 모여 있었다는데. 그건 전부 다 묻혀버렸네."

"이런 사고가 났는데, 그 양반들 땅 투기 놀음도 같이 다 끝난 것 아닌가 싶고."

그렇게 말한 이인선은 오 차장을 보고 물었다.

"이제 다 끝났으니, 집에 가야지?"

"나는 약속한 대로 대표님을 만나러 가봐야겠어."

그 말을 듣자 이인선은 괜히 웃음이 나왔다. 그때 한규동이 물었다.

"사장님, 그런데 만약에 정말로 그냥 이게 지어낸 이야기일 뿐이고 우리는 등장인물일 뿐이라면 어떻게 되는 걸까요?"

"그런 거, 이제 다 그냥 농담 같은 이야기지. 그렇다면 정말로 오늘이 지나면 우리가 느끼지도 못하는 사이에 그냥 모든 게 다 끝나는 것 아니겠어? 혹시나 그 이야기가 잘 팔려서 나중에 속편이라도 나오면 모를까."

세 사람은 자리에서 일어나 같이 걸어 나갔다. 이인선은 문득 시계를 보고 싶어졌다.

"이제 곧 정확하게 12시야."